강지호 **희곡집**

강지호 희곡집

초판 1쇄 인쇄 2012년 08월 21일
초판 1쇄 발행 2012년 08월 28일

지은이 | 강지호
일러스트 | 차지은
펴낸이 | 손형국
펴낸곳 | (주)에세이퍼블리싱
출판등록 | 2004. 12. 1(제2011-77호)
주소 | 153-786 서울시 금천구 가산동 371-28 우림라이온스밸리 C동 101호
홈페이지 | www.book.co.kr
전화번호 | (02)2026-5777
팩스 | (02)2026-5747

ISBN 978-89-6023-946-3 03810

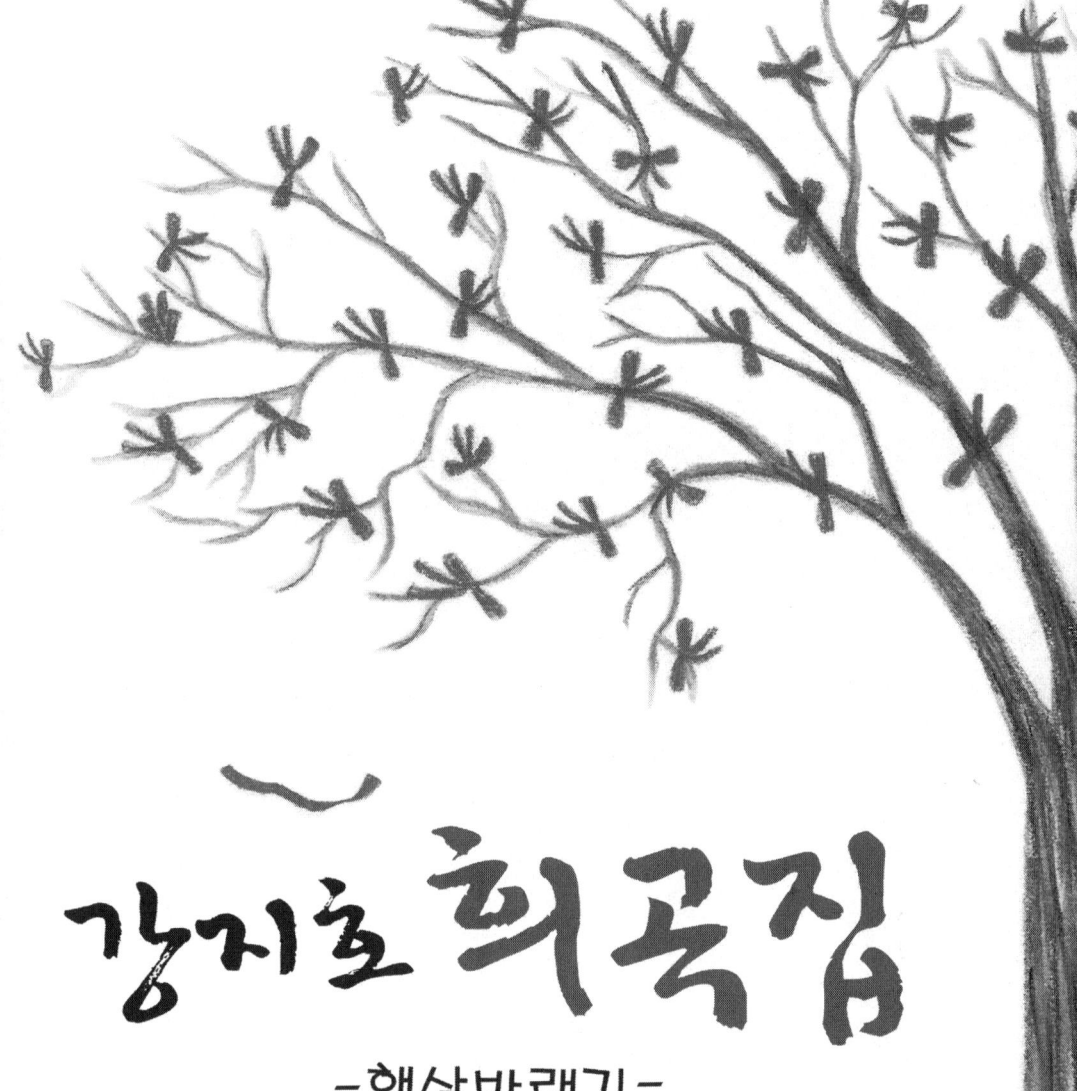

강지호 희곡집

-햇살바래기-

강지호 지음

ESSAY

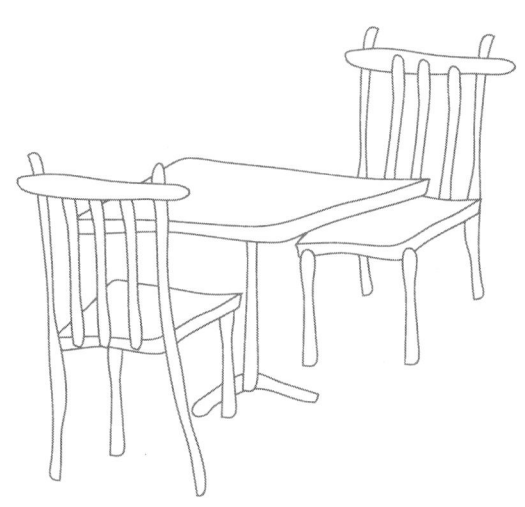

인간이 공들여 고안해 낸 어떤 이념이나 어느 주의도 보편적 인간의 자유와 행복을 보장하지 못한다.

세상과 생명에 대한 숭고한 사랑이 없는 한, 세상은 다시 정글의 법칙만이 존재하는 천박한 모습으로 회귀할 뿐이다.

숭고한 사랑!

그 사랑은 태초부터 있었고, 2000년 전에도 있었고, 물론 지금도 존재한다. 그러나 우리의 머리와 가슴 사이가 너무 멀고, 가슴과 손발과의 거리도 요원함이 실로 안타까울 따름이다.

전혀 무의미해 보이는 작은 몸짓과 참으로 보잘것없는 몸부림 하나가 주님께 쓰임 받아, 나비효과를 일으킬 날을 기대해본다.

정신없이 바쁜 학기 초임에도 이 부족한 희곡집을 끝까지 읽어주시고 좋은 평과 함께 격려를 아끼지 않으신 극작가 이강백 교수님과 시인 임승빈 교수님 그리고 '포이에마' 교회 신우인 목사님께 큰 존경과 감사의 뜻을 전한다.

아울러 이 책이 나올 수 있도록 끝까지 지원해준 늘 든든한 후원인인 내 아내와 두 아들 그리고 더 없이 아름다운 나의 사랑하는 이웃들에게, 또한 이 책을 직접 제작해주신 모든 분들에게도 진심으로 고마움을 전하고자 한다.

2012

작가 강지호

강지호 희곡집

01

구두쇠 고두쇠

〈원작 찰스 디킨슨의 "크리스마스 캐럴"〉
- 2005년 9월 -

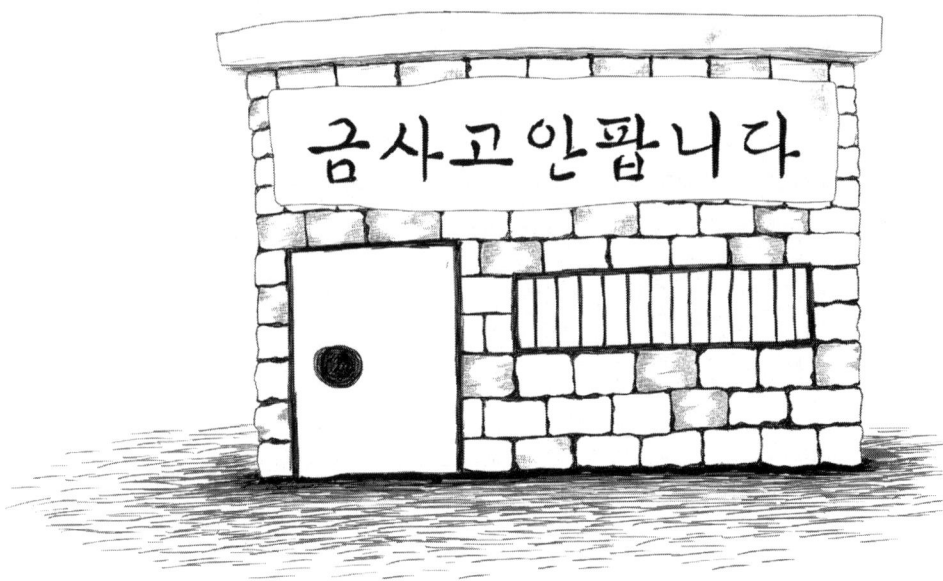

프롤로그

낡은 금은방, 아침. 늙은 목이 청소를 하고 있다.

[F.I]

늙은 목이   (모자를 벗고 배꼽인사를 한다.) 여러분, 반갑습니다. 저는 목이
라고 하는 사람입니다. 눈 목 자, 목이죠. 혹시 여러분은
기적을 믿으시나요? 혹시, 여러분은 성경 속에서 홍해 바
다가 갈라졌다는 것을 믿으시나요? 네? 네…… 좀 믿기
어려우시죠? 그러나 만약 당신께서 그 갈라지는 홍해의
현장, 그 한가운데에 계셨다면 말은 틀려지겠지요? 허허.
저는 기적을 믿습니다. 그리고 저는 그때 현장에서 똑똑
히 그 기적을 목격했지요. 아! 홍해 바다가 갈라지는 걸
목격한 것은 아니구요. 기적은 그렇게 먼 곳에서만 일어
나는 것은 아니더라구요. 우리는 항상 그 기적의 한가운
데서 생생하게 그것을 경험할 수 있답니다. 잠시 후면 여
러분은 작은 기적의 현장에 계실 겁니다. 허허.

[F.O]

프롤로그는 미리 영상으로 제작해 활용하는 것이 더 좋을 수도 있겠다.

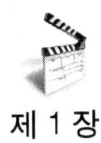

제 1 장

크리스마스이브의 이른 아침.
고두쇠의 금은방 가게.

무대 좌측에 비스듬히 허름한 진열대가 있고, 그 뒤쪽 벽면에는 내실과 연결된 작은 문이 있다. 무대 뒤쪽 정면에 낡은 금고가 있는데, 그 금고 주위 바닥에는 굵은 선이 그어져 있으며, 그 정면에 '누구든 이 선 안으로 접근 엄금!!' 이라는 경고 문구가 쓰여 있다.

무대 우측에는 소품으로 이용될 나무 상자 몇 개와 대걸레 등이 있고, 무대 우측 앞쪽으로 '금 사고 □팝니다.' 라고 쓰인 입간판 등이 있다.

[F.I] 종업원인 목이가 대걸레로 바닥을 닦고 있다.

목이   (청소를 하다 말고 시계를 들여다보고 내실 쪽으로 나 있는 문을 흘끔거리며, 그쪽으로 귀를 기울이다가 금고 쪽을 유심히 바라본다. 잠시 후, 내실 쪽으로 난 문으로 다가가 살짝 문을 열고 안쪽의 동태를 살펴보고 나서 결심한 듯 살금살금 금고 앞에 그어진 굵은 선 앞에 멈춰 선다. 그리고 망설이다가 결심한 듯 한 발을 넣었다가 얼른 발을 빼내고 다시 내실 쪽 문을 흘끗 바라본다.)

목이	흠! 누구든 접근 엄금? 쳇! *(다시 용기를 내어 선 안에 들어선다. 바로 그때 석이 엄마가 바쁜 걸음으로 우측에서 들어선다.)*
석이 엄마	*(숨을 몰아쉬며)* 이봐요! 모기 총각!
목이	*(소스라치게 놀라 얼른 선 안에서 발을 빼며)* 헉! 아, 아, 누, 누구? *(돌아보고 가슴을 쓸어내리며)* 아휴! 난 또⋯⋯. 아니, 석이 엄마. 이 꼭두새벽부터 웬일이래요? 인기척도 없이⋯⋯. 이구, 놀래라.
석이 엄마	웬일이나마나, 엊저녁에 우리 집에 모기 총각이 다녀갔다면서요?
목이	엊저녁에요? 네, 갔었지요. 고두쇠 영감님 심부름으로요.
석이 엄마	*(내실 쪽 문을 바라보고)* 아직 안 나오셨지요?
목이	*(시계를 얼른 보고)* 쉿! 이제 나오실 때가 됐어요. 그러니⋯⋯ *(석이 엄마를 잡아끌어 무대 우측 구석으로 가서)* 조용, 조용히 말씀하세요. 근데 석이 엄마 어떻게 방세는 마련하셨나요?
석이 엄마	그게⋯⋯. 아휴, 이봐. 모기총각도 알다시피⋯⋯.
목이	모기가 아니라 목이에요.
석이 엄마	아, 그래? 모기가 아니고 목이 총각. 어쨌든 요즘 경기가 안 좋아서 어디 일자리가 있어야지? 어제도 하루 종일 일자리를 찾아 헤매다가 집에 돌아오니 아이들이 저녁까지 밥을 굶고 눈이 새까매서 날 기다리고 있더라고. 그 아이들을 바라보니 내가 참 기가 막혀서⋯⋯. *(울먹인다.)*
목이	그래서 일자리는 구하셨어요?

석이 엄마	못 구했지.
목이	그럼 큰일이네.
석이 엄마	그러니 어떻게 해? 쟤네들 아빠 먼저 하늘나라 보내고, 나 혼자 애들하고 어떻게든 살아보려고 발버둥 치는데…… 이봐, 모기 총각. 내가 취직되는 대로 먼저 집세부터 얼른 챙겨줄 테니 고두쇠 영감님께 제발 며칠만 좀 봐주도록 부탁 좀 해 줘요. 응?
목이	그게 글쎄, 저야 물론 그러고 싶지만…….
석이 엄마	아니, 내가 듣자 하니 이 건물주 고두쇠 영감님은 이 건물 말고 다른 건물도 여러 채 갖고 계시다며요?
목이	세 채나 더 있죠.
석이 엄마	아휴, 그럼 집세도 엄청나게 나오겠네?
목이	엄청나죠.
석이 엄마	게다가 영감님은 가족도 없이 홀로 사신다며?
목이	같이 살고 싶은 사람이 없는 거죠.
석이 엄마	그럼 그 많은 돈을 벌어 다 어디다 쓰신대요?
목이	금을 사시죠.
석이 엄마	금? 금을 사신다고? 어휴, 그럼 그 금이 엄청나겠네.
목이	그래도 더 못 사서 안달이신데요?
석이 엄마	아니, 근데 금을 그렇게 많이 모아 어디에 쓰시려고?
목이	어디에 쓰시려는 건 아니고, 그냥 모으시기만 하시죠.
석이 엄마	거 참, 어쨌든 영감님은 그렇게 부자이신데 이 불쌍한 과부 방세를 며칠만 좀 봐주시면 안 될까? 이 추운 엄

동설한에 이 집에서 쫓겨나면 아이들하고 어디를 가겠어요? 제발 부탁 좀 해 줘요. 설마 우리를 내쫓아 길에서 얼어 죽게 하진 않으시겠지요?

목이   그렇게 하고도 남을 분이시죠.

석이 엄마   응? 아니, 정말?

목이   정말이요.

석이 엄마   아니, 그 돈으로 금을 사신다면서요?

목이   사죠.

석이 엄마   그럼 그렇게 급한 일도 아닌데 며칠 있다 사시면?

목이   그 새에 금값이 오를지도 모르거든요.

석이 엄마   그 새에 내릴 수도 있잖아요? 아이구. *(주저앉는다.)* 제발 총각, 우리 좀 살려줘요. 나는 그렇다 치고 우리 아이들…… 불쌍한 우리 아이들은……. *(울먹인다.)*

목이   저도 정말 답답할 뿐이네요. *(작은 문 쪽을 흘겨보며)* 저 인간은…… 사실 인간도 아니지만 어쨌든 피도 눈물도 없다니까요? 오직, 금만 있죠.

석이 엄마   *(주저앉아 울고 있다.)* 아이고, 어쩜 좋아.

목이   *(일으키며)* 석이 엄마, 이것 참……. 어쨌든 제가 한번 부탁을 해 볼게요. 되지는 않겠지만.

석이 엄마   그럼, 내가 한번 만나 사정해 볼까요?

목이   *(정색하며)* 아이구, 아니요. 그래봤자 아무 소용없구요. 괜히 석이 엄마 마음만 더 괴로울 거예요.

석이 엄마   오늘은 크리스마스이브인데, 이 좋은 날 우리를 내쫓으실까요?

목이 　고두쇠 영감님에겐 최악의 날이죠.

석이 엄마 　아니, 왜요?

목이 　전혀 이해를 못 하시거든요.

석이 엄마 　크리스마스를?

목이 　아니요. 가난한 사람들이 행복해 하는 걸요. *(시계를 보며)* 아이구, 이제 영감님이 가게 나오실 시간이 정말 다 되었네요. 석이 엄마는 일단 집에 올라가 계세요. 제가 어떻게 해보는 데까진 해 볼게요.

석이 엄마 　모기 총각. 꼭 좀 부탁해.

목이 　*(불안한 듯 작은 문을 보며)* 알았으니 어서, 어서 가세요. 아, 그리고 나는 모기가 아니고 목이라고요. 눈 목 자요. 늘 보고 있다는 뜻이지요. 나는 영감님의 하나부터 열까지 다 보고 있다구요. 목격자, 살아 있는 비디오…….

석이 엄마 　그래요. 어찌 됐든 잘 좀 부탁해요. 꼭! 꼭이요!

목이 　알았어요. 어서 가세요. *(밀어낸다.)*

석이 엄마 　*(우측으로 퇴장한다.)*

목이 　석이 엄마!

석이 엄마 　*(돌아본다.)*

목이 　메리크리스마스! *(주먹을 쥐어 보인다.)*

석이 엄마 　메리크리스마스! 고마워요. 모기 총각! 아니, 목이 총각!

목이 　*(안쪽을 보며)* 아, 이거 정말 사람 미치겠네. 돌겠어. 어휴! 저 인간 저 수전노 같은 인간! 내 비록 바라볼 목이지만 오늘만큼은 바라만 보고 있진 않을 거야. 저 불쌍한 사람들을 내쫓으려는 시도를 그냥 보고만 있을 수는 없지? 암! 그렇고말고. 오늘은 꼭! 기필코 반기를 들 때가 온 거야! 그동안도 많이 참았지. 이젠 나도 더 이상! (사이) 근데 뭐라고 말하지? 막상 영감님 앞에만 서면 머릿속이 하얘져가지고 할 말이 생각이 나지 않고 벌벌 떨리기만 하니……. 휴, 어쩌지? 아! 정말 돌겠다!

이때 작은 문 쪽에서 인기척이 난다. 목이가 황급히 뛰어가 걸레를 들고 이리저리 닦는 시늉을 하며, 문 쪽의 눈치를 본다. 이때 고두쇠가 돋보기를 목에 걸고 신문을 손에 든 채 작은 문으로 등장.

고두쇠	*(가게의 이곳저곳을 살펴본다.)*
목이	*(엉겁결에)* 메, 메리크리스마스, 영감님!
고두쇠	*(못마땅한 표정으로)* 뭐? 너 지금 날 놀리냐?
목이	아, 아니요. 그, 그게 오늘이 크리스마스이브라서요.
고두쇠	너, 언제 나왔냐?
목이	아, 아까요.
고두쇠	그런데 아직까지도 걸레하고 씨름이야? 너 방금 왔지?
목이	아, 아니라니까요. 아, 아까…….
고두쇠	저런 굼벵이 같은 놈을 먹여 살려야 하니…… 내 피 같은 돈으로……. 에이! *(의자를 찾는다.)*
목이	*(얼른 의자를 가져와 걸레로 닦아준다.)*

고두쇠	어이구, 이런. 귀신은 다 뭐 하는지 몰라, 에잇! *(의자에 앉아 신문을 펼쳐들며)* 너, 어제저녁에 5층 석이네 방 비우라고 얘기했어?
목이	네? 네. 아, 그게 저…… 아주머니가 안 계셔서요.
고두쇠	*(안경 너머로 보며)* 그래서?
목이	그래서…… 저…… 그게요. 그 아주머니가 밤늦도록 일자리를 구하러 다니시고 그런 바람에 석이하고 그 어린 동생은 하루 종일 밥도 굶은 채 엄마를 기다리고 있는데 진짜 어찌나 가엽고 불쌍하던지……. 그저 눈뜨고 보기에도…….
고두쇠	*(신문을 확 접으며)* 아니, 이런 것도 돈 주고 보나? 신문 전체가 크리스마스, 크리스마스? 아니, 무슨 큰일이라도 난 듯이……. 에이구, 한심한 것들.
목이	그야, 오늘이 크리스마스이브니까…….
고두쇠	그래서 집세 못 낸대?
목이	아니요, 못 낸다는 게 아니라 지금 열심히 일자리를 구하러…….
고두쇠	진작 좀 열심히 구하지! 하여튼 게을러 터져서…….
목이	저기, 일자리만 구하면 제일 먼저 방세부터 주신다고…….
고두쇠	나도 참을 만큼 참았어!
목이	네? 겨우 하루 지난걸요?
고두쇠	쯧쯧쯧, 저런 멍청이하곤. 그러니 그리 가난을 못 면하

지. 하루에 이자가 얼만지나 알아? 하여튼 가난한 데는 다 이유가 있다니까.

목이 　영감님. 그 집은 여자 혼자서 애들 데리고 사느라고 온갖 고생을 하며 애쓰고 있는데……. 아니, 그리고 더군다나 이 추운 날씨에 아무 대책도 없는 사람들을 거리로 내쫓으면 석이 엄마하고 그 어린 아이들은 필시 길에서 얼어 죽게 될 텐데…….

고두쇠 　내가 언제 지네들 얼어 죽으라고 했냐? 방세 내라고 했지.

목이 　그게 그거죠.

고두쇠 　어째서 그게 그거냐? 방세를 못 낸 것도 그 사람들이고 그래서 방을 비워야 하는 것도 그들 사정이지 나하고 무슨 상관이 있다고. 아니, 그런데 너 오늘 아침에 뭐 잘못 먹었냐? 어따 대고 따박따박 말 대꾸질이야?

목이 　그래도 그 아이들이 너무 딱해요. 어젯밤에 그 아이들…….

고두쇠 　너, 지금 당장 요 앞 복덕방에 가서 방 내 놔!

목이 　네? 아니, 영감님. 그…… 저…… 그러다 저 사람들 다 얼어 죽으면…….

고두쇠 　그리고 복덕방 영감한테 이 기회에 방세 좀 더 올려줄 사람 없나 알아보라고 해! 내가 석이네한테 너무 방세를 싸게 받은 것 같단 말이야. 요즘 시세가 얼만데…….

목이 　저, 영감님. 사장님! 아니, 회장님! 이번 한 번만 좀 봐주시면…….

고두쇠	(쩨려본다.)
목이	(주눅 들어) 알았어요. (그냥 앉아 있다.)
고두쇠	빨리 못 가?
목이	(볼멘소리) 아직 복덕방 문 안 열었어요.
고두쇠	그래도 가 봐!
목이	그렇게 급하시면 영감님께서 직접 복덕방 아저씨 집으로 전화를 넣으시지요. 아직 집에 계실 텐데…… .
고두쇠	저놈이 오늘 아침에 계속 내 화를 돋우고 있네. 야! 전화 요금은 어디서 거저 나냐? 나 원래 오는 전화만 받는 거 모르냐? 아무래도 쟤가 오늘 아침 이상해.
목이	오늘 하루만이라도 좀 봐주세요, 네?
고두쇠	아직 복덕방 문 안 열었으면 먼저 5층 석이네부터 다녀와! 오늘 오전 중으로 방 깨끗이 비우라고.
목이	그렇게 하시면 진짜 석이네 다 얼어 죽어요. 제발 한 번만 봐주세요.
고두쇠	야, 근데 너 참 수상쩍다. 네가 무슨 석이 애비라도 되냐? 왜 이렇게 갑자기 감싸고돌고 난리야? 너, 혹시 석이 엄마와?
목이	네? 아니, 아니요. 그냥 너무 딱해서…… .
고두쇠	저도 가난한 주제에 남 걱정은 주제넘게…… . 쯧쯧. 너 지금 빨리 안 갔다 오면 너도 그냥 잘라버린다! 야, 내가 사람 없어서 너같이 아둔한 놈을 두고 있는지 아냐? 너 진짜 잘리고 싶어?

목이	알았어요. *(일어나 나간다.)*
고두쇠	잠깐! 야, 너 5층 올라가는 길에 2층 202호 문 앞에 이 신문 도로 갖다 놔라.
목이	신문은 돈 내고 보시지 또 남의 집 앞 신문을 슬쩍…….
고두쇠	저놈이 오늘따라 왜 이리 말이 많아? 내가 남의 신문을 좀 미리 본들 신문이 닳는 것도 아니고, 내용이 바뀌는 것도 아닌데 뭔 상관이야?
목이	네, 네. 알았어요! *(신문을 움켜쥐고 나간다.)*
고두쇠	쯧쯧. 저런 무능한 인간! 내가 싼 맛에 데리고 있긴 하지만……. 에잇! *(곧장 금고로 다가가 주위에 이상 없는지 확인하고 주위를 살펴본 후 금고를 연다. 금고 안에는 금들이 가득 차 있고, 고두쇠가 그 금의 숫자를 하나하나 세어보며 그 얼굴에 웃음이 번진다.)* 흠, 맞군! <u>흐흐흐.</u> 이상 없어. *(금괴 하나를 꺼내어 깨물어 확인해보고 가슴에 품으며)* <u>흐흐흐,</u> 금! 금! 내 사랑하는 금! 내 금! <u>흐흐흐.</u> *(행복한 표정을 지으며 금에 입을 맞춘다)* 쪽! 쪽! <u>흐흐흐.</u> *(조심스레 금괴를 다시 넣으며)* 잠시 후에 또 보자! 그때까지 잘 있어! <u>흐흐.</u> *(금고의 문을 잠근다. 이때, 손주 조아가 금방에 들어온다.)*
조아	메리 크리스마스! 큰할아버지!
고두쇠	*(흠칫 놀라 돌아서며)* 응? 흠, 흠. 너 웬일이냐?
조아	학교 가는 길에 들렀어요, 큰할아버지.
고두쇠	그러니까 왜 들렀느냐고?
조아	네, 엄마가요, 오늘 크리스마스이브라고 이따 저녁에 큰

할아버지 저희 집에 오셔서 같이 저녁 식사 하시자고요.

고두쇠 　네 엄마가?

조아 　네, 큰할아버지.

고두쇠 　혹시 너희 집에 로또 복권이라도 맞았냐?

조아 　네? 로또요? 그게 뭔데요? 큰할아버지?

고두쇠 　됐고, 네 엄마한테 그렇게 돈이 남아돌면 금 반 돈이라
　　　　도 사두라고 해라.

조아 　네? 금이요……? 그건 왜요? 큰할아버지.

고두쇠 　왜? 왜냐고? 그건…… 음……. 그래! 사람이 밥을 먹으
　　　　면, 아무리 좋은 걸 먹어도 곧 화장실에 가서 쉽게 버리
　　　　게 되지 않느냐? 그렇지만 금을 사두면 그럴 염려가 없
　　　　지. 금은 영원히 우리 곁에 있는 거거든?

조아 　아, 그거요, 큰할아버지? 근데 우리 엄마는 밥을 드시고
　　　　쉽게 버리진 않으시는데요?

고두쇠 　뭐라고? 그건 또 무슨 소리야?

조이 　변비가 심하시거든요, 큰할아버지. 그럼 이따 저녁 식사
　　　　때 우리 집에 오실 거지요, 큰할아버지?

고두쇠 　내가 왜 그래야 하지?

조아 　왜요? 아, 그건 우리 엄마가요. 큰할아버지는 가족도 없
　　　　으셔서 크리스마스이브를 쓸쓸하게 보내실 거라고 차린
　　　　건 없지만 같이 저녁 식사를 하면 좋을 거라고 하셨거
　　　　든요, 큰할아버지.

고두쇠 　아이구, 너하고 얘기를 하느니……. 엄마께 가서 이 큰

할애비는 가족보다 더 귀한 것이 있어서 하나도 쓸쓸하지 않다고 전하고, 그리고 그렇게 돈이 남아돌면…….

조아   금 반 돈이라도 사두라고요? 큰할아버지?

고두쇠   그래! 바로 그렇게 전해.

조아   아! 네, 알겠습니다, 큰할아버지, 그럼 학교 다녀오겠습니다. 메리 크리스마스!

고두쇠   *(미간을 찌푸리며)* 또, 또 그놈의 메리 크리스마스.

조아   왜요, 큰할아버지?

고두쇠   아, 아니다. 아니야. 잘 가라. 어서 가! 쯧쯧. 거 왜 없는 것들은 그리도 챙기는 것이 많은지……. 주제들에 크리스마스는 무슨 크리스마스……. 크리스마스가 무슨 돈을 주나, 금을 주나?

이때 우체부가 들어온다.

우체부   여기가 구두쇠 씨 댁 맞습니까?

고두쇠   *(찌푸리며)* 아니요.

우체부   네? 아니라고요? *(우편물을 확인하며)* 이상하다. 여기가 분명한데 구두쇠 씨 댁이 아니라고요?

고두쇠   고두쇠요.

우체부   아, 네. 구두쇠 씨 댁이 맞지요? 구두쇠 본인 되십니까?

고두쇠   고두쇠라니까! 구두쇠 아니고 고두쇠!

우체부   아, 예. 그러십니까? 죄송합니다. 여기에는 구두쇠로 적혀

	있어서요. 여기 우편물 받으시고, 여기에 사인 좀…….
고두쇠	그게 뭔데요?
우체부	글쎄요, 저야 모르죠. 여기에 사인 좀…….
고두쇠	어디서 온 거요?
우체부	네? 이거요? 어디 보자, 발신인이 대한적십자…….
고두쇠	안 받아요!
우체부	네?
고두쇠	대한적십자사에서 보낸 거라며?
우체부	네.
고두쇠	그러니까 안 받는다니까.
우체부	네? 아니, 왜요?
고두쇠	크리스마스에 대한적십자사에서 오는 우편물이라면 뻔한 거 아니오? 내가 돈 좀 있다고 특별 회비 좀 내달라든지, 크리스마스 실이라든지……. 어쨌든 그런 거 아니겠소?
우체부	글쎄요, 그건 모르죠. 저는 그저 배달만…….
고두쇠	수취 거부요! 수취 거부! 그러니 그것 갖고 어서 나가시오, 나가! *(떠민다.)*
우체부	어허, 이런. 알았어요, 알았어. 왜 이리 떠미세요? 참, 별일이네. *(우편물을 다시 넣고 나가며)* 구두쇠가 맞긴 맞군.
고두쇠	뭐라고?
우체부	아, 아니에요. 혼잣말이에요. *(나간다.)*
고두쇠	아! 이거 오늘 재수 되게 없네. 아침부터 계속 복장이 터

지게. 그나저나 오늘은 정말 정신 바짝 차려야겠다. 크리스마스에 연말만 되면 뭐 달라는 놈들이 많아서 말이야. 음, 그래. (의자 뒤에서 소금을 들고 나와 문에 뿌린다.) 고시레!

이때 목사님이 들어온다.

고두쇠   아이쿠! 어서 오십시오. 이제야 손님 한번 맞이하는군.

목사님   네?

고두쇠   아, 아니오. 혼잣말이오. 어떻게…… 금 파시게? (이때 목이가 힘없이 들어와 자리에 앉는다.) 야! 너, 일처리 확실히 하고 왔어?

목이   (힘없이) 네.

고두쇠   아이구, 이거 손님. 죄송합니다. 오늘 금 시세가…… 오늘 금 시세를 알아봐 드릴깝쇼?

목사님   아니요, 그게 아니라…….

고두쇠   그게 아니면 혹시 다이아를 파시려고?

목사님   그게 아니고요, 어르신. 저는 바로 요 언덕 위 교회의 목사입니다. 다름 아니라 우리 교회에서는 성탄의 기쁨을 이웃과 함께 나누려고 심장병 어린이를 돕는 일을……. (팸플릿을 준다.)

고두쇠   아! 잠깐, 잠깐! (시계를 보며) 어허, 시간이 벌써 이렇게 됐네. 반야심경을 외울 시간이 되어서……. 흠, 흠. 마하반야 옴도로도로 사바하…… 니미…… 사바하……. 아!

저는 보시다시피 독실한 불자가 되어놔서……. 나무아미타불 관세음보살. *(합장하고 인사한다.)* 속세의 일에는 관심이 없습니다.

목사 *(엉겁결에 같이 인사하고)* 그렇지만…… 심장병 어린이를 돕는 일이…….

고두쇠 목아! 손님 가신단다! 혹시 다음 생에도 인연이 닿는다면 그때 가서 봅시다. 그러고 싶진 않지만. 나무아미타불.

목사 허허허. 참 꼭 지금 헌금하시라는 게 아니구요. 아무튼 거기 팸플릿 한번 읽어보시고 마음이 있으시면 연락하십시오.

고두쇠 *(팸플릿을 쥐어주며)* 그럴 일은 절대 없으니 종이 낭비 말고 갖고 가시오. *(떠민다.)*

목사 네? 하하하. 그러세요? 혹 마음이 바뀌시면 요 언덕 위 교회로 연락주세요. 메리크리스마스! 온 누리에 주님의 평화를! *(나간다.)*

고두쇠 *(뒷모습을 보며)* 야, 그 사람 참 질기기가 딱 소 힘줄이네. 에잇! 짜증나! *(목이를 보며)* 야, 목아. 그래, 5층 석이네는 짐 싸든?

목이 뭐, 그 집 살림에 쌀 짐이나 있던가요?

고두쇠 그래? 그렇게 짐이 없으면 금방 방 비울 수 있겠군.

목이 *(결심한 듯)* 영감님!

고두쇠 *(째려보며)* 왜?

목이 *(기가 질려)* 아니에요.

고두쇠	왜? 뭐? 나한테 뭐 불만 있어? 응?

이때 목탁 소리와 함께 시주승 등장.

시주승	마하반야…….
고두쇠	이크, 이건 또 뭐야? 옳지, 저…… 잠깐! 잠깐!
시주승	(합장하고 절하며)부처님 전에 시주 좀 하시지요.
고두쇠	어허……이것 참. 이것 봐요. 오늘이 무슨 날인지는 아시오?
시주승	오늘이요? 그야 오늘은 크리스마스이브가 아닙니까?
고두쇠	할렐루야! 바로 맞았습니다. 그리고 난 독실한 기독교 신자이고…….
시주승	(절하며) 나무관세음보살! 예수님의 생일을 진심으로 축하드립니다.
고두쇠	그러니 오늘 같은 날은 하루 쉬셔야지. 그렇게 연중무휴로 시주를 걷으러…….
시주승	죄송합니다. 하지만 소승의 사찰에서는 연말에 불우한 이웃들을…….
고두쇠	스톱! 스톱! 오케이, 거기까지! 내가 지금은 큐티를 할 시간이라 시간이 없소.
목이	(기가 막혀 작은 소리로) 어이구, 참 알기도 많이 아네. 큐티는 또 어디서 얻어듣고…….
고두쇠	야! 목아, 여기 손님 가신단다. 문밖까지 배웅해 드려라! (째려보며) 안 들려?

목이	*(시주승을 내몰며)* 여기서 시간 낭비 마세요. 씨도 안 먹히는 분이시니……

목이   *(시주승을 내몰며)* 여기서 시간 낭비 마세요. 씨도 안 먹히는 분이시니…….

고두쇠   휴, 오늘은 왜 이리 힘이 드나? 빌어먹을. 거, 불우이웃이라는 말만 들어도 확 짜증이 나네. 아니, 누구는 손이 네 개 달렸나? 똑같이 손 두 개씩 달고, 지네가 게을러서 못 사는 거를 누구한테 도와달래, 도와달래기는. 진작 열심히 돈을 벌지. 자기 주제도 모르고 크리스마스다 뭐다 하면서 낭비하면서 놀고 자빠지고 하니까……. 아니, 그리고 그리 불우한 이웃을 돕고 싶으면 자기 주머니 털어서 할 것이지. 왜 엉뚱한 사람까지 돈을 내라 마라 이 난리야, 난리는! 아이구! 뒷골 땡겨.

이때 손님이 들어선다.

고두쇠   이크! 이건 또 뭐야? 잠시도 쉴 틈을 안 주네? 하…… 참! 이번엔 뭐로 하지?

손님   안녕하세요?

고두쇠   에이, 모르겠다. 알라! 알라! 알라! *(손님의 눈치를 살피면서)* 모하메드의 자비가 온 누리에…….

손님   *(어안이 벙벙해서)* 저…… 여기…….

고두쇠   오케이! 거기까지, 거기까지!

손님   네?

고두쇠   지금은 메카를 향해 절을 해야 할 시간이라서…… *(매트*

를 깔며) 이렇게 동쪽으로 하루 세 번은 절을 해야…….
(절을 한다.)

손님   저, 그쪽은 서쪽인데요?

고두쇠   응? 그, 그게 언제 그쪽으로 갔지?

손님   하하하, 참 재미있는 영감님이시네.

고두쇠   (매트를 접으며) 에이, 마호메트는 좀 무리였나? 그래, 댁은
         또 어디서 나오셨소?

손님   네? 어디서요? 그건 왜요? 여기 금방 아니에요?

고두쇠   금방? 네, 금방 맞지요. 아이쿠, 아이쿠, 내가 노망이 들
         었나. 이거 손님을 몰라 뵙고 그만……. 허허허. 죄송합
         니다.

손님   아, 네.

고두쇠   그래, 어떻게 오셨습니까?

손님   아, 예. 제가 연말에 어디 선물할 데가 있어서……. 행운
         의 열쇠가 있나요?

고두쇠   행운의 열쇠요?

손님   네, 한 댓 돈 정도로…….

고두쇠   다섯 돈짜리요?

손님   네, 네. 그 정도면 어느 정도 가죠? 요즘 금값이 한 돈에
         어느 정도인지…….

고두쇠   좀 내렸죠.

손님   아, 그래요? 그럼 어디 구경 좀 할까요?

고두쇠   그러니까…… 금을 사시겠다?

손님	구경 좀 하구요.
고두쇠	그러니까 구경하고 사시려고요?
손님	그럼요, 사려고 구경하죠.
고두쇠	금 안 팔아요.
손님	예? 아니, 왜요? 여기 금방 아니에요?
고두쇠	금방은 맞는데 금을 사기만 하고 팔지는 않는다오.
손님	네?
고두쇠	아니, 그 좋은 걸 왜 팔아요? 내겐 생명 같은 건데……. 자기 생명을 파는 사람 봤소?
손님	*(황당해서)* 네? 아니 내 참 기가 막혀서……. 뭐 이런 집이 다 있어? 아니, 그럼 저 간판에 '금 사고 팝니다'라고 써 놓은 건 뭐예요? *(입간판을 가리킨다.)*
고두쇠	아, 저거요? *(입간판에 '팝니다' 앞에 붙여놓은 종이를 떼어낸다. 거기에 '안'이라는 글씨가 나온다.)* 봐요! '안 팝니다' 맞잖수?
손님	참, 내가 살다 살다 별 황당한 일을 다 겪네. 하하하, 참 기가 막혀서. 뭐 금방이 여기뿐인가? 딴 집 가서 사지, 내 참.
고두쇠	자알 생각하셨습니다. 금은 딴 집 가서 사시고 혹, 금을 파실 일이 있으시면 우리 집에 오십시오. 내가 금값은 후하게 쳐드릴 테니까.
손님	하하하. 참 내 황당해서 웃음밖에 안 나오네, 참. *(나간다)*
고두쇠	안녕히 가십시오, 손님. *(기지개를 펴며)* 아, 아. *(하품하며)* 오늘은 정말 피곤한 날이군. 하루 종일 금 반 돈도 못 사

고…… 금 구경도 못했지. 그 누가 크리스마스라는 걸 만들어서 이렇게 사람 피곤하게 만드는지 원. *(목이를 보며)* 야, 너 아까 복덕방 갔다 왔지?

목이 　네.

고두쇠 　석이네 살던 5층 방, 세 좀 더 받아주겠대?

목이 　네.

고두쇠 　거 봐, 더 받을 수 있다니까.

목이 　그런데 영감님, 그 석이네…….

고두쇠 　오케이, 오케이. 됐어, 거기까지! 이젠 그 얘기 그만하고 야, 너도 오늘 같은 날은 일찍 집에 가서 식구들과 함께 저녁 먹고 싶지?

목이 　*(의아해 쳐다본다.)*

고두쇠 　아니야?

목이 　아, 아니요. 물론 그러고는 싶지만…….

고두쇠 　그럼, 문 닫자.

목이 　네? 아니 웬일이시래요?

고두쇠 　너, 그리고 여기 가게에다 침대 좀 펴놔라.

목이 　왜요?

고두쇠 　원래 이런 연말연시에는 좀도둑이 많은 법이야.

목이 　그럼 가게에서 주무시게요?

고두쇠 　*(기지개를 펴며)* 아이고, 아이고. 피곤하다. 이상하네. 왜 이렇게 피곤할까?

목이 　*(무대 오른쪽에 있던 상자를 연결시켜 침대를 만든다.)*

고두쇠	*(침대에 걸터앉으며)* 아, 아깝다.
목이	뭐가요?
고두쇠	오늘 경비.
목이	경비가 든 게 뭐 있다고……. 성금도 한 푼 안 내고서…….
고두쇠	저놈이……. 경비가 없다니? 전기세, 수도세, 각종 세금, 내 일당, 전화 요금, 네 월급. 그리고 감가삼각비…….
목이	잠자리 다 봐 놨으니, 이제 집에 가도 되죠?
고두쇠	그래, 가라. 가서 식구들과 함께 그 어리석은 크리스마스 파티나 하라구. 내 피 같은 돈으로. 아이구, 아까워라.
목이	같이 가실래요?
고두쇠	너, 나를 놀리는 거지?
목이	생각 없으시면 말구요. 안녕히 주무세요. 메리 크리스마스!
고두쇠	저놈이 끝까지…….
목이	크리스마스 인사라니까요.
고두쇠	그래, 좋다! 메리크리스마스다. 그 대신 오늘 가게를 두 시간 일찍 닫았으니 네 월급에서 두 시간 임금을 뺀다는 건 알고 있겠지?
목이	그럼 그렇지. 내 그럴 줄 알았다니까.
고두쇠	알면 됐어! 문 잘 잠그고 가!
목이	알았어요. *(나간다.)*
고두쇠	*(다시 기지개를 켜며)* 아이구, 아이구. 피곤해. 이상하다, 뭐 한 일이 있다고……. 어이구, 어디, 우리 귀여운 내 새끼들이나 볼까? *(금고로 가서 금고문을 열고 금괴 숫자를 확인하곤 그*

중 한 개를 꺼내어 입을 맞춘다.) 에구, 내 새끼! _호호호_. *(집어넣고 잠근다.)* 잘 있어라. 오늘밤은 내가 네 곁에서 아주 든든히 지켜줄게. _호호호_. *(주위를 두리번거리다가 가게 구석에서 야구방망이를 갖고 침대로 돌아와)* 흠, 흠. 이거면 되겠지? *(휘둘러본다.)* 얏! 얏! 좋아, 훌륭해. *(야구방망이를 머리맡에 놓고 침대에 눕는다.)* 아이구, 피곤해. 왜 이리 피곤하지? 흠흠. 금, 금, 금 벼락 맞는 꿈이나 꾸었으면……. 금, 금, 금……. 쿨……. *(잠이 든다.)*

[F.O]

제 2 장

[F.I]

고두쇠의 금방.

늦은 밤.

고두쇠가 곤하게 자고 있다.

이때, 음악과 함께 밝은 부분 조명을 받으며 천사 등장.

천사　　고두쇠 님! 고두쇠 님!

고두쇠　(눈을 떴다가 돌아누우며) 음, 뭐야? 누가 날 부르지? 흠, 흠.

천사　　고두쇠 님! 고두쇠…….

고두쇠　응? 뭐, 뭐야? 꿈, 꿈, 꿈인가?

천사　　(웃으며) 고두쇠 님…….

고두쇠　(깜짝 놀라 돌아본다.) 누, 누구? 누구요? 여긴 어디지? (앉으며) 여긴, 여긴……. 앗! 가, 강도? 강도야? (벌떡 일어나 방망이를 겨눈다.) 당신 누구야? 어떻게 들어왔어? 응? 꼬, 꼼짝 마! (방망이를 휘두른다.)

천사   죄송합니다. 많이 놀라셨죠?

고두쇠   *(눈을 부비며 자세히 본다.)* 아니, 댁은 진짜 누구슈? 일단 강도는 아닌 것 같구. *(방망이를 내려놓고 안경을 쓴다.)* 누, 누구쇼? 빨간 옷에 수염이 없으니 산타클로스는 아니고……. 하긴, 산타라면 이곳에 올 리도 없지만……. 참 신기하네? 꼭 무슨 천사같이도 생겼네?

천사   *(웃으며)* 천사가 맞습니다.

고두쇠   엥? 천사? 웬 천사? 무슨 천사? 참, 나 원 참! 당신이 정말 천사라면 번지수를 잘못 찾은 것 같수. 여기는 산타나 천사나 뭐, 그런 분들이 올 곳이 아니라니까. 아니, 그런데 도대체 여긴 어떻게 들어온 거요? 문을 잠갔을 텐데……. 아니, 천사라면 문이 잠겨도 들어올 수 있었겠지. 이거 내가 무슨 소리를 하는 거야? *(볼을 꼬집어본다.)* 아야! 어, 이거 진짜네. 꿈이 아니야.

천사   갑자기 찾아와서 죄송합니다. 하지만 더 이상 시간을 지체할 수가 없어서요.

고두쇠   진짜 천사가 맞아요? 야, 이거 참 신기하네?

천사   신기하실 건 없으세요. 전 항상 당신 속에 있었는걸요? 고두쇠 님이 생명을 받은 그날부터.

고두쇠   뭐요? 내 속에? 정말? 어디에? *(배를 만진다.)*

천사   *(웃으며)* 당신의 육체가 아닌, 영혼의 방 안에 있었지요.

고두쇠   영혼의 방? 아니, 거기에도 방이 있었소? 에이, 진작 그런 줄 알았으면 그 방도 세를 놓는 건데, 아깝다. 아니, 근데 천사님이 여긴 웬일로?

천사   저는 고두쇠 님을 창조하시고, 당신을 너무도 사랑하시는
        분의 분부를 받고 이렇게 당신 앞에 나타났답니다.

고두쇠   에이, 농담 마시오. 그런 분이 어디 있어요? 날 사랑하다
        니? 말도 안 돼! 싫어한다면 몰라도.

천사   *(웃으며)* 세상 사람들이 왜 그렇게 고두쇠 님을 싫어한다고
        생각하세요?

고두쇠   그거야…… 내가 금을 좀 좋아하다 보니까…… *(천사의 눈치
        를 살피다)* 아니, 좀 많이 좋아해서……. *(눈치 살피다)* 아이! 그
        래요. 사실은 금을 엄청 사랑합니다. 아니, 그렇다고 내가
        도둑질해서 금을 모으는 것도 아니고, 열심히 일하고 그리
        고 또 절약하고 해서 내 힘으로 모은 건데 아니, 지네들이
        왜 날 싫어해? 그건 게으르고 못난 놈들의 질투고 모함이
        고 투정이지. 안 그래요? 참! 당신은 천사라니까 내가 정당
        하게 노력해서 돈 벌었다는 것도 잘 아시겠네?

천사   고두쇠 님. 물질은 물과 같은 것이라 항상 흘러야 한답니
        다. 고인 물은 썩게 마련이고, 썩은 물에는 생명이 깃들지
        못한답니다. 그걸 가두어 놓은 사람도 결국 살 수 없게 되
        는 거지요. 물은 항상 높은 곳에서 낮은 곳으로 흐르는 법
        이니, 많이 가진 사람이 적게 가진 사람에게 물꼬를 터주
        어야 함께 더불어 살 수 있죠.

고두쇠   에이, 거, 괜한 소리 마슈. 사람이 미치지 않고서야 뼈 빠지
        게 번 자기 것을 그렇게 그냥 흘러버린단 말이요?

천사　　원래는 하나님의 것이지요.

고두쇠　아이구, 됐어요. 댁이 천사님이라니 내가 다른 말은 다 듣겠지만 그, 금에 관한 얘기만은 아예 꺼내지도 마시우. 씨도 안 먹히는 소리.

천사　　오늘 밤에 고두쇠 님은 저와 함께 여행을 하시게 될 거랍니다.

고두쇠　여행이요? 이 오밤중에 어디를 간단 말이요?

천사　　과거, 그리고 미래로요.

고두쇠　과거와 미래 여행? 그거, 어디서 많이 들어본 스토리인데……. 가만 있자…… 아! 그거 혹시 스크루지 얘기 아니요? 내가 어렸을 때 읽었던 동화 같은데……. 에이, 그거라면 여행 가볼 것도 없어요. 그 내용은 내가 이미 다 안다니까. 그 책에는…… 응? 그런데…… 좀 다르네. 그 책대로라면 지금 유령이 나타나야 하는 거 아니요? 무시무시한 유령이…….

천사　　(웃으며) 악령은 당신에게 별 관심이 없답니다. 당신은 이미 그들 뜻대로만 살았기 때문에, 그들은 당신의 영혼이 영원히 자기들 손아귀에 있을 것이라고 믿고, 지금 방심하고 있죠.

고두쇠　무슨 말씀이신지는 잘 모르겠소만, 아까 영혼의 방이라는 곳에 현재 그들이 살고 있다는 말씀이요?

천사　　그렇답니다.

고두쇠　저런, 저런. 나쁜 놈들. 방세도 안내고 무단으로 남의 방에

	살고 있다니. 천사님, 혹 저들을 만나 볼 수는 없을까요?
천사	왜요?
고두쇠	왜는 왜요? 월세를 받아내야 하지 않겠소? 그동안의 세월로 치면 만만치 않은 돈인데.
천사	(웃으며) 그들은 곧 방을 비우게 될 거예요.
고두쇠	뭐요? 이거 참! 그러니 방을 비우기 전에 만나야 돈을 받을 수…….
천사	자! 이젠 떠나야 할 시간이에요.
고두쇠	그러니까 떠날 땐 떠나더라도 우선 그들을 만나게 해 주셔야…….
천사	고두쇠 님은 이제 돈보다 더 귀한 걸 만나게 됩니다.
고두쇠	그게 뭔데요?
천사	차차 아시게 될 거예요. 자! 이제 여행을 떠나실 준비가 되셨나요?
고두쇠	예? 준비요? 아, 그럼 옷이라도 갈아입고…….
천사	그러실 필요는 없어요. 우리는 저들을 보지만 저들의 눈에 우리는 보이지 않는답니다. 그럼, 어디 탈 것을 구해볼까요?
고두쇠	탈 거요? 뭐 그런 게 필요한가요?
천사	저는 필요 없지만, 고두쇠 님을 위해…….
고두쇠	아, 그래요? 그럼…… (빗자루를 들고) 이건 어떻겠소?
천사	(웃으며) 어렸을 때 동화책을 많이 읽으셨군요. 그보다…….
	(금고 쪽으로 가려 한다.)
고두쇠	(가로막으며) 아! 잠깐! 잠깐! 거기 바닥에 '누구든 접근 엄금'

이라고 씌어있는 것 안 보이쇼? 아무리 천사님이라도 거기는 접근 금지요!

천사   음, 그렇다면…… *(침대로 쓰인 나무 상자를 가리키며)* 아! 이것도 괜찮겠네요. 롤러코스터라…… 광속도를 내기에는 알맞겠어요.

고두쇠   롤러코스터요? 그거 무서울 텐데…….

천사   *(상자의 맨 앞쪽에 앉는다.)* 무서워하지 마세요. 저와 함께 있으면 안전하답니다.

고두쇠   *(잠시 망설이다 천사의 뒤에 앉는다.)*

천사   저를 꼭 잡으세요. 이젠 출발합니다. 자! 출발!

       (굉음과 함께 큰바람을 일으키며 스모그 효과로 구름 위를 달리는 장면을 표현한다.)

고두쇠   으아아! 으아아……. *(천사를 꼭 껴안는다.)* 참! 그런데 아까 천사님도 제 영혼의 방에 사셨다고 했죠? 아악! 아이고! 그, 그러니 방, 방세를……. 으악! 나 죽네. 월, 월세…… 월세……. 으, 으악!

[F.O]

제 3 장

어느 병원 응급실.

어느 여자 환자가 침대에 실려 급하게 응급실로 들어온다.

의사가 황급히 환자의 눈을 뒤집어보고 청진기를 대본다. 이후 의료진이 분주히 오가며 링거를 꽂는 등 응급처치를 한다. 이때, 오른쪽 귀퉁이로 천사와 고두쇠 출현.

고두쇠	어휴! 멀미 나. 죽는 줄 알았네. 그런데…… 여, 여기가……. 여기는 어디요?
천사	여기는 고두쇠 님의 과거입니다.
고두쇠	과거요? 그럼 이곳은……?
천사	고두쇠 님의 고향에 작은 병원이지요.
고두쇠	병…… 원? 병원이라고요? 웬 병원? 아니, 여행을 하자고 하더니 세상에 경치 좋고 아름다운 곳도 허구하게 많은데, 하필 병원에 날 데려온단 말이요? 에잇, 괜히 따라나섰네. 잠이나 더 잘 것을…….
천사	고두쇠 님. 저기 방금 실려 온 저 여자분의 얼굴을 한번 자세히 보시겠어요?
고두쇠	참, 내. 그러고 보니 그 천사님 취향 한번 묘하네. 아

니, 세상에 그렇게 볼 게 없어서 오밤중에 잠도 안 자
고 부리나케 와서 괜히 남 죽어가는 꼴이나 보라는
거요? 에잇, 재수 없어.

천사   한번 자세히 보세요. 어떤 분이신지.

의사   *(간호사에게)* 보호자, 보호자는?

간호사   밖에……

의사   들어오시라고 해.

간호사가 급히 밖에 나가 어린 시절 고두쇠를 데리고 들어온다.

고두쇠   앗! 저건?

천사   60여 년 전의 고두쇠 님이죠.

고두쇠   뭐라고요? 그, 그러면…… 저, 저분은?

천사   어머니세요. 당신의 어머니.

고두쇠   뭐, 뭐라구요? 어, 어머니? 어머니…… 어머니? 아! 어
머니! *(목이 멘다.)*

간호사   과장님.

의사   *(어린 고두쇠를 흘끔 보고)* 응? 보호자는? 음…… *(차트를 확
인하고)* 그러니까 고두쇠 씨는 어디 계시지?

간호사   *(어린 고두쇠를 가리킨다.)* 여기…….

어린 고두쇠   전데요?

의사   음, 그럼 아빠나 어른은 안 계시니?

어린 고두쇠   아빠는 돌아가셨고요.

의사	다른 가족은?
어린 고두쇠	제 동생뿐인데요.
의사	흠. 참, 할 수 없군. 이분이 네 엄마시니?
어린 고두쇠	네, 엄마예요. 울 엄마. 선생님! 울 엄마 괜찮으신 거죠?
의사	음, 그게…… 사실은 위독하시단다. 지금 당장 수술을 하지 않으면……. 물론 수술을 한다고 반드시 사신다는 보장을 할 수는 없어도 그래도 소생할 가능성은 있지.
어린 고두쇠	정말요? 아, 엄마! 그럼 얼른 수술해 주세요.
의사	그런데…… 그게…… 어른이 안 계셔서…….
어린 고두쇠	어른이요? 꼭 어른이 계셔야 하나요? 나, 나도 어른만큼 기운 세요! 정말이에요. 내가 어른만큼 일할 테니까 어서 빨리 해주세요! 제발요! 울 엄마 좀 살려주세요, 네?
의사	그런 게 아니고, 수술도 절차가 있는데……. 그러니까 어른이 계셔야 하거든?
어린 고두쇠	절차가 뭔데요? 그거, 제가 할게요! 저도 어른만큼 할 수 있다니까요?
의사	이것 참 안타깝네. 그게…… 저 수술 동의서에 사인도 해야 하고 원무과에 수납도 해야 하는데…….
어린 고두쇠	원무과는 뭐고 수납은 뭔데요?
의사	이것 참……. 그러니까 쉽게 얘기하면 돈을 내야 한다는 거야.

어린 고두쇠	돈, 돈이요?
의사	그리고 너는 너무 어려서 동의서에 사인도 할 수 없고…….
어린 고두쇠	그냥…… 그냥 울 엄마 먼저 살려주시면 안 될까요? 그냥 먼저 좀 수술해 주시면 제가 꼭 돈을 갚고 내가 어른이 되자마자 그 사인인가도 꼭 할게요! 약속해요. 진짜예요. 선생님! 그러니 살려만 주세요! 제발요, 네?
의사	나도 안타깝기는 하지만 불행히도 난 의사일 뿐 부자는 아니란다. 정 그러면 원무과에 가서 한번 사정 얘기를 해 보든지…….
어린 고두쇠	원무과요? 그게 어딘데요?
의사	복도로 나가 오른쪽이다.

의사와 간호사 퇴장

어린 고두쇠	*(엄마에게)* 엄마! 흑흑. 엄마! 조금만 참으세요! 제가…… 제가 꼭 살려드릴게요. 잠깐만…… 조금만 참으세요. 죽으면 안 돼요, 엄마! 정신 차리세요. 제발…… 얼른……. *(나가려 한다.)*
엄마	*(작은 목소리로)* 두쇠야……. 두쇠야!
어린 고두쇠	어? 엄마? 정신 차리셨네? 엄마! 저 두쇠예요!
엄마	그래, 우리 두쇠…….

어린 고두쇠	잠깐! 잠깐만 기다리세요. 제가 원무과에…….
엄마	갈 것 없다!
어린 고두쇠	네? 왜, 왜요?
엄마	그보다, 나와 함께 있어주렴.
어린 고두쇠	아니요, 그게 아니라…….
엄마	두쇠는 착하니까…… 엄마 얘기를 좀 들어주겠지?
어린 고두쇠	그럼요, 그럼요. 엄마.
엄마	미안하다. 정말 미안하다.
어린 고두쇠	내가 미안해요. 엄마. 내가 어른이 아니라서…….
엄마	동, 동생을 잘 돌봐 주거라. 그리고…….
어린 고두쇠	네? 네. 엄마!
엄마	너는 이를 악물고 무슨 일이 있더라도 악착같이 공부해서……. *(숨을 몰아쉰다.)*
어린 고두쇠	어, 엄마! 왜? 왜?
엄마	의로운…… 의로운 의사가 되어라! 꼭 부탁이다.
어린 고두쇠	의로운 의사요? 그게 뭔지……. 어쨌든 꼭 그렇게 될게요. 엄마, 그러니…….
엄마	가엾은 것……. 가, 가엾은……. *(숨을 거둔다.)*
어린 고두쇠	엄마? 엄마?? 왜 이래? 엄마! 엄마! *(오열한다.)* 왜 이래? 왜? 엄마! 엄마!
고두쇠	*(주저앉아 흐느낀다.)*
천사	고두쇠 님…….
고두쇠	*(설움을 참다가)* 엉엉! 어머니! 어머니!

천사	(포옹해주며) 고두쇠 님! 너무 마음 아파하지 마세요. 어머니께서는 다시는 아픈 것도 없고 눈물도 없는 좋은 곳으로 가셨답니다.
고두쇠	(흐느낀다.)
천사	어머니께서는 고두쇠 님이 이 세상의 어려운 사람들을 치료해주는 의로운 의사가 되길 간절히 바라셨네요. 그렇죠? 기억하시나요?
고두쇠	(끄덕인다.)
천사	당신은 그런 어머니의 유지를 받들어 어려운 가운데서 동생도 잘 돌보았고, 공부도 정말 열심히 했죠. 참 멋졌어요. 저도 그런 당신이 너무 자랑스러웠고…… 그땐 저도 무척 행복했었답니다. 당신은 어머니의 유지대로 어머니께서 자랑스러워하실 만한 훌륭한 의로운 의사가 될 수도 있었어요. (다시 상자로 된 롤러코스터에 탄다. 고두쇠에게) 타세요.
고두쇠	저…… 또 어디로 가시려고?
천사	이제 장소를 좀 옮겨볼까요?
고두쇠	그게…… 저…… 난 다시 현재로 좀 돌아가면 안 될까요? 너무 피곤해서…….
천사	이제 여행의 시작일 뿐인걸요?
고두쇠	더 보고 싶지 않소! 내 평생 다시는 보고 싶지 않은 어머니의 마지막 모습이었단 말이오! 기억조차 하기 싫은…….

천사	그렇지만 그 아픔은 항상 고두쇠 님의 가슴 밑바닥에 있었죠. 고두쇠 님이 보지 않으려 했을 뿐……. 외면하면 할수록 그 아픔은 점점 더 큰 덩어리가 되어 결국 자기 자신을 잠식해가죠. 본인도 모르는 사이에…….
고두쇠	*(잠시 생각에 잠겨 있다가 말없이 상자에 오른다.)*
천사	자, 그럼 출발합니다! 꼭 잡으세요! 출발! *(굉음을 내며 큰 바람이 인다.)*
고두쇠	오…… 오…… 우…… 아이고…….

[F.O]

제 4 장

[F.I]

겨울.

어느 공원의 산책로. 오후 시간.

대학생 고두쇠와 여자 친구가 걷고 있다.

여자 친구는 지친 기색이 역력하다.

고두쇠와 천사가 한쪽에서 바라본다.

대학생 고두쇠   *(길가의 벤치를 가리키며)* 힘들어? 그럼 우리 좀 쉴까?

여자 친구   *(아무 말 없이 벤치에 앉는다.)*

대학생 고두쇠   힘들었구나. 그럼 진작 좀 말하지. *(여자 친구의 모습을 살피며)* 추워?

여자 친구   *(신발을 벗고 발을 만진다.)*

대학생 고두쇠   발 아퍼? 오늘은 그리 많이 걷지도 않았는데……. 어디 보자. *(발을 만지려 한다.)*

여자 친구   *(뿌리치고 다시 신을 신는다.)*

대학생 고두쇠   괜찮은 거야?

여자 친구   ······.

대학생 고두쇠	*(기색을 살피며)* 어…… 너 춥니? 춥지? 입술이 파라네. 추워?
여자 친구	아잇! 좀 그만 물어보면 안 돼? 겨울이니 춥고, 걸었으니 발 아프지. 뻔한 거 아냐?
대학생 고두쇠	응? 응, 그래. 듣고 보니 그러네. 자, 그럼 이거……. *(윗저고리를 벗는다.)*
여자 친구	아이, 됐어! 벗지 마!
대학생 고두쇠	왜? 추운데? 이거라도 걸치면 좀 나을 텐데 왜 그래?
여자 친구	글쎄 그만 좀 물어보라구. 됐다고 했잖아?
대학생 고두쇠	응? 그래. 그런데 미영아, 너 오늘 무슨 일 있었니? 오늘따라 좀 네 맘이 편해 보이지 않네. 진짜 무슨 일 있는 거야?
여자 친구	됐어, 됐구. 이번에 우리 과에서 주최하는 카니발…… 그날 올 때 옷 좀 잘 갖춰 입고 와. 넥타이까지 색깔 좀 잘 맞춰갖고…….
대학생 고두쇠	응?
여자 친구	내가 두쇠 씨는 의대생에다가 킹카라고 하두 선전을 해놔서…….
대학생 고두쇠	응? 그건 사실이잖아? 하하.
여자 친구	사실이긴 한데 내 친구들은 외모를 많이 본단 말이야.
대학생 고두쇠	그것도…….
여자 친구	두쇠 씨 외모가 어떻다는 게 아니고, 옷! 옷 같은 거 말이야. 좀 세련되고 럭셔리해야 한다구. 모두

들 차림새를 보고 판단을 하는 거잖아? 애들이 저마다 어찌나 자기 파트너 자랑들을 하는지…… 내 참 아니꼬워서…….

대학생 고두쇠 아, 그랬어? 그런데…….

여자 친구 마땅한 옷이 없으면 내가 우리 오빠 슈트를 빌려올게. 우리 오빠 체격이 두쇠 씨와 비슷하거든?

대학생 고두쇠 아니, 그런데…….

여자 친구 글쎄, 아무 소리 말고 이번에는 내가 원하는 대로 한 번만 해줘. 두쇠 씨가 정말 근사하게 걔들 앞에 한 번 나서줘야 내 남은 대학 생활도 잘 풀릴 수 있거든? 좀 이해 안 되더라도…… 여대라는 데가 좀 그런 게 있단 말이야.

대학생 고두쇠 …….

여자 친구 그리고 그날 카니발에 오면 두쇠 씨에게 먼저 노래를 시킬 거야. 내가 우리 두쇠 씨는 가수 뺨치게 노래도 잘한다고 했거든? 그러니까 그 멋진 팝송으로 한 곡 죽어라 연습해 갖고 와야 돼. 그래서 처음부터 우리 과 애들 기를 탁 꺾어놔야 하거든. 특히 그 예림이, 그 아이가 어찌나 자기 남자 친구 자랑을 하며 나대던지……. 여자들은 노래 잘하는 남자를 보면 뿅 가거든. 알았지? 뭐 여러 노래를 하는 것도 아니고 한 곡만 멋지게 부르면 되는데 그 정도야 할 수 있지? 이 미영이를 위하는 일인데. 두쇠 씨도 내가 기 펴고 대학 생활 하는 걸 원할 거 아니야? 그치?

대학생 고두쇠	그야 물론이지. 그런데 내 얘기는 그게 아니고…….
여자 친구	그게 아니면 뭐? 혹시 팝송 연습할 시간이 없으면 포크송 같은 것도 괜찮아. 가요 말이야.
대학생 고두쇠	사실은 나 말이야. 휴학 신청을 했어.
여자 친구	뭐라고?
대학생 고두쇠	휴학했다구.
여자 친구	아니? 휴학? 이제 고작 두 학기밖에 안다녔는데 뭐 벌써……. 아니, 왜? 왜 휴학을 해?
대학생 고두쇠	처음 입학할 때는 어떻게든 계속 열심히 공부해서 장학금을 타려고 했는데…….
여자 친구	입학 때도 장학생으로 들어갔잖아?
대학생 고두쇠	그런데 그게 내 예상과는 달리 만만치 않더라구. 더구나 오후에는 아르바이트를 해야 하니 공부할 시간도 마땅치 않고 이건 장학금 탈 정도로 좋은 성적을 내기도 어렵고. 그렇다고 아르바이트로는 돈을 벌기도 어렵고. 그렇게 이것도 저것도 안 되는 바람에…….
여자 친구	그래서?
대학생 고두쇠	다음 학기에는 등록금을 내야 하게 됐는데 그걸 마련하지 못했어.
여자 친구	…….

대학생 고두쇠	내 생각이 너무 짧았던 것 같아. 대학에 입학만 하면 어떻게든 다닐 수 있을 줄 알았는데…….
여자 친구	동생은?
대학생 고두쇠	그 아이는 자기가 학교 그만두고 돈을 벌 테니 형은 계속 학교 다니라고 했지만 그 아이도 일단 고등학교는 마쳐야지.
여자 친구	그럼 휴학하면 이제 뭐 하려고?
대학생 고두쇠	어디 취직해서 등록금 마련될 때까지 열심히 직장에 다녀야지.
여자 친구	휴.
대학 생고두쇠	…….
여자 친구	두쇠 씨가 휴학하면 그…… 혹시 군대 가야 하는 거 아냐?
대학생 고두쇠	그건 어떻게든 미루어 보려구. 지금 내가 군대 가면, 동생을 돌보아 줄 수 없기 때문에…….
여자 친구	그런 사정이 통하겠어?
대학생 고두쇠	글쎄……. 좀 잘 알아보려고…….
여자 친구	휴!
대학생 고두쇠	어쨌든 너를 실망시켜서 미안하구나. 나도 너희 학과 카니발에는 꼭 가보고 싶었는데…….
여자 친구	…….
대학생 고두쇠	하여튼 길은 있을 거야. 하늘이 무너져도……. *(일어서며)* 우리 이제 그만 쉬고 좀 걸을까?

여자 친구	……. *(앉아 있다.)*
대학생 고두쇠	일어나. 우리 좀 걷자. *(손을 잡는다.)*
여자 친구	*(손을 뿌리치며)* 우리가 무슨 운동선수야?
대학생 고두쇠	응?
여자 친구	데이트가 무슨 체력 훈련이냐구! 이건 허구헌날 만났다 하면 걷자고만 하니……. 내 친구들은 멋진 레스토랑에서 맛있는 거 먹으면서 데이트를 한다는데……. 재미있는 영화도 보고 콘서트도 간다는데……. 지금은 겨울이라고, 겨울! 이 추운 날 손, 발이 꽁꽁 얼어가며 거리를 헤매게 하다니. 무슨 노숙자도 아니고.
대학생 고두쇠	*(당황한다.)* 미, 미영아.
여자 친구	*(울먹인다.)* 난, 배도 고프단 말이야! 지금 난 춥고…… 발 아프고! 힘들어! 너무 힘들단 말이야!
대학생 고두쇠	미, 미영아. 미안, 미안해!
여자 친구	그만해! 미안하다는 말 들으려는 게 아냐!
대학생 고두쇠	그, 그럼?
여자 친구	*(벌떡 일어서며)*나, 갈래!
대학생 고두쇠	미영아! *(따라간다.)*
여자 친구	따라오지 마!
대학생 고두쇠	*(멀어지는 여자 친구를 바라보다 힘없이 벤치에 주저앉아 괴로워한다.)* 의로운 의사? 의로운? '의로운'은 '가난한'의 또 다른 이름일 뿐이지! 가난한 의사가 되라고? 여태

도 가난했는데 미래에도 또 가난해야 한단 말이야? 가난하지만 않았어도 나는 어머니를 잃지도…… 학교에서 쫓겨나지도…… 미영이를 떠나보내지도 않았을 거 아니야? 사실 휴학하면서 이미 영장까지 받았으니 군대도 가야 하고……. 이게 뭐야? 그래! 결국은 돈! 돈이야! 의로운? 정의? 이젠 그런 미사여구에 더 이상 속지 않겠어! 의로운? 개뿔이……. 듣기 좋은 말로 포장해놓고 결국은 푸대접하는 더러운 세상! 난 지금부터 이를 악물고 돈! 돈을 벌 거야!

대학생 고두쇠가 앉은 벤치는 [F.O]되고 고두쇠와 천사에게 [F.I]

천사   고두쇠 님은 이때 미영 씨에게 받은 상처 때문에 이후로 여자를 멀리했고 지금까지도 독신으로 살고 계시죠.

고두쇠 *(괴로운 표정)*

천사   그런데 고두쇠 님이 모르는 것이 하나 있어요. 그날 그 자리에서 그렇게 헤어진 이후에도 미영 씨는 고두쇠 님의 연락을 오랫동안 기다렸어요, 작은 자존심 때문에 먼저 연락은 못했지만…….

고두쇠 네?

천사   고두쇠 님은 너무 여자의 마음을 몰랐지요. 사실 미영 씨는 그날 너무 속상하고 아팠던 거예요. 그래서 아프다고……… 속상하다고…… 그냥 있는 대로 표현한 것뿐인데……. 잘 생각해 보세요. 그날 미영 씨가 절교하자고 한 적이 있는지…….

고두쇠 아!

천사 인생은 선택의 연속이랍니다. 아침에 잠에서 깨자마자부터 저녁에 잠자리에 들 때까지 우리는 끊임없이 선택을 하게 되죠. 잠에서 깨어나면 조금 더 잘까 지금 일어날까 하는 선택에서부터 아침은 뭘 먹을까? 이 옷을 입을까 아님 저 옷을 입을까? 전철을 탈까? 버스를 탈까? 이 시간엔 TV를 볼까? 책을 볼까? 등등의 작은 선택으로부터 때로는 앞으로의 자신의 인생을 결정하는 중요한 선택까지. 즉, 매 순간의 선택이 그 사람의 인생을 만들어 가는 거지요. 고두쇠 님이 의로운 의사의 길을 포기하고 돈만을 위해 살기로 선택한 그 순간부터 나는 당신 안에 있으면서도 당신에겐 완전히 잊혀진 존재가 되고 말았답니다.

고두쇠 그랬나요? 그렇지만 그때의 내 입장에서는…….

천사 아픔 없는 성숙은 없고, 아픔 없는 발전도 없답니다. 아픔은 이렇게 사람에게 꼭 필요한 통과의례 같은 것이기도 하지만, 때론 어떤 이의 무릎을 꺾어놓아 그만 쓰러뜨리기도 한답니다. 그래요, 사람은 언제나 쓰러질 수 있지만, 다시 일어날 수도 있죠. 전 그때 고두쇠 님을 부축해 다시 일으켜 드리려고 했는데 전, 안타깝게도 당신의 선택 안에서 그만 밀려나고 말았답니다.

고두쇠 도대체, 뭐가 뭔지 모르겠네.

천사   (웃으며) 자, 이젠 롤러코스터에 오르세요.

고두쇠   또요? 아니, 또 어딜 가려고?

천사   이젠 약속대로 고두쇠 님의 미래를 보여드릴 거예요.

고두쇠   그만! 그만! 그만두시오! 어차피 선택이 잘못 되었다는 거
       아니요? 이젠 알았으니 됐잖소? 그러니, 이제 그만합시다.

천사   고두쇠 님. 그렇다고 그렇게 실망하실 필요는 없어요. 선
       택은 가능성이랍니다. 그리고 그것은 늘 열려 있지요. 지
       금 이 순간에도요.

고두쇠   모르겠소! 갑자기 혼란스러워져서 도대체 뭐가 뭔지 모르
       겠단 말이오! 원래 나는 이렇게 혼란스러웠던 적이 없었
       소. 나는 내 사랑하는 금들과 함께…… 그렇지! 나는 부자
       라고요! 내 금고 안에 금괴가 차곡차곡 쌓일 때마다 내 마
       음속의 기쁨도 차곡차곡 쌓여갔고, 나는 그렇게 매일 매일
       을 행복하게 잘 살아가고 있었는데 느닷없이 당신이 나타
       나는 바람에 내 평안과 행복은 박살이 나버리고……. 도대
       체 왜? 왜 당신이 나타나 일을 이렇게 복잡하게 만든단 말
       이오?

천사   정말 진정한 평안과 행복이 고두쇠 님 안에 있었나요?

고두쇠   아! 그럼요! 그렇고말고요! 금괴를 바라보는 내 눈을 못
       보았어요? 나는 늘 평안하고 행복했다구요. 아니, 뭐 늘
       은 아니었지만……. 아니, 어쩌면…… 그게, 깊은 내 맘속
       은…… 우울하고, 불안하고…… 외로웠는지도…… 앗! 아
       니, 참! 이거 내가 왜 이래?

천사   (웃으며 롤러코스터에 타라는 제스처를 취한다.)

고두쇠 아, 아니…… 그렇지만 사람이 늘 행복하게만 살 수는 없는
　　　거 아니오? 그래요! 여기 있는 사람들에게 한번 물어보시
　　　오! 아무리 평안하고 행복하게 사람이 산다고 해도 때로는
　　　불안하고, 외롭고, 우울할 때도 있는 거지. 그렇지 않아요?
　　　때로는…….

천사   고두쇠 님은 '때로는'이 아니고 '항상'이었지요.

고두쇠 그, 그게…….

천사   이젠 정말 시간이 얼마 남지 않았답니다. 우린 이 밤 안에
　　　이 여행을 마쳐야 하거든요?

고두쇠 이봐요! 그거 꼭 다 마쳐야 하는 거요? 아, 본인이 싫다는
　　　데…….

천사   고두쇠 님의 미래가 걱정되시나요?

고두쇠 아니요! 아니요! 그건 아니오! 그렇지만…… 난…… 난 사
　　　실은 힘이 들어요. 이 여행을 하면 할수록 혼란스러워지
　　　고, 가슴이 터지도록 아프고 너무 괴롭단 말이오! 너무 아
　　　프단 말이오. 모르겠소? 견딜 수가 없다고요…….

천사   고두쇠 님…….

고두쇠 다시 떠오를까봐 겁나던 어머니의 비참한 임종과…… 미
　　　영이와의 마지막 이별의 순간이었는데……. 이건 숫제 생
　　　생한 현장까지 데려가 내 가슴을 후벼서 찢어놓다니…….
　　　왜 이러시오? 도대체 왜 그러는 거냐구요?

천사   입에 쓴 약이 몸에는 좋은 거잖아요?

고두쇠   듣기 싫소! 이젠 그만! 그만하겠소. 아무리 몸에 좋다 해
         도 내가 먹지 않겠다는데…… . 날 그저 현재로 데려다 주
         시오. 내 금방으로…… . *(주저앉는다.)*

천사   고두쇠 님…… .

고두쇠   글쎄, 듣기 싫어요! 과거고 미래고 다 싫다고요! 과거는 흘
         러간 거고, 미래는 아직 오지도 않은 건데 왜 당신은 자꾸
         시간을 거슬러 날 괴롭히는 거요? 응? 왜? 그건 순리가 아
         니잖소?

천사   그건 가능성 때문이죠. 마지막 선택의 기회를 드리려
         고…… .

고두쇠   글쎄, 됐어요! 됐다구요! 나를 현재로 데려다주지 않는 한
         나는 여기서 꼼짝도 않을 거요!

천사   …… .

고두쇠   …… .

천사   그럼…… 고두쇠 님은 미래 여행을 정말 포기하시는 건가요?

고두쇠   내가 얘기했잖소, 방금.

천사   왜요?

고두쇠   그건…… 보고 싶지 않으니까.

천사   왜 보고 싶지 않으실까요?

고두쇠   그거야…… .

천사   두려우신 거죠?

고두쇠   아니오! 그건. 에잇! 참! 그렇소! 그게…… 사실은 두렵다고
         요. 그래서 싫다는 거요. 됐소?

천사   주위에서 흔히 일어나는 일을 우리는 기적이라고 부르지

　　　　 않죠?

고두쇠   …….

천사   이후로 다시 이런 기회는 없답니다.

고두쇠   …….

천사   …….

고두쇠   그런데 왜?

천사   하나님은 당신을 너무 사랑하신답니다.

고두쇠   왜? 왜…… 날?

천사   열 손가락 깨물어 안 아픈 손가락은 없죠?

고두쇠   그런데?

천사   고두쇠 님도 그분의 아픈 손가락 가운데 하나랍니다.

고두쇠   …….

고두쇠가 슬며시 롤러코스터에 오른다.

천사   자! 그럼 고두쇠 님의 미래로 출발합니다. 꼭 잡으세요.

고두쇠   그 대신 미래는 잠깐만 보고 얼른 현재로 가는 거요. 마침

　　　　 천사님도 시간이 없으시다니까. 아셨지요? *(굉음과 함께 출발)*

　　　　 으아! 아아아!

제 5 장

[F.I]

병원의 진료실 앞. 오후.
고두쇠와 천사가 진료실 앞에서 상자에서 내린다.

고두쇠 여, 여긴 어디요? 응? 여긴 또 병원 아니야? 아이, 씨! 진짜 열
   받네. 무슨 여행이 병원에서 시작해서 병원에서 끝난단 말이
   오? 아니, 좀 판타지하고 멋진 여행지도 한 번쯤 가봐야지.
   이게 무슨 경우요? 이거 무슨 피지컬 드라마도 아니고······.

천사 저예산 드라마죠.

고두쇠 예? 뭐라구요?

천사 (웃으며) 멋진 여행은 아니지만, 의미 있는 여행이에요. 고두
   쇠 님의 미래를 경험하시고 이제는 현명한 선택을 하시길
   바래요.

고두쇠 에이, 젠장.

이때 진료실에서 간호사가 나온다.

간호사   고두쇠 님…… 고두쇠 님.

고두쇠   응? 내 이름 아니야?

천사   들어가 보세요.

고두쇠   어디로?

간호사   고두쇠 님. 고두쇠 님 안 계세요?

고두쇠   아, 여기 있소. 나요.

간호사   아, 네. 고두쇠 님, 들어오세요.

고두쇠   그런데 내 이름을 어떻게 알고 부르지? *(이때 천사는 우측으로 사라진다.)*

간호사   고두쇠 님, 어서 안으로 들어오세요.

고두쇠   아니, 근데 간호사 양반. 내 이름은 어찌 아시우?

간호사   네? 그거야 진료 예약을 하셨으니까요.

고두쇠   내가? 아니, 내가 언제? 아니, 천사님. 응? 천사님은 어디 가신 거야? 천사님, 천사님!

간호사   어서 들어오시라니까요?

고두쇠   네? 아, 네. 거참. *(진료실로 들어간다.)*

진료실 안에는 의사가 차트를 검토하고 있고, 간호사가 의사 앞의 의자를 빼서 고두쇠를 앉히고 나간다. 고두쇠와 의사가 책상을 가운데 두고 마주보고 앉아 있다.

의사   *(차트를 닫고)* 고두쇠 씨?

고두쇠   네.

의사   고두쇠 씨, 지난번에 하셨던 검사 결과가 나왔습니다.

고두쇠   네, 네? 내가 언제?

의사   혹시…… 늘 평소에 심하게 집착하시는 일이 있으십니까?

고두쇠   네?

의사   아니면…… 어쨌든 마음에 심한 스트레스가 있으셨습니까?

고두쇠   뭐요?

의사   흔히 심각한 심적 스트레스가 계속되면 그것이 심각한 신체적 피해로 이어지기도 하거든요.

고두쇠   뭔 소리래?

의사   심적 스트레스 상태가 지속되면 그것을 견디지 못한 신체의 세포가, 변이를 일으키기도 하고 그것이 세월이 갈수록 전체 세포로 전이되기도 한다는 것이지요.

고두쇠   나, 참. 이게 무슨 소린지…….

의사   혹시, 고두쇠 씨 보호자는 안 계십니까?

고두쇠   아니, 그 병원에서는 왜 밤낮 보호자만 찾는 거요? 본인이 있는데…….

의사   그럴 만한 이유가 있어서죠. 고두쇠 씨 가족은?

고두쇠   없소.

의사   그럼 친척분이라도…….

고두쇠   아, 참! 왜 자꾸 그러슈? 나 지금 바빠요, 가게를 비우고 와서. 그냥 얘기하슈. 무슨 얘기를 하시려고?

의사   하는 수 없군요. 지난번에 고두쇠 씨가 저희 병원에 오셔서 말씀하신 증상을 고려하여, 의심되는 병증의 각종 검사를 진행한 결과, 여러 검사의 종합적인 결과가 일치하고 있는데…….

고두쇠 내가요? 검사를 받았다고요? 그래서요? 그저 쉽게 말해보슈.

의사 고두쇠 님의 병명은…… 악성종양…… 즉, 암입니다.

고두쇠 뭐라고요? 암이라고요? 내가요?

의사 그것도 이미 많이 퍼져 있어서, 이젠 손을 쓸 수 있는 시기가 많이 지나버린 것 같습니다.

고두쇠 네? 뭐요? 에이, 그럴 리가. 나는 지금 멀쩡한……. 아이구! 아이구! 이거 왜 이래? *(갑자기 매우 고통스러운 표정)* 헉! 헉! 수, 숨도 차고…… 뼈마다…… 아이고…… 아이고!

의사 자각증상이 심하면 벌써 말기입니다. 저희 병원 통증클리닉에서 돌봐드리면 일부 통증은 완화할 수 있습니다. 곧 입원 수속을 밟아드리겠습니다.

고두쇠 뭐, 뭐라고요? 아! 아이고…… 아이고……그럼 치료는?

의사 안타깝게도…… 아직까지 말기 암을 완치할 수 있는 치료법은 없습니다.

고두쇠 아! 아이고. 아이고. 그, 그럼 이, 이대로 죽는다 이 말이오?

의사 죄송하지만 그렇습니다. 대략 한 달 내로…….

고두쇠 뭐요? 한 달 내로? 한, 한 달 내로 내가 주, 죽는다고요? *(숨을 헐떡이며)* 아이고…… 아파!

의사 그렇습니다. 그것도 길게 봐서 그렇다는 것이고 대개는 그 이전에…….

고두쇠 아니, 이게…… 이게 대체 무슨 소리요? 조금 전까지도 멀, 멀쩡했는데…….

의사   그게 암의 특징입니다. *(간호사에게 차트를 넘기며)* 이 환자분 병
      실로 모시도록 하세요.

간호사 *(고두쇠를 부축하려 한다.)*

고두쇠 아, 아니, 잠깐! 잠깐! 그래도 방법은 있지 않겠소? 혹 돈
      때문이라면 조금도 걱정 마시오. 내겐 돈이 아주 많다구
      요. 난 부자란 말이오!

의사   죄송합니다. *(간호사에게 데리고 가라는 제스처)*

간호사 *(부축한다.)*

고두쇠 *(뿌리치며)* 거. 이것 보시오, 의사 양반. 나, 나는 지금 죽을
      수는 없소! 내 금! 내 금들은 어쩌고 내가? 아니, 그것들
      을 두고 내가 어떻게 죽냐고. 이, 이것 보시오. 나를 좀 살
      려내시오. 사례는 얼마든지⋯⋯ 아니, 당신이 원하는 대로
      다 해줄 테니⋯⋯. 아, 돈이 없어서 방법을 못 쓰는 거지
      돈을 얼마든지 쓰겠다는데⋯⋯. 이봐요, 정말이오. 비용은
      얼마가 되든 상관없다니까⋯⋯. 나는 부자란 말이오, 부자!

의사   부자도 결국은 죽지요.

고두쇠 응? 그, 그건 그렇지만⋯ 그래도 지금은 아니란 말이오! 헉
      헉⋯⋯ 지금은 안 된다고⋯⋯. 이봐요! 그, 무슨 방법이라
      도 써 봐요!

의사   가족도 안 계신다니 일단 입원하시고 서둘러 며칠 안에
      주변 정리를 하시는 것이 좋으실 겁니다. 장례 준비도 하
      셔야 하고⋯⋯.

고두쇠 장례? 내, 내 장례를? 아니, 누가 자신의 장례를 자기가 준

비한대요? 헉헉.

의사 가족도 이웃도…… 아무도 없으시다니까…….

고두쇠 내 참, 기가 막혀서. 이것 봐요. 그런 소리 말고 날 좀 살려
주시오! 부, 부탁이오!

의사 *(퇴장)*

간호사 *(고두쇠를 부축해 일으키며)* 자! 이젠 가셔야 해요.

고두쇠 *(끌려 나가며)* 잠깐! 아, 잠깐만! 아니, 의사가 환자를 두고 어
디를 가는 거요? 나…… 나 좀 살려주시오!

간호사 회진 시간이에요.

고두쇠 아이구! 회진은 무슨……. 이봐요! 의사 양반! 내가 지금
더 급하지 않소? 가지 말고…… 윽!

간호사 *(고두쇠를 부축해 나가며)* 그렇게 소리 지르시면 통증이 더 심해
지세요!

고두쇠 아! 이럴 수가…… 이럴 수가……. 윽! *(주저앉는다.)* 아이고, 아이고!

간호사 많이 아프세요?

고두쇠 음…… 음! *(통증에 시달리며 고개를 끄덕인다.)*

간호사 못 걸으시겠어요?

고두쇠 *(끄덕인다.)*

간호사 그럼 이것 갖고 여기 잠깐만 앉아 계세요. *(차트를 넘겨주고)*
제가 금방 침대를 갖고 올게요. *(뛰어나간다.)*

고두쇠 흑흑! *(흐느낀다.)* 누, 누구 없소? 날…… 날 좀…… 살, 살려
주시오! 살려줘요! 아! 왜 내 주위에는 항상 사람이 없는
거야? 아…… 아……!

[F.O]

제 6 장

[F.I]

고두쇠의 금방.
고두쇠가 침대 위에서 버둥거린다.

고두쇠   거기 누구 없어요? 아무도? 안 돼! 안 돼! 제, 제발! 금! 내 금을 다 줄 테니 제발 목숨만 살려주시오! 악! *(벌떡 일어나 앉는다.)* 아! 아! 이, 이런! *(머리를 감싼다.)* 아이고, 머리야! *(땀을 닦는다.)* 응? 그런데 여기는? 여기는? 금방? 천사님! 그래. 천사님은 어디 계시는 거야? *(둘러본다.)* 없네? 여기는 내 금방이고 천사님은 안 계신다? 그럼…… 그럼 내가 간밤에 꿈이라도 꾼 건가? 꿈이었나? 무슨 그런 꿈을 다 꾸었단 말이야? 찝찝해. 끔찍해. *(컵에 물을 따라 벌컥 들이켠다.)* 아! 시원해. 별일이다. 내가 너무 피곤했나? 그런데 그냥 꿈이라기엔 너무 생생한데? 에이! 어쨌든 다시 내 자리로 돌아왔으니 됐지 뭐. 돌아와? 허허, 참. *(침대에 놓인 차트를 본다.)* 응? 이건 뭐지? *(차트를 들춰 읽어본다.)* 환자 명 고두쇠, 남자, 68세,

(얼굴이 굳어진다.) 병명 및 소견, 말기 암…… 뼛속까지 종양
이 전이되어 소생이 불가능할 것으로 사료됨……. *(힘없이 차
트를 내려놓고 주저앉는다. 한동안 멍하니 앉아 있다가)* 외롭다. *(심하
게 흐느낀다.)* 어머니! *(감정이 통제가 안 되자 대걸레를 찾아들고 가게의
이곳저곳을 닦기 시작한다.)* 잘못됐어. 잘못했어. 아! 그동안 나
는 그들을 어떻게 대해 온 거야? 미안해! 정말 미안해! 정
말 미안하다……. *(잠시 후 걸레질을 멈춘다.)* 아! 그렇구나! 그렇
지요? 천사님? 문제는 선택에 있는 것이 아니었지요? 문제
는 내가 무엇을 보느냐이지요? 보이지 않는 것을 선택할
수는 없는 것이니 인생에 있어 정말 중요한 건…… 관점,
관심이겠지요? 내가 이제 비로소 내 따뜻한 이웃을 바라
보게 되니…… 내 맘이 이리도 뜨거워지게 된 거죠? 아하,
참! 그래서 이리도 내 맘이 한없이 외로워지고…….

이때 목이가 급하게 금방으로 들어선다.

목이   아이구, 죄송합니다. 제가 어젯밤에 조금 늦게 자는 바람
         에……. 제 봉급에서 한 시간 임금을 제하겠습니다. 그러
         니…… *(고두쇠가 대걸레를 든 것을 눈치채고)* 아이구! 혹시 저를
         자르시려고요?

고두쇠   무슨 소리야?

목이   아이구…… 한 번만 용서해 주세요. 다음부턴 절대로 지
         각 안 할 테니까요. 아니, 매일 30분 정도 더 일찍 나올게

요. 그러니······ 제발······.

고두쇠   왜 그래? 난, 너 그만두라고 말한 적 없다.

목이   *(두려운 표정으로 대걸레를 가리키며)* 그거······ 그거요. 한 번도 그거 잡으신 적 없잖아요?

고두쇠   *(알겠다는 듯 웃으며 대걸레를 내려놓고)* 어제 석이네 집 비웠냐?

목이   네? 아, 네.

고두쇠   그 사람들······ 어디로 갔어?

목이   네? 그, 그건 왜요?

고두쇠   몰라?

목이   아니요.

고두쇠   *(쳐다본다.)*

목이   저······ 사실은 방 구할 때까지 며칠 동안 우리 집에 머물기로······.

고두쇠   그래? 그거 잘했군.

목이   영감님. 잘, 잘못했습니다. 제가 제 주제도 모르고······ 그만 오지랖이 넓어서······ 저도 못사는 주제에······. 죄, 죄송합니다.

고두쇠   가서 석이네 데려와!

목이   네? 아니, 왜요?

고두쇠   다시 우리 집에 와서 살라고 해. 집세 걱정은 말고.

목이   네? 뭐라고요?

고두쇠   집세 안 받을 테니 다시 와서 살고 싶을 때까지 살라고 하라구.

목이   네? 방금 뭐, 뭐라고 하셨어요?

고두쇠	얘가 갑자기 귀가 멀었나?
목이	아니…… 진짜요? 하하하. 에이, 농담 마세요. 그런 말도 안 되는……. 내…… 하하…… 참…… *(고두쇠의 눈치를 살핀다.)* 진, 진짜로요? 정말로요? 진심이세요? 날 놀리시는 거 아니구요?
고두쇠	빨리 전해! 맘 변하기 전에…….
목이	네? 네, 네. 그럴게요. 하하. 이것 참! 이게 무슨 일이래?
고두쇠	잠깐!
목이	네?
고두쇠	그리고…… 너네 집에 가는 길에 우리 조카 집에도 잠깐 들러라.
목이	조아네 집이요?
고두쇠	그래. 내가 번번이 거절하는데도 이 못난 큰아버지를 명절 때마다…… 그래도 피붙이라고 항상 밥상 차려놓고 기다려 주는…… 우리 조카와 착한 며느리…… *(목이 멘다.)* 내 동생도 일찍 죽고 제수씨마저 세상을 떠난 후…… 형제도 없이 혼자 자란 우리 조카…… 그 아이들이 얼마나 외로웠겠나?
목이	그래도 그분들은 언제나 큰아버지 걱정을 하셨어요. 내게 늘 큰아버지 건강하시냐고 물으며 외로운 우리 큰아버님께 잘해드리라고…….
고두쇠	내가 너무 무심했지. 너, 가는 길에 우리 조카네 집에 쇠고기하고 과일이라도 좀 사다 주거라.
목이	네? 정말요? 세상에…… 이런 일이…….
고두쇠	그리고…… 조아 어미를 보거든…… 내가 사랑한다고 전해줘.

목이	네? 사, 사랑이요? 아! 그, 그럼요. 이게 꿈은 아니겠지?
고두쇠	서둘러 다녀와.
목이	네…… 네! 그럼요. 명령만 내려주세요. 하하. *(나가려다)* 그런데…… 돈은요?
고두쇠	*(돈 통을 열어 돈을 내어준다.)*
목이	이야! 이거 진짜네. 돈까지 내어주시는 걸 보니……. *(돈을 세어보며)* 아니, 그런데 무슨 돈을 이렇게 많이 주세요?
고두쇠	푸줏간 가는 길에 네 아내에게도 쇠고기를 좀 끊어다 줘.
목이	네? 우, 우리 집까지요? 저희한테까지요? 여, 영감님! *(말문이 막힌다.)*
고두쇠	그래. 고두쇠 영감이 보냈다고 하고…….
목이	감, 감사합니다! 영감님. *(나가며)* 이거 오늘 우리 집사람 까무러치게 생겼네. 허…… 참!
고두쇠	목아!
목이	네?
고두쇠	메리 크리스마스!
목이	*(목이 메어)* 메리 크리스마스! 영감님! *(뺨을 꼬집어본다.)* 아야! 이, 이거 생시네. 꿈은 아니야. 다녀오겠습니다.
고두쇠	*(나가는 목이의 뒷모습을 바라보며)* 허허, 그놈 참! 근데 내 맘이 왜 이렇게 좋지? 내 아까운 돈이 나갔는데 왜 이리도 기쁠까? 허허, 참. 허허허! *(객석으로 내려가 관객들과 악수하며 인사를 건넨다.)* 메리 크리스마스! 메리 크리스마스! *(이때 캐럴이 울려 퍼지며 고두쇠 인사하며 퇴장.)*

[F.O]

무대에는 늙은 목이 등장 또는 영상으로 보여주면 더 좋겠다.

에필로그

[F.I]

늙은 목이   그 기적적인 크리스마스 이후 우리 고두쇠 영감님은 그
분의 금과 재산을 모두 팔아 사회사업을 오랫동안 하셨
답니다. 사랑의 마음을 되찾은 그분에게 스트레스는 사
라졌고…… 물론 암이라는 병도 없었죠. 나중에 안 일
이지만 영감님께서 미래를 여행한 후 처음에는 죽음이
두려웠답니다. 그러나 정작 두려운 것은 죽음이 아니라
외로움이었다네요. 그 후 영감님은 저를 아들같이 대해
주시고 이렇게 금방도 제게 물려주셨어요. 그분 생각을
하면 지금도 내 마음이 먹먹해지네요. 지금 여러분의
가슴속은 어떠십니까? 지금 여러분은 무엇을 바라보며
살아가십니까? 여러분, 오늘은 또 어떤 선택들을 하시며
살아가실 겁니까? 혹, 금이 필요하시다면…… 여기 목
이 금방을 한번 선택해 주시겠습니까? 참고로 말씀드리
자면…… 저희 목이 금방에서는 금을 사기도 하지만, 또
팔기도 한답니다. 허허.

목이가 '금 사고 팝니다.' 라고 쓰인 입간판을 무대 중앙에 놓고 퇴장한다.

[F.O]

Spot light가 입간판을 환하게 비추다 점차 dim out 된다.

02

은혜의 땅

- 1999년 9월 -

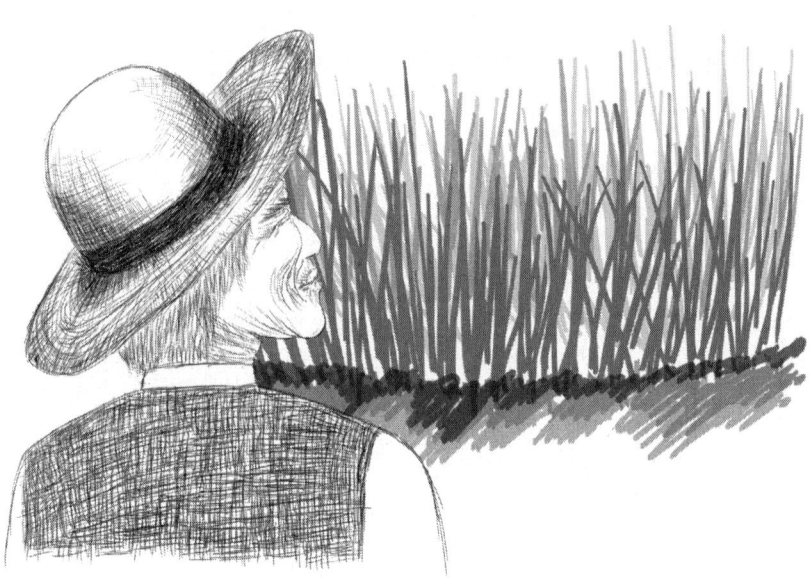

[1 막]

제 1 장

1950년대 겨울.

북한 땅 인민재판 현장.

어둠 속에서 으스스한 바람 소리와 군중들의 구호 소리와 외침이 요란하다.

[F.I] 되면, 만신창이가 된 이성우의 아버지가 동아줄에 묶인 채, 공산당 리 위원장
　　　에게 이끌 리어 무대 중앙에 무릎을 꿇는다. 팔에 빨간 완장을 차고 손에 몽둥이
　　　를 든 위원장이 서슬이 퍼렇게 군중 앞으로 나선다.

위원장　　*(손을 내저으며)* 친애하는 동지 여러분! 우리의 위대하신 영
　　　　　도자이시며, 인민 해방군의 대원수이신 김일성 수령님의
　　　　　크신 은덕을 소리 높여 찬양합시다!

군중들,　'김일성 수령 동지 만세!' 를 연호한다.

위원장 　우리의 어버이 김일성 수령 동지의 탁월한 영도 아래 오늘도 우리 인민 해방군은 저 가증스런 남조선의 괴뢰 도당들과 승냥이 같은 미 제국주의자 군대들의 씨를 말리며 지금 속도를 내어 남으로 진군을 계속하고 있습니다! 이런 속도라면 이제 곧, 남조선의 불쌍한 동포들도 그 악질 괴뢰도당의 극악한 압제에서 벗어나 우리 따뜻한 공산당과 어버이 수령님의 품에 안길 날도 머지않았습니다.

군중들 　'김일성 수령 동지 만세!' '인민해방군 만세!' 를 연호한다.

위원장 　자! 자! 동지 여러분! 인민 해방 전선에서 우리의 자랑스러운 인민 해방군이 그들의 붉은 피를 바쳐가며 이렇게 분전하고 있으니, 우리도 이 땅에서 썩은 부르주아들을 척결하고, 하루 빨리 혁명의 새날이 올 수 있도록 힘을 합쳐 일어서야 할 것이오!

군중들 '옳소!' '혁명 만세!' 를 연호한다.

위원장 　*(아버지를 째려보며)* 친애하는 동지 여러분! 여러분은 이 작자가 누구인지 잘 알 것이오. 이자는 조상대대로 이곳에 많은 땅과 재산을 가지고 우리 노동자들의 정당한 세경을 알궈 먹고, 추운 겨울에 우리의 옷을 벗겨 거리로 내쫓고 자기는 뜨신 방에서 호의호식하며 시시덕거리던 자요. 일

제 때는 우리의 피를 빨아 일본 제국주의자들에게 바쳐가
며 온갖 권모술수로 자신의 부를 축적한 자가 바로 이 작
자가 아닙니까? 자! 여러분! 이 더럽고 추악한 악질 반동분
자를 어찌 하면 좋겠소?

군중들   *(열성 당원 몇몇만)* 처단하시오! 죽여야 하오!

위원장   동지들! 이제는 세상이 바뀌었소! 우리는 그동안 가진 것
배운 것이 없다는 이유 하나만으로 얼마나 많은 업신여김
과 멸시를 받아왔는지 한번 생각해 보시오! 어찌 우리뿐
이리오? 우리의 자손들도 대대로 이런 악질 반동의 괴수
에 얽매여 계속 피를 빨리지 않겠소? 그러니 이런 악의 뿌
리를 속히 제거하여 이 땅에 다시는 자본주의가 발붙이
지 못하게 해야 되지 않겠소? 여러분! 여러분의 생각은 어
떠하오?

군중들   *(산발적으로)* 죽여야 합니다! 죽여라!

위원장   음! *(불편한 표정으로)* 우리가 위대한 어버이 수령 김일성 동
지의 크나큰 은덕으로 우리의 평생 원수를 직접 처단하
고, 이 땅에 민중과 정의의 이름으로 새 세상을 열어가려
는 마당에 우리의 혁명 정신이 이리 희미하면 되겠소? 응?
다시 한 번 묻겠소. 이자를 어찌 하는 것이 좋겠소?

군중들   *(눈치를 살피며)* 죽, 죽여라! 죽여라!

위원장   이거 안 되겠군. *(소작인1을 가리키며)* 동지! 당신 말이야. 그래
아까부터 지켜봤는데 혹, 공산 혁명과 당에 무슨 불만이
이라도 있소?

소작인 1 *(당황하며)* 예? 아, 아니요. 그, 그럴 리가요?

위원장 그래? 그럼 한번 말을 해보시오. 이자를 어찌 하면 좋을
지…….

소작인 1 네? 아…… 저…… 그게…….

위원장 그게…… 뭐?

소작인 1 그러니까…… 그게…….

위원장 괜찮으니…… 어서 얘기를 해 보라니까?

소작인 1 네, 그럼…… 저…… 그게 사실은…… 저분이 부르주아가
맞긴 하지만…… 우리에게 그렇게 못되게 하시진 않으셨
고…… 오히려 우리를 잘 대해…….

위원장 *(말을 자르며)* 그래서……. 그래서……. *(몽둥이로 후려치며)* 이 바
보 같은 놈! 바로 너 같은 놈의 거지 근성이 이 땅에 부르
주아들의 배를 불리고 스스로 노예로 전락하게 한 거야!
알어? *(발로 차며)* 후레자식! 어버이 수령의 은혜를 발로 차
고 당을 헌신짝으로 여기는 더러운 배신자! 이봐! 이놈을
당장 끌고 가! *(당원이 끌고 간다.)* 내일 아침에 배신자의 본보
기로 처형할 것이다.

소작인 1 *(끌려가며)* 아, 아이고! 잘, 잘못했습니다! 위, 위원장 동
지……. 살려 주시오……. 제발…… 다시는……. 살려 주
시오……!

위원장 혹시 동지들 중에 저 반동 새끼와 같은 생각인 자가 있으
면 썩 앞으로 나오시오. 이 정당한 처형에 반대하는 자는
앞으로 나와 보란 말이야!

군중들	…….
위원장	반대하는 자가 없으면, 모든 동지들의 만장일치가 됐으니 인민과 정의의 이름으로 이 반동 부르주아를 처형하고 그 피 위에 우리의 새로운 낙원을 건설할 것입니다! 자! 친애하는 동지 여러분! 이 자를 어찌 할까요?
군중들	죽여라! 죽여라!
위원장	어찌 하라고요?
군중들	*(큰 소리로)* 죽여라! 죽여라!
위원장	알았소, 알았소! 여러분의 뜻이 정녕 그러하다면 우리 애국 동지들의 뜻에 따라 이 악질 반동 부르주아를 처단하도록 하겠소. 그전에 여러분께 소개할 사람이 있소. 그는 아직 어린 나이지만, 일찍이 고귀하고 소중한 혁명의 참 의미를 깨달아 분연히 우리 공산주의 혁명 전선에 팔을 걷어붙이고 뛰어든 열렬한 애국 동지입니다. 그 사람은 바로…… 오늘 처형될 이 작자의 친자식으로, 오늘 이 처형의 집행을 하게 될 것이오. 어떻소? 그의 용기가. 오늘 사형의 집행을 통해 그는 이 악질 부르주아와의 오랜 악연을 청산하고, 새로운 혁명의 선봉에 서고자 이 일을 자원한 것이오. 우리의 위대한 혁명 과업의 달성을 위해서라면 혈연뿐 아니라 그 어떤 것도 뛰어넘을 수 있다는 뜨거운 집념을 여러분 앞에 증명해 보일 것이오! 자! 그럼 우리 미래의 큰 희망이자 공화국의 새로운 일꾼을 큰 박수로 맞아 주시오!

위원장이 눈짓하자 앳된 얼굴의 소년 이성우가 당원에 떠밀려 군중 앞으로 나온다. 겁에 질린 얼굴에 온몸을 떨고 있다. 위원장이 소년의 등을 두드려 주고, 손에 끝이 뾰족한 죽창을 쥐어 준다.

소년 이성우	*(죽창을 받아들고는 더욱 심하게 떨고 있다)*
위원장	자, 자! 동지 여러분! 우리의 애국 투사 이성우 동지에게 아낌없는 격려의 박수를 보내 주시오!
군중들	*(손뼉 치며)* 혁명 만세! 조선 인민 공화국 만세!
위원장	애국 투사 이성우 만세!
군중들	이성우! 이성우!
소년 이성우	*(점점 더 크게 떨며, 어쩔 줄 모른다.)*
위원장	*(짜증스런 표정으로 독려한다.)*
소작인 2	*(군중 속에서 나와 소년 이성우에게 다가선다.)* 도련님! 도련님! 힘드시더라도 주인님을 찌르셔야 해요! 도련님이 하지 않으셔도 어차피 저들이 할 테니……. 도련님이 하시면 그래도 한 사람이라도 목숨을 부지할 수 있잖아요? 그렇지 않으면 저들이 다 죽일 거라구요. 도련님!…… 어서요! 어서!

군중들의 박수 소리와 구호 소리가 더 고조된다.

아버지	*(나지막하게)* 성우야……! 성우야!
소년 이성우	네? 아, 아버지……!

아버지	이리 가까이 좀······.
소년 이성우	예······ 아버지······ 아버지! *(흐느끼며 아버지에게 다가간다.)*
아버지	성우야······ 어서 그 죽창으로 애비를 좀 찔러 주렴!
소년 이성우	아버지······ 아버지······!
아버지	나는 내 선조의 땅을 저들에게 뺏기던 날······ 그날 이미 죽었단다.
소년 이성우	아버지······.
아버지	농부에겐 땅이 곧 생명이야. 이제 나의 하나 남은 희망은 내 아들 손에 나의 마지막을 맡기고 싶다. 그러니······ 부탁이야. 이 애비의 마지막 소원을 꼭 들어다오.
소년 이성우	아!······ 아버지!······ 아버지······. *(흐느긴다.)*
아버지	지금 하는 나의 말을 명심해라. 너는 내 사체를 수습하자 바로 남쪽으로 도망가거라. 이 땅에는 더 이상 생명이 없으니 너는 남쪽으로 내려가 새로운 땅을 개척하고, 새 생명의 뿌리를 내리도록 해라! 알아듣겠지? 이것이 내 유언이고 또, 소망이다.
소년 이성우	아버지!
아버지	너의 손에 내 목숨을 맡기게 되어 기쁘다. 넌 나의 희망이니 꼭 살아서······ 살아서······ 내 조상과 나의 꿈을 이루어다오! 알았지?
소년 이성우	네······ 아버지······. 흑흑······.

이때 위원장이 살기등등한 표정으로 소년 이성우에게 다가온다.

위원장	*(소년 이성우의 귀에 대고)* 이 반동 새끼, 누가 너더러 니 애비하고 노닥거리라고 했냐? 내가 죽창 쓰는 법도 수십 번 가르쳐 주었거늘 그새 잊어버렸단 말이냐? 응? 이 은혜도 모르는 잡놈 같으니……. 내 말을 잘 따랐으면 넌 영웅이 될 수도 있었어! 할 수 없지. 다 네가 자초한 일이니…… 우선 너부터 죽어야겠다. 네 애비는 그 뒤에……. 이 반동 새끼! *(소년 이성우의 죽창을 낚아챈다.)* 이리 내! 이 새끼!
아버지	성우야! 어서! 어서! 네가 찔러야 해! 뺏기지 말고! 어서!…… 어서! 빨리 찔러!!
소년 이 성우	*(순간적으로 위원장으로부터 죽창을 낚아채어 아버지를 찌른다.)*
아버지	윽! *(느리게 바닥으로 쓰러진다.)*
군중들	아……! *(일제히 한숨 같은 탄성)*

아버지가 바닥에 쓰러지면, 전체 조명이 어두워지고, 어둠 속의 군중들이 무표정하게 돌아서 몇 개 그룹으로 나뉜 채, 매우 천천히 그리고 조용히 흩어져 무대를 빠져나가고 혼이 나간 듯 심하게 떨고 있는 소년 이성우에게 스폿을 준다.

[F.O]

[2 막]

제 1 장

지저귀는 새소리와 함께
[F.I] 되면,

어느 변두리의 허름한 집.
방과 툇마루는 객석을 향해 오픈되어 있고, 방 안에는 허름한 반닫이와 그 위에 이
불 몇 채가 올려져있다.
집의 우측에 부엌이 있고, 그 앞의 마당에 빨랫줄이 걸려 있다.

아침.
신자가 콧노래를 부르며 빨래를 걷고 있다.

신자   *(빨래를 툭툭 털며)* 어머! 이게 뭐야? 이거 너무 낡아서
            다 해어져 버렸네? 참, 내…… 아무리 돈이 없어도
            아버지 내복 한 벌 사드려야지. 요즘 누가 이렇게
            뚫어진 내복을 입겠어? 어머! 이 양말도……. 하여

튼 우리 아버지는 당최 당신 것에는 돈 한 푼 안 쓰시려 하니……. 쯧! (툇마루에 걸터앉아 빨래를 개다가) 오늘은 날씨가 좋겠는 걸. 새들이 이렇게 조잘대는 걸 보니. 그러고 보니 정말 오랜만에 새소리를 다 들어보네? 오늘 무슨 반가운 소식이라도 있으려나? 혹시 오빠에게서 소식이 오려나? 휴, 오빠는 지금 어디서 무얼 하고 있을까?

이때 시끄러운 공사장의 소음이 크게 들린다.

신자   아! 아! 또 저 소리! 아휴, 지겨워! 그래, 오늘은 왜 그 소리가 들리지 않나 했다! (빨래를 집어 들고 신경질적으로 털며) 이 먼지! …… 빨래에 흙먼지가 잔뜩 묻었잖아? 어휴! 어휴! 지겨워! 지겨워! (신경질적으로 계속 턴다.)

이때 재개발 위원장이 들어선다.

재개발위원장   이성우 씨 계십니까?
신자   네? (불쾌한 표정)
재개발위원장   아, 따님이 계셨구만? 아버님은……?
신자   밭에 나가셨어요.
재개발위원장   아, 그래요? 그럼 좀 기다려 볼까? (툇마루에 앉는다.)
신자   (짜증스럽게 빨래를 수습해 서둘러 들어가려 한다.)

재개발위원장	요즘에는 빨래 널기도 좋지 않지요? 동네가 온통 흙먼지투성이라서……. 허허허.
신자	…….
재개발위원장	앞으로도 한참 그렇게 흙먼지가 날릴 게요. 게다가 공사 소음 때문에 무척 시끄럽기도 할 테고. 아직 터 파기 공사가 멀었거든요?
신자	……. 조금 있으면 아버지 오실 거예요.
재개발위원장	그러니 이 흙먼지 날리는 동네에 살지 말고, 어디 공기 좋은 곳에 내려가 사시면 편안히 지낼 수 있을 텐데…….
신자	그 재개발인가 뭔가만 시작되지 않았다면, 이곳도 충분히 조용하고 편안했겠지요.
재개발위원장	하하하. 그러게 말이오. 이런 보잘것없는 촌마을이 이렇게 발전하리라고 누가 상상이라도 했겠소? 도시가 점점 팽창하다 보니 이제는 이런 변두리까지 개발의 혜택을 누리게 되었으니…… 아무튼 우리 마을에 대박이 넝쿨째 떨어진 게지. 이제 저 앞의 흙길에 4차선 도로가 탁 트이고 20층짜리 고층 아파트가 빼곡히 들어서게 되면 참 장관일 게요. 하하하. 거, 참!
신자	네……. 위원장 아저씨는 참 좋으시겠네요.
재개발위원장	아, 그야 말해 뭣해? 내가 참, 이 동리의 재개발 위원장으로서 그보다 자랑스럽고 보람된 일이 어디

있겠소? 허허.

신자	우리 같은 사람들을 쫓아낸 댓가로 얻어진 보람이군요.
재개발위원장	아니, 뭐요? 쫓아내다니? 누가 누구를 쫓아낸단 말이오? 그래…… 말이 나왔으니 말인데…… 아니 이성우 씨도 크게 횡재를 한 거지. 예전엔 한 평에 고작 몇만 원 하던 땅을 거금 80만 원이나 주겠다는데…… 아니 그게 횡제가 아니면 뭐란 말이오? 무려 10배란 말이오, 10배! 아, 그 돈 가지고 다른 곳에 가면 저런 꼴 난 밭이 아니라 기름진 논에 트랙터까지 굴려가며 편안하게 농사지을 수 있을 텐데……. 어딜 가나 부농이 되는 거요. 부자가 된 거라고. 그리고…… *(작은 소리로)* 특별히 이성우 씨에게는 이곳에 설 아파트의 로얄 층의 분양권까지도 줄 수 있다니까……. 그거 한 2,3년만 갖고 있으면 금방 두세 배는 올라서 더 큰돈도 챙길 수 있다니까? 에구, 답답해! 왜 절로 들어온 복을 발로 찰까?
신자	모두 전에도 하셨던 말씀이잖아요? 저희도 잘 알고 있으니…….
재개발위원장	왜 아니겠소? 그간 내 입이 다 닳도록 말했으니……. 젠장, 나도 이젠 지쳤소. 아니, 난 이 사람들의 속을 도저히 모르겠네. 그 보잘 것도 없는 밭떼기를 돈을 삼태기로 안겨 준대도 안 판다고 하니. 내, 참……. 아, 진짜 재수 없게, 그 땅이 하필이면

우리 재개발 구역 한 가운데에 딱 버티고 있으니 이러지도 못하고 저러지도 못하고 내가 아주 미치고 팔짝 뛰겠네.

신자 　　　　　조금 있으면 아버지 오실 거예요. *(들어간다.)*

재개발위원장 　아니, 잠깐, 잠깐만! 이것 봐요 아가씨! 사실, 오늘은 내가 아버지를 만나러 온 것이 아니라오. 그 인간, 어찌나 벽창호인지 도통 사람 말을 들은 척도 안 하니……,

신자 　　　　　…… 네?

재개발위원장 　아니, 아니…… 벽창호는 취소고…… 거, 아주 고집이 세신 분이라. 어쨌든 아가씨…… 오늘은 내가 정말 파격적인 최종안을 가져왔으니 한번 들어 보슈.

신자 　　　　　죄송하지만, 전 아무것도 몰라요. *(들어가려 한다.)*

재개발위원장 　이것 봐, 아가씨…… 이거…… 이거! *(양 손가락을 다 펴 보인다.)* 알겠소? 이거…… 백만 원! 백만 원을 주겠소!

신자 　　　　　저…… 전 아무것도 모르구요. 그리고 제가 결정할 일은…….

재개발위원장 　아, 그러니까…… 나도 아가씨보고 결정하라는 것은 아니요. 따님이 아버지를 좀 설득해 보라는 거지. 내 말은 들은 척 안 해도 그래도 따님 말은 들을 거 아니요?

신자 　　　　　그, 글쎄요……. 저는 그저 아버지 뜻에…….

재개발위원장 　이것 봐, 아가씨! 사람이 너무 욕심이 과하면 탈이

나는 법이요! 아, 솔직히 그 땅에 이 가격이면 완전히 팔자를 고치는 건데 도대체 이성우 씨는 이 보잘것없는 땅을 얼마나 더 받자는 수작이라오? 응? 도대체 사람이라면 양심이 있어야지. *(일어나며)* 어쨌든 그리 알고, 아버지를 설득해서 어서 계약에 응하라고 하시오. 아까도 말했지만, 이게 마지막 조건이니 명심하시오. 그래도 응하지 않는다면 이젠 나도 어쩔 수 없소. 소송하는 수밖에. 당신네만 제외하고는 여기 모든 주민들이 100% 찬성한 합법적 사업이니 소송만 하면 법적으로 수용하는 데 아무 문제가 없다고. 다만, 소송하려면 비용도 그렇고…… 시간도 잡아먹고…… 그간에 같이 산 정도 있고 해서 좋게 해결 하려고 내가 이렇게 애써 주는 건데 고마운 줄도 모르고……. 쯧쯧. 인간이면 알아들어야지. 암튼 마지막 기회니 잘 판단하시오! *(나가며)* 어차피 팔 수밖에 없는 거를 사람 애를 먹이고……. 에잇, 퉤!

신자   *(심난한 표정으로 다시 빨래를 갠다.)*

이성우가 마당으로 들어온다.

신자   어머! 아버지 지금 오세요?

이성우   …….

신자	아버지 시장하시죠? 어서 올라 가세요. 점심상 금방 차려 올릴게요.
이성우	*(수건으로 옷을 털고 마루에 오르며)* 신철이에게서는 무슨 연락 없었냐?
신자	*(부엌에서 소리만)* 네, 아버지.
이성우	*(방으로 들어가 벽에 걸린 액자를 유심히 살펴보다, 액자를 내려 다시 찬찬히 바라보곤 자신의 옷소매로 잘 닦아준다.)*
신자	*(밥상을 들고 방으로 들어오다 이성우와 눈이 마주친다.)* 어머! 아버지, 어머니와 대화 나누셨어요? 호호, 오늘은 어머니가 뭐라고 하세요?
이성우	*(겸연쩍은 얼굴로 액자를 제자리에 건다.)*
신자	*(상을 놓으며)* 시장하시죠? 벌써 점심시간도 훌쩍 지났는데…….
이성우	*(숟갈을 들다가)* 부엌에 밥 좀 남겨 놓았냐?
신자	네, 있어요.
이성우	그래. 밥은 항상 좀 여유 있게 해 놓아라.
신자	네, 걱정 마세요, 아버지. 항상 그렇게 하고 있으니까요. 아버지, 혹시 오빠가 배곯고 들어올까 봐 그러시는 거죠?
이성우	…….
신자	걱정 마세요, 아버지. 오빠는 원래 배고픈 건 못 참는 성미라, 어디서 건 밥은 꼭 챙겨 먹을 거예요. 오빠는 지금쯤 어디에 있을까? *(잠시 이성우의 눈치를 살펴*

	다가) 오늘도 재건축 위원장님이 다녀가셨어요.
이성우	…….
신자	아버지, 근데 오늘은 재건축 위원장님이 글쎄 우리 땅을 평당 백만 원까지 쳐 준대요. 마지막 조건이라며……. 그럼 그 돈이 다 얼마래요? 참, 많긴 많다.
이성우	*(사발을 내민다.)*
신자	물, 물 드려요, 아버지? *(물을 따라 주고, 눈치를 살피다)* 아버지, 그거…… 우리 땅이요. 그거 그냥 팔아 버리면 안 돼요? 그래서 오빠 사업 자금도 대 주고……. 그럼, 오빠도 다시 집으로 돌아올 테고……. 그리구 우리도 이젠 따뜻하고 편리한 아파트 생활을 하면 좋잖아요? 또 남은 돈으론 이 동네서 슈퍼 같은 거 하면 장사 잘될 거예요. 지금 영순이네 구멍가게도 잘되는데……. 더구나 이곳에 아파트 단지까지 들어서면…….
아버지	밥 먹고 모란장에 좀 다녀오마. 달랑 무하고 배추 좀 뽑았거든…….
신자	아휴! 아버지 이 땅 팔아 사업 자금 안 대준다고 하나뿐인 아들이 집까지 나갔는데……. *(이성우의 표정을 살피고)* 아, 알았어요, 알았어요. 아버지 뜻대로 하세요. 그런데 오늘 모란장에는 제가 갈게요. 아버지는 지난번에도 모란장 가서서 그냥 가만히 서 계시다가 파 한 단도 못 팔고 돌아 오셨잖아요. 장터에서

는 큰 소리로 외쳐야 해요. '자! 자! 싸게 팝니다! 직접 재배한 무공해 배추예요. 배추 떨이요!……' 이렇게요. 호호호, 전 아무래도 장사에 소질이 있나 봐요. 그죠? 호호호. 아 참! 그리고 아버지, 그 채소판 돈 제가 좀 쓸게요. 시장 간 길에 몇 가지 살 것이 있어서요. 그래도 되죠?

이성우　　그럼. 나는 밭에나 나가마.

신자　　아휴! 아버지 그러지 마시고 오늘은 모처럼 좀 쉬세요. 그렇게 허구한 날 밭에 나가시는 거 이젠 지겹지도 않으세요?

이때 밖이 소란스럽다.

사위　　*(마당으로 들어서며)* 장인어른 안에 계십니까? 접니다. 박 서방이 왔어요.

신자　　응? 어머, 형부 목소리 아니야? 아버지, 형부가 왔나 봐요. *(마당으로 나선다.)* 웬일이야?

신옥　　*(목발에 의지해 사위 뒤로 들어온다.)* 아버지, 저예요. 신옥이도 왔어요.

신자　　어머! 형부! 언니! 어서 오세요! 웬일이야? 오늘 아침에 새들이 유난히도 지저귀더니 반가운 손님이 오셨네?

사위　　어이쿠, 우리 처제, 오랜만이야? 야, 우리 처제가 그

새에 몰라보게 예뻐졌네?

신자   호호. 역시 형부는 사람 보는 안목이 탁월하시다니
         까. 응? 근데 언니 오늘 참 우아하다? 그거 새 옷 같
         은데?

신옥   응? 아, 이 옷? 정말 예쁘니?

신자   응. 진짜 예쁘다! 어디서 났어?

신옥   이거? 난 싫다고 했는데도 이이가 억지로 사 주지 뭐
         야? 뭐 마누라가 예뻐야 자기도 위신이 서는 거라나?

신자   그래? 진짜 예쁘다. 역시 여자는 가꾸어야 해. 언니
         는 좋겠다, 예쁜 옷 사주는 사람이 있어서.

사위   하하. 그럼 처제도 어서 좋은 신랑 만나라구.

신자   저도 그러구는 싶지요. 근데…… 영…….

사위   왜, 눈에 차는 사람이 없어?

신자   아니요. 나를 눈여겨보는 남자가 없는 거죠.

사위   에이, 그럴 리가……. 남자들이 모두 눈이 삐었나?

신옥   아버지는?

신자   응? 지금 막 밭에서 돌아오셔서 점심 식사 중이셔.

신옥   이제 점심 드신다구?

신자   그러게……. 언니도 아버지 성격 알잖아. 일이라면
         좀체 뒤로 못 미루시는 거.

신옥   아버지도 참……. 이젠 연세도 있으신데…….

사위   아버님, 저희 들어갑니다.

신자   어서 들어가세요, 형부. 참! 식사 좀 하실래요?

사위	아니야, 처제. 우린 벌써 먹었는걸.

일행이 방에 들어가 앉는다.

신옥	*(이성우의 손을 잡으며)* 아버지 그동안 잘 지내셨어요? 근데 우리 아버지 갑자기 너무 늙으신 것 같다. 아버지, 이젠 나이도 있으신데 너무 힘들게 일하지 마세요. 식사도 좀 제때에 하시구요.
사위	아, 그렇고말고요. *(술병을 내밀며)* 아버님, 이거…… 약주 좀 받아 왔어요. 이젠 더러 약주도 하시면서 쉬엄쉬엄 하시지요. 그리고…… 거, 제가 소문을 듣자 하니 이곳에 아주 좋은 소식도 있는 것 같던데……. 그…… 이곳 일대가…… 곧…….
신옥	아버지, 나 어때요? 나 예쁘죠? 나는 싫다고 해도 저이는 자꾸 이렇게 새 옷을 사다 줘요. 뭐, 마누라가 예뻐야 자기 위신도 올라가는 거라나 뭐라나…….
사위	흠! 흠!…… 저…… 아버님…… 그 소문에…….
신자	형부, 식사하셨으니 차 한 잔 드릴까요?
사위	*(짜증스럽게)* 아잇! 됐어!…… *(흥분을 수습하며)* 응? 차 금방 마셨어. 밥 먹고 바로…….
신자	네.
사위	그보다…… 아버님 제가 듣자 하니 여기 아버님 땅

	도 이곳 제1지구 재개발 구역 안에 들어 있는 것 같은데…… 맞나요?
신자	어머! 형부가 그걸 어떻게 아셨어요?
신옥	쟤는? 형부가 누구냐? 증권이나 부동산에 관해서는 모르는 게 없다니까?
신자	안 그래도 그 재건축 위원장이 오늘도 다녀가셨어요. 땅 팔라고요.
사위	아, 그래? 정말? 이야! 이거 내가 제대로 들은 거로군! 이야! 이거 정말 큰 경사가 났네? 하하하. 아버님 축하드립니다! 이번에 아주 큰 수지맞으셨습니다! 흐흐흐. 그, 그래 처제, 땅값은 얼마나 쳐 준대?
신자	평당 백만 원 준대요. 그래도 안 팔면 가만있지 않겠대요.
사위	뭐? 뭐라구? 평당 배, 백만 원이라구? 아니, 진짜야? 정말이야?
신자	네. 오늘도 왔다 갔다니까요?
사위	에구, 이게 웬일이래? 그동안은 거들떠보지도 않던 밭뙈기를 그렇게나? 가만있자…… 그러니까 이게 다 얼마야? 대충만 따져 봐도……. 에구, 에구! 장인어른 이젠 돈방석에 앉으셨습니다! 흐흐흐. 이거 감축 드립니다. 이제 장인어른께선 농사일도 졸업하시고, 여생을 아주 멋지게 사실 수 있겠습니다. 그 돈이면 새집에 새 차에……. 아, 물론 새 부인도 집에

들이시고…….

신옥   (사위에게 눈치를 준다.)

사위   아! 그건 그렇고…… 어쨌거나, 이젠 큰 부자가 되셨
            으니 이제부턴 재테크에 신경을 쓰셔야 합니다. 아
            버님도 물론 잘 아시겠지만 이 돈이란 돌고 도는 거
            라 어디에 어떻게 투자하느냐에 따라 늘기도, 또 줄
            기도 하는 거거든요? 그러니 그 돈을 가장 안정되
            고, 수익성이 높은 곳에 투자를 하셔야 하는데……
            아버님께서도 잘 아시다시피, 제가 바로 투자 분야
            에는 전문가 아닙니까? 참, 아버님은 복도 많으십니
            다. 일확천금에, 투자 전문가인 사위까지……. 허허.
            그, 그러니…… 저…… 아버님 그 돈의 일부를 제게
            맡겨 주신다면 확실하고도 안전하게 잘 키워드리겠
            습니다.

이성우   …….

사위   저…… 아버님 그, 농사도 지어 본 사람이 잘 짓듯
            이, 이런 투자 사업도 많이 해 본 사람이 잘하는 거
            거든요? 만일 제게 투자를 하신다면 적어도 연리
            15%는 보장할 수 있습니다. 어떠세요, 굉장하지 않
            습니까? 은행 이자야 뻔하지요. 기껏 해야 뭐, 6%
            내외밖에……. 그러니 돈을 은행에 잠재우지 마시
            고…….

이성우   …….

사위	아버님, 조건이 좀 덜 흡족하십니까? 그, 정 그러시다면…… 제가…… 에잇! 모르겠다! 20%! 연 20% 드릴게요! 남의 일도 아니고 아버님 일인데, 제가 뭐 이득 보겠습니까? 허허허.
이성우	…….
사위	아하! 아버님께서 아직 실감이 잘 안 되시나 본데 예를 들어, 아버님께서 제게 1억을 투자하셨다고 가정하면…… 연 20%니까…… 그게 가만 있자…….
이성우	*(표정이 굳어지며, 숟갈을 내려놓는다.)*
신옥	여보! 아직 아버지가 땅을 파신 것도 아니니 좀 생각하실 시간을 가지시게…….
신자	그, 그래요, 형부. 오늘 형부께서 그렇게 설명을 잘 해 주셨으니 나중에 일 잘되면 아버지께서 형부에게 투자하시겠죠 뭐.
신옥	그, 그래…… 내 말이…….
사위	아! 시끄러워! 당신은 좀 빠져 있어! 아버님 그러니까…… 1억에 연 20%라면요…….
이성우	*(신옥을 바라보며)* 너는 왜 그렇게 얼굴에 핏기가 없냐?
신옥	*(놀라며)* 예? 얼, 얼굴요? 아이, 아버지도…… 핏기가 없기는요. 얼굴에…… 그러니까…… 아! 분…… 얼굴에 분을 발라서 그렇죠. 호호. 아유, 글쎄 저이가 퇴근할 때마다 순대니 통닭이니 맨날 사오는 바람에 요즘엔 자꾸 살만 디룩디룩 찌는걸요?

사위	저…… 아버님. 아직 제 말씀이 이해가 잘 안 되시나 본데 그러니까 저는…… 그, 효과적인 투자 전략에 대해서…….
이성우	*(냉정하게)* 땅은 안 파네! 설사 판다 해도 자네에게 투자할 생각은 없네!
사위	네? 그…… 무슨 말씀을……?
신옥	아! 그, 그러니까…… 아버지께서는 아직 땅을 판 것이 아니니까 나중에 팔게 되면 그때 가서 천천히 생각해 보시겠다는 거지. 그, 그렇죠? 아버지?
사위	그만둬! *(벌떡 일어나)* 아니, 누굴 바보로 아나? 장인어른! 그러시는 게 아닙니다. 막말로 저런 병신 딸을 내게 떠맡겼으면 그만한 보상쯤은 있어야 하는 거 아닙니까?
신옥	여, 여보……!
신자	형부, 왜 그러세요? 제발, 흥분을 가라앉히시고…….
사위	사람이 나이가 먹을수록 욕심만 는다더니……. 내 참, 더러워서……. 에잇! 그 돈 가지고 아주 천년만년 잘 먹고 잘 사슈! *(나간다.)*
신옥	여, 여보! *(따라 나선다.)*
사위	야! 어딜 따라 나서? 따라오지 마! 네 상판대기만 보면 아주 신물이 나니까……. 에잇, 씨팔. 재수 없어!
	(잰걸음으로 퇴장)
신자	형부, 형부! 잠깐만요……. 네? 형부! *(사위를 쫓아 뛰어나간다.)*

방 안의 이성우와 신옥, 두 사람 사이에 잠시 적막이 흐른다.

신옥   아버지…… 정말 죄송해요.

이성우   …….

신옥   저 사람이 성질이 급해서 그렇지 그래도 뒤끝은 없
               어요. 가끔씩 저렇게 성질은 부리지만, 나한테 잘할
               때는 또 무척 잘해 줘요. 이것 보세요, 이렇게 좋은
               옷도……. *(눈치를 살핀다.)*

이성우   …….

신옥   정말이라니까요? 그러니 제게 너무 마음 쓰지 마세
               요, 아버지. 그리구 제 부탁인데요…… 이젠 제발
               밭일에 너무 무리하지 마세요. 식사도 꼭 제때에 하
               시구요. 네? *(일어나며)*그 사람 나중에 사과하러 올 거
               예요. 저 갈게요, 아버지. 늘 건강하셔야 해요. *(나간다.)*

이성우   정 못 견디겠거든 언제든 집으로 돌아오너라.

신옥   네? 아, 아니라니까요. 그 사람 진짜 내게 잘해 준다
               니까요? 정말이에요. 저, 가요.

이성우   …….

신옥이 마당에 내려올 때, 밖에서 돌아오던 신자와 마주친다.

신자   어? 언니 가게?

신옥	응.
신자	형부가 화 많이 나셨나 봐. 내 손을 그냥 뿌리치고 가버리시네. 어쩌지?
신옥	……. 그보다 아버지 심기가 많이 불편하신 것 같아서…….
신자	응. 그래도…….
신옥	아휴! 내가 정말 바보지! 눈치도 없이……. 글쎄, 네 형부가 오늘은 난데없이 어디서 옷 한 벌을 사 와서 내게 입히고는 갑자기 친정 나들이를 가자는 거야. 나는 왜 이렇게 단순할까? 그냥 별 생각 없이 따라 나섰더니……. 너무 속상하다!
신자	요즘도 형부가 언니를 때려?
신옥	쉿! *(방 쪽을 살피며)* 아버지 들으시면 어쩌려고……. 때리기는……. 요즘은 아예 집에 들어오지도 않는걸?
신자	아, 정말? 어머, 그럼 살림은? 살림은 어떻게 꾸려? 형부가 생활비는 보내 주는 거야?
신옥	생활비? 집에 들어오지도 않는 사람이 그런 것까지 신경 쓰겠니?
신자	그럼?
신옥	내가 조금씩 벌지. 요즘 집에서 미싱 일을 해.
신자	휴, 언니, 형부 땜에 너무 힘들겠다.
신옥	차라리 형부가 집에 안 들어오니 맘은 편해.
신자	언니……!

신옥	아버지는 모르시게 해 줘. 아버지께 정말 면목이 없다. 아버지가 엄마도 없이 우릴 어떻게 키우셨는데…… 이런 모습을 보여드리다니……. 불쌍한 우리 아버지!
신자	언니! 언니 잘못이 아니잖아.
신옥	난 그저 아버지께 내가 새 옷도 입고 잘살고 있다는 걸 보이고 싶어서……. 그런데…… 이렇게…… 이렇게……. 속상해! 흑!
신자	알아, 언니 맘. 그래도 너무 속상해하지는 마! 내가 어떻게든 아버지께 잘 말씀드릴게.
신옥	그래. 나 갈게. *(목발을 짚고 힘없이 퇴장.)*
신자	*(신옥의 뒷모습을 바라보며 눈물짓는다.)*

잠시 후 이성우가 마당으로 나온다.

신자	*(얼른 눈물을 훔치고)* 아, 아버지 어디 가시게요?
이성우	모란장에 간다.
신자	모란장에요? 거긴 제가 가기로…….
이성우	내가 간다.
신자	네? 네. 그럼 그렇게 하세요.

이성우의 뒷모습을 배웅하며 한숨짓는다.

[F.O]

제 2 장

[F.I]

이성우 집. 아침.

신자가 먼 허공을 응시하며 맥없이 툇마루에 앉아 있다.

신자   이상하다. 오늘은 왜 이렇게 조용하지? 오늘은 공사 안 하나? 새소리도 들리지 않고……. 호호호, 참, 길들여진다는 건……. 늘 이렇게 조용했으면 했는데 막상 고요하니까 어째 좀 불안해지고 기분이 묘하다. 꼭 폭풍 전야 같아. *(자리에서 일어나며)* 에잇! 오늘은 이불 빨래나 해야겠다! 그저 뒤숭숭할 때는 땀내며 일하는 게 최고야. 마침 볕도 좋으니……. *(방으로 들어가려는데, 대문 쪽에 인기척을 느낀다.)* 응? 누구세요? 밖에 누구 있어요? *(대문 쪽을 향해 가며)* 누구세요?

이때 신철이 불쑥 들어온다.

신철   신자야!

신자   앗! 깜짝이야! 어? 오빠! 오빠야?

신철	그래, 나야.
신자	에구, 놀래라! 오빠, 웬일이야? 아니, 아니, 참! 오빠 그동안 어디 있었던 거야?
신철	아버지는?
신자	응, 밭에. 어이구, 우리가 얼마나 오빠 걱정을 했는지 알아? 아니, 잠깐만……! *(대문 쪽으로 급히 간다.)*
신철	야, 야! 너 어디가?
신자	응, 아버지 모시러…….
신철	아, 아니야, 아니야! 그만둬! 나, 그냥 이 근처를 지나다가 잠깐 들른 거야……
신자	뭐? 아무리 그래도 아버지는 뵈어야지!
신철	그러고는 싶은데……. *(시계를 본다.)*
신자	오빠, 바빠?
신철	응.
신자	그래도 아버지는 뵙고 가야지. 아버지가 얼마나 오빠 걱정을 하셨는데…….
신철	나도 알지. 그래서 더욱 뵙기가 그래. 지금 이 몰골로는…….
신자	뭐, 어때? 그래도 너무 기뻐하실 텐데…….
신철	내가 며칠 뒤에 다시 올 거야. 그땐 좀 잘 빼입고 올게. 그래야 아버지도 걱정 덜 하실거구. 야! 근데 우리 신자 그새 더 예뻐졌다. 이젠 시집가도 되겠는걸?
신자	몰라, 오빠. 근데 며칠 뒤에 꼭 다시 올 거지?
신철	그럼! 오늘은 그냥 지나는 길에 한번 들러본 거라니까?

신자   알았어, 오빠. 그런데 오빠 고생이 많지?

신철   에이, 고생은……. 난 내 친구네 집에서 아주 호의호식한다. 그 친구는 사업에 크게 성공해서 아주 부자로 살거든.

신자   그 친구는 무슨 사업 하는데?

신철   음…… 그거? 그러니까 부도난 업체 같은 데서 헐값으로 물건 해다가 도매 업체에 제값 받고 넘기기도 하고…… 자기 매장도 몇 군데 있고…….

신자   무슨 물건인데?

신철   응? 뭐 그런 거 있어. 하여튼 그놈은 돈을 아주 쉽게 벌더라구?

신자   오빠도 그런 사업하면 좋겠다. 오빠는 머리도 좋아서 사업하면 잘할 수 있을 텐데…….

신철   그러게 말이야. 이번만 해도 정말 기가 막힌 물건이 헐값에 나왔는데 저거 사기만 하면 그냥 돈 버는 건 줄 뻔히 알면서도……. 그러니 소도 언덕이 있어야 비빈다고, 돈이 없으니 그냥 바라만 보고 있을 수밖에…….

신자   저런 안타깝다. 어쩜 좋아?

신철   아버지는 여전하시니?

신자   응, 저쪽에서 평당 백만 원 준다고 해도 묵묵부답이셔.

신철   음!

신자   아, 참 내 정신 좀 봐! 오빠 아직 아침 안 먹었지?

신철   응? 아침? 응.

신자   그럼 아침이나 먹고 가.

신철   아버지 오실 때 안 됐나?

신자   아버지? 그러게. 아버지 오셔서 겸상하면 좋을 텐데 오시려면 아직 멀었어.

신철   응? 응.

신자   오빠도 아버지 성격 잘 알지? 식사 때 좀 맞춰 오시라고 그렇게 말씀 드려도 할 일이 있으면 미루지 못하는 성격!

신철   음……. 그래. 그럼, 모처럼 집 밥을 한번 먹어볼까?

신자   그래! 그래야지. 아버지가 오빠 없어도 오빠 밥은 꼭 챙겨 놓으라고 하시더니 정말 오빠가 그 밥을 먹게 되네? 호호호. 오빠 잠시만 기다려. 금방 상 볼게.

신철   응, 그래. 너무 서둘지 말고 천천히 해.

신자   알았어. *(부엌으로 들어간다.)*

신철   *(신자가 부엌으로 들어간 걸 확인하고, 주위를 잘 살핀 후, 급하게 방으로 들어가서 반닫이 장롱을 열고 뒤지기 시작한다.)*

신자   *(부엌에서 목소리만)* 오빠! 마침, 오빠가 좋아하는 창란젓도 있어! 웬일인지 아버지가 어제 모란장에서 창란젓을 다 사 오신 거 있지?

신철   *(깜짝 놀라며)* 응? 아 그, 그래?

신자   아버지는 참 선견지명이 있으시다.

신철   *(옷더미 속에서 인감 도장을 찾아내어 확인해 보고 그것을 주머니에 넣고 황급히 자리를 떠난다.)*

잠시 후, 신자가 밥상을 들고 부엌을 나온다.

신자　오빠, 다 됐어. 시장했지? *(밥상을 툇마루에 놓으며)* 오빠 나와서 밥 먹어. 급하게 하느라 찌개가 좀 덜 데워진 거 같은데 괜찮지? 오빠는 원래 너무 뜨거운 건 싫어하잖아. 오빠? 밥 먹으라니까? 응? 어디 갔나? *(바깥쪽을 살피며)* 오빠 화장실에 있어? 응? 금방 어디 갔지? 아! 참, 내. 오빠 또 날 놀리는 거지? *(방으로 들어가며)* 어디 숨을 데가 있다구 숨바꼭질 놀이야? 호호호. 오빠! *(방 안에 반닫이가 열려 있고 옷가지들이 사방에 흩어져 있는 것을 발견한다.)* 악! 이게…… 이게 뭐야? 이게……. 헉! 오빠, 오빠가? 이, 이걸 어째? *(황급히 밖으로 뛰쳐나가며)* 오빠! 안 돼, 안 돼. 오빠! 오빠!!

[F.O]

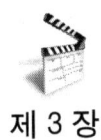

제 3 장

[F.I]

이성우의 집. 저녁 무렵.
이성우는 안방에 몸져 누워있고, 신자는 마당 화덕에서 한약을 달이고 있다.

신자   *(화덕에 부채질을 하며)* 약효가 있어야 할 텐데……. 아버지가 얼마나 맘 상하셨으면, 저렇게 기운을 못 차리실까? 아버지의 저런 모습은 생전 처음 보는데……. 아휴! 속상해! 도대체 오빠는 어떻게 된 사람이길래 이 지경을 만들어 놓은 거야! 휴!

이때 깡패들이 들이닥친다.

깡패 1 여기가 이성우 씨 집이 맞아?
신자   예? 예. 그런데…… 누구세요?
깡패 1 그건 알 거 없구……. 얘들아!!

깡패들이 달려들어 세간을 부순다.

신자   어머! 어머! 왜, 왜 이러세요? 누구세요?

깡패 2 *(약탕기를 집어든다.)*

신자   악! 그건, 그건 안 돼요! 이리 줘요!

깡패 2 놀구 있네. 안 되긴……. *(내동댕이친다. 약탕기가 깨지고 한약이 땅바
       닥에 쏟아진다.)*

신자   아! *(쏟아진 약을 손으로 움켜쥔다.)* 이, 이를 어째? 이를……. 이 약!

깡패 1 이것들이 간땡이가 잔뜩 부어 가지고…….

신자   아악! 당신들 누구야? 도대체 왜 이러는 거야?

깡패 1 우리가 누군지 진짜 몰라서 묻는 거야? 너희들 이 땅 매매
       계약서에 인감 찍고, 돈 가져간 지가 언제인데 아직도 집을
       안 비워? 장난 해? 응? 말로 안 되지? 그치? 야! 이 집 아주
       깡그리 아작을 내 버려라!

깡패 2 형님! 살림이라고, 뭐 더 부술 것도 없는데요?

깡패   음, 그렇군. 야! 니네 이거 공사가 하루 늦어지면 손해가 얼
       만지 알기나 하냐? 지금 뭘 알기나 하고 똥배짱이냐고!

이성우가 비척거리며 툇마루로 나온다.

깡패 1 응? 아, 저 노친네가 바로 그 문제의 이성우로군! 오케이, 고
       맙게도 제 발로 나와 주셨어! 지금 바로 딸 데리고 여길 나
       가 주셨으면 하는 소망이 내게 있네! 빨리 나가! 나가라고!

신자   아!, 아버지 나오지 마세요! 이 사람들…….

깡패 1 지금 바로 안 나가면, 사람이 있건 없건 그냥 불도저로 확
       밀어 버릴 거야! 알아들어?

신자   아버지, 그러다 쓰러지시면 어쩌시려고……. 어서 방으로 들
       어가세요!

깡패 1 *(신자의 손을 낚아채며)* 야! 들어가긴 어디로? 내가 지금 장난치는
       줄로 생각하는 거야? 지금 바로 네 애비 붙들고 꺼지란 말이야!

신자   아악! 이 손 놓으세요! 우리 아버진 지금 병환 중이시란 말
       이에요! 저런 몸으로 어딜 나가란 말이에요?

깡패 1 그건 내가 알 바가 아니지. 너희가 이렇게 버티다 보면 뭐라
       도 좀 얻어 챙기지 않을까 하나 본데 국물도 없다. 오히려
       진짜 더 험한 꼴만 당할 뿐이지. 너, 진짜 험한 일이 뭔지 한
       번 보고 싶어? 응? *(팔을 비튼다.)*

신자   아악! 이 팔 좀 놔 줘요!

이성우 그 손 놓지 못하겠소?

깡패 1 못 놓겠다면 어쩔 건데? 어? 그러구 보니 얘가 아주 인물이
       반반하네? 몸매도…… 흠, 쓸 만하군……. 야! 그러지 말고
       너, 나하고 연애 한번 할래? 이 오빠가 보기보다 멋진 구석
       도 있단다. 응? 어때? 호호호. *(억지로 포용하려 한다.)*

신자   윽! 왜, 왜 이러세요?

이때 이성우가 툇마루에서 뛰어 내려와 신자의 손을 빼내고 자신의 뒤에 세운다
.

깡패 1   어쭈? 이 노인네가 그래도 성질은 살아서……. 어이구, 내가
　　　　성질대로 하자면 너희들 번쩍 들어서 길에다 내팽개치고 싶
　　　　은 마음이 굴뚝같다만 괜히 빌빌거리는 노친네를 건드렸다
　　　　송장이라도 치게 되면 골치만 아파질 것 같고……. 좋아! 내
　　　　가 큰 인심 한번 쓰지! 이틀 더 줄게! 그러니까 모레 아침!
　　　　만일 그때도 나와 마주치게 된다면 그때는 정말 국물도 없
　　　　는 거야. 알았어? 내가 분명히 경고했어! 가자!

깡패들이 나가자, 이성우가 그대로 주저앉는다.

신자   아버지! 아버지! *(부축하며)* 아! 아버지, 그러게 그냥 누워 계시
　　　지……. 괜찮으세요? 어서 들어가세요. *(일으킨다.)* 영차! 약은
　　　다시 달여 드릴게요. 그러니 아버지가 어서 다시 회복되셔
　　　야 해요. 집 문제는 어떻게든 되겠지만 우선은 아버지가 기
　　　력을 회복하셔야 하잖아요.

신자가 이성우를 부축해 방에 뉘어 주고 다시 마당에 내려와 엉망이 된 마당을 보
고 한숨짓다가 부서진 약탕기를 살펴보고 있을 때, 신철이 조심스런 걸음으로 들어
온다.

신철   *(작은 목소리로)* 신자야…….
신자   응? 오, 오빠!
신철   쉿! 조용히 해! *(신자를 이끌어 마당 옆쪽으로 끌고 간다.)*

신자 아니, 오빠! 도대체 어떻게 이럴 수 있어?

신철 응, 그거? 미안하게 됐다.

신자 미안해? 미안하다구? 이게 미안하다면 끝날 일이야? 아버지가 충격받아 돌아가시게 생겼는데! 그리고…… 이 집안 꼴을 좀 보라구! 도대체 어떻게 이런 일을 벌일 수 있어?

신철 그래, 그래! 내가 아버지 인감 빼내어 땅을 팔았다! 너는 몰라서 그러는 건데, 그거 안 팔 수 없는 땅이야. 더 이상 고집부리고 버텨 봐야, 괜히 힘만 뺄 뿐이라고…….

신자 몰라, 몰라! 아무리 그래도 그렇지 깡패들이 들이닥쳐 세간까지 다 때려 부수고 아버지는 몸져누우시고……. 도대체 어찌 해야 할지……. 아유! 속상해! 난 몰라!

신철 신자야, 이거 받아!

신자 이게 뭔데?

신철 그거 땅 판 돈이야.

신자 응? 뭐? 이게 다 돈이라구? 진짜?

신철 응. 우선 급한 대로 내 사업 자금 좀 꺼내 썼고 그 나머지는 다 가져왔어!

신자 정말 이게 다 돈이라구?

신철 그렇다니까! 그러니 그깟 보잘 것도 없는 세간 부서진 건 신경도 쓰지 말고 이 돈으로 어서 새집도 계약하고, 네 원인 슈퍼도 장만하도록 해! 그리고, 집에서 이렇게 한약이나 달이지 말고 아버지를 읍내에 큰 병원으로 모시고 가 봐! 알았지? 거기 가면 금방 괜찮아지실 거야!

신자 정말 그럴까? 정말 괜찮아지실까?

신철 그럼! 그렇고말고. 아버지가 평생 고생만 하시고 편한 생활을 못 해 보셔서 그렇지 이제 그 돈 가지고 편히 지내시다 보면, 그 생활이 좋다는 걸 차차 아시게 될 거라니까…….

신자 그럴까? 글쎄…… 오빠 말을 듣다 보니 그런 거 같기도 하고…….

신철 걱정 마! 아니, 사람이 돈이 없어서 고생이지 돈이 있는데 무슨 걱정이냐? 안 그래? 너는 뙤약볕에서 힘들게 밭일이나 하는 게 좋으냐, 그냥 슈퍼 계산대에 척 앉아서 물건 값 계산이나 하며 돈 벌고 사는 게 좋으냐?

신자 그야…….

신철 거 봐! 사람은 다 같은 거야. 그리고 이 오빠도 이제 사업에 성공해서 당당하게 아버지 앞에 나타날 테니까……. 나, 오늘 기막힌 물건 한 건 크게 물어 놨거든? 확실히 사람은 돈이 있어야 해! 오늘 내가 돈을 척 내 놓고 물건 계약을 하니까 사람들이 나를 대하는 태도가 대번에 틀려지더라고. 하하핫. *(시계를 보며)* 나, 지금 내 물건 유통할 지방 대리점 사장님을 만나러 가야 하거든? 하여튼 아버지 잘 부탁한다! 난 갈게.

신자 응, 오빠 알았어! 몸조심하고 사업 열심히 잘해!

신철 그래, 그래. 내 걱정은 말고……. 신자야 그리고 너 시집 갈 때는 이 오빠가 네 혼수는 아주 최고급으로 다 해 줄게. 기대하라구!

신자   응, 고마워, 오빠. 그저 모든 일이 오빠 말대로만 됐으면 참 좋

       겠다!

신철이 나간다.

신자   *(돈 꾸러미를 바라보며)* 진짜 많긴 많네! 내 생전에 이렇게 많은

       돈은 처음 본다……. 그런데 정말 우리 아버지가 괜찮아지

       실까?

[F.O]

제 4 장

[F.I]

이성우 집. 오후.

신자가 매우 불안한 표정으로 마당을 서성이고 있다.

신자   이거 참 큰일이네. 내일 아침이면 이 집 비워줘야 하는데 여태 아버지는 아무 말씀도 없으시니……. 병원도 안 가시고……. *(방 쪽의 기색을 살핀다.)* 돈을 보신 후 무슨 이렇다 할 말씀이 도통 없으시니 답답해 죽겠네. 하긴 돈이 있으니……. 돈이 없는 거지 집이 없겠어……? 그래도 당장 내일인데 어쩌지? 아! 이것 참!

이성우   신자야!

신자   응? 아, 이제야 무슨 말씀이 있으시려나 보다. 네, 아버지!

이성우   음……. 이리 좀 와 보거라!

신자   네, 아버지. *(방으로 들어간다.)* 아버지, 저 찾으셨어요?

이성우   음.

신자   아버지 일으켜 드릴까요?

이성우	아니, 괜찮다.
신자	*(도와주며)* 아버지 좀 어떠세요? 병원에 가 봐야 하는 거 아니에요?
이성우	아니다! 네가 달여 준 약 덕분에 좀 낫다.
신자	다행이다, 그래도 차도가 좀 있으시다니. 저녁 약도 금방 달여서 올릴게요. 아니, 저녁상부터 먼저 봐 올까요?
이성우	아니다. 그보다…….
신자	네, 아버지.
이성우	가서 막걸리 좀 받아 오너라.
신자	네? 막걸리요? 진짜요?
이성우	…….
신자	아니, 생전에 술이라곤 입에도 안 대시던 분이 더구나 지금은 몸도 편찮으신데…….
이성우	그리고 너, 저 윗동네 교회에 김 목사 알지?
신자	네? 네.
이성우	내가 좀 뵙고 싶다고 전해.
신자	네? 김 목사님을요?
이성우	그래.
신자	하지만 아버지는 늘 그분을 못마땅해 하셨잖아요? *(의아해하며)* 아버지, 진짜예요? 진짜로 김 목사님 모시고 와요?
이성우	내가 긴히 좀 드릴 말씀이 있다고 전하거라.
신자	네, 알겠어요. 그, 그런데 정말로 막걸리도 드실 거구 목사님도 만나실 거예요? 진짜로요?

이성우   *(고개를 끄덕인다.)*

신자   예, 예. 아, 알았어요. 그럼 저, 다녀올게요. *(의아한 표정으로 집을 나서며)* 오늘, 아버지 참 이상도 하시네? 웬 막걸리에 김 목사님까지 만나시려 하시지? 당장 집부터 구해야 하는 데……. 에이! 아버지께서도 다 생각이 있으시겠지.

신자가 집을 나서자, 이성우가 비척이며 일어나 벽에 걸린 신자 엄마의 액자를 내려 한참을 들여다보다가 가슴에 끌어안고 깊은 상념에 잠긴다.
잠시 후, 신자와 김 목사가 들어온다.

신자   아버지. 목사님 오셨어요!

이성우   들어오시라고 해라.

신자   목사님, 올라가세요.

김 목사   네. *(방으로 들어서며)* 어르신 그동안 안녕하셨습니까?

이성우   어서 오시오.

김 목사   *(낯빛을 살피며)* 아니…… 어르신, 어디가 편찮으십니까? 좀 수척해 보이십니다?

이성우   아니, 괜찮아요. 그보다 바쁘신 분을 이렇게 오시라고 해서 죄송합니다.

김 목사   웬걸요. 저야 어르신께서 불러주시니 너무 반갑죠. 지난번 전도하러 왔다가 어르신께 혼나고 돌아간 이후로 처음 뵙는 것 같습니다. 하하.

이성우   아……. 그땐 정말 미안하게 됐소.

김 목사   아닙니다, 아닙니다. 저야말로 그 후에 한번 찾아뵙는다 하
                 면서도⋯⋯. 죄송합니다⋯⋯. 그런데 제가 듣기엔 어르신
                 께서도 땅을 파셨고 곧 이곳을 떠나실 거라구요?

이성우   누가 그러던가요?

김 목사   네? 아, 예. 이제 이 동네 사람들은 다 떠나고 이젠 어르
                 신 댁만 남았는데 어르신께서도 얼마 전에 땅을 파셨다
                 고⋯⋯.

이성우   나는 땅을 판 적이 없습니다.

김 목사   네? 아, 그렇습니까? 그럼 제가 잘못 들은 건가요?

신자가 막걸리 상을 가지고 들어온다.

이성우   *(잔을 채우며)* 한 잔 하시겠소? 아, 참, 이거 실례했구려. 목사
                 님들은 술을 안 하시지?

신자   목사님, 커피 한 잔 드릴까요?

김 목사   네? 아, 그거 좋죠.

이성우   과일도 좀 내오너라.

신자   네. *(나간다)*

이성우   그리고 보니, 내가 목사님 청해 놓고 술 사발을 드니 결례
                 이긴 합니다만 오늘은 좀 양해해 주시겠소?

김 목사   아니요, 전 괜찮으니 편하게 하세요.

이성우   *(잔을 비우고)* 제가 오늘 목사님을 뵙자고 한 건 뭐 좀 물어
                 볼 것이 있어서요.

김 목사   네. 어떤 걸……?

이성우   그…… 먼젓번에 우리 집에 전도하러 오셨을 때 가져오셨
         던 교회 선전지 말이요…….

김 목사   네? 선전지? 아! 전도지요?

이성우   그래요. 거기 보면 고아가 된 지체 부자유 어린이를 위한
         시설을 짓는다고 하던데…… 맞소?

김 목사   아! 네. 그거 은혜의 땅 프로젝트? 네, 맞습니다. 지금도 추
         진 중에 있어요.

이성우   음……. 내가 바로 보긴 했군.

김 목사   감사하게도 어르신께서 저희 전도지를 읽으셨군요.

이성우   그래 그 일은 잘 진행이 되고 있나요?

김 목사   네, 그게 좀……. 요즘 경제가 어려워지다 보니 다소 시간
         이 지체될 것 같습니다.

이성우   음, 그래요? 그럼 자금 문제만 해결된다면 다른 문제는 없
         는 거요?

김 목사   네, 그렇죠.

이성우   음, 그래요? 기왕이면 겨울이 오기 전에 시설이 만들어지
         는 게 좋을 텐데…….

김 목사   네, 저희도 그렇게 하려고 노력 중에 있는데 오늘 뜻밖에도
         어르신께서 그 일에 그렇게 관심을 가져 주시니 정말 감사
         합니다.

이성우   우리 큰여식도…….

김 목사   네? 큰따님이요?

이성우   아, 아니오! 그것보다……. *(돈뭉치를 내놓는다.)* 자! 이 돈을 가
        지고 가서 서둘러 시설을 마련하도록 하시오.

김 목사   네? 아니, 이게 뭡니까? 이게. 아니, 이렇게 많은 돈을? 이
        게 무슨 돈입니까?

이성우   훔친 돈은 아니니 걱정 마시고 가져가시오.

김 목사   네? 아니, 아니요. 그런 뜻이 아니라 어르신 이거 혹시 땅
        을 처분하신 돈이 아닙니까?

이성우   나는 땅을 판 적이 없다고 하지 않았소? 어서 거두시래
        도…….

김 목사   어르신의 뜻은 감사하지만 이제 이곳을 떠나시려면 앞으
        로 돈 쓰실 곳도 많으실 텐데 좀 더 생각을 해 보시고 나
        중에…….

이성우   생각은 많이 했다오. 정말 많이……. 그리고 결정을 했으
        니 어서 거두어 주시오.

김 목사   그럼…… 어르신께서 이주하실 집은 마련하셨는지도…….

이성우   그건 내가 알아서 할 일이라오.

김 목사   물론 어르신께서 생각이 다 있으시겠지만 그래도 이 큰돈
        을 그저 덥석 받기가……. 어르신의 뜻이 그러시다면 일단
        은 제가 이 돈을 보관할 테니 혹 필요하실 때…….

이성우   그럴 일은 없을게요!

김 목사   사실은 시설을 짓기로 같이 동참한 독지가분들의 사정이
        많이 어려워져서 자금 때문에 걱정하던 참이었는데…….
        참! 뭐라 드릴 말씀이 생각나질 않습니다.

이성우   그저 때가 맞은 것뿐이지요.

김 목사   아! 카이로스! 그렇군요. 너무 감사한 일입니다, 어르신!

이성우   ······.

김 목사   이제 어르신께서는 어디로 가십니까?

이성우   *(막걸리를 마신다.)* ······.

김 목사   제겐 어르신의 거처를 알려주셔야 합니다. 그래야······. 어디 더 조용한 농촌 마을로 가십니까? 이곳을 떠난 대부분의 주민들은 도시 생활을 동경하던데, 어쩐지 어르신께서는 흙냄새 나는 전원생활을 원하실 것 같습니다.

이성우   흙냄새라······ 그거 참 좋지요. 어떤 향수 냄새보다도 더 좋은 삶의 냄새, 사람의 냄새지요.

김 목사   그러실 줄 알았습니다. 그럼, 어디로 가십니까? 혹시 고향으로 가십니까?

이성우   나는 실향민이오. 내 고향은 겨울엔 칼바람에 대지가 온통 꽁꽁 얼었다가도, 봄만 되면 온 산과 들에 진달래가 가득하여 정신이 혼미해질 지경이었죠. 우리 아버지는 진정 땀 냄새를 사랑하시는 농사꾼이셨고요. 그때는 우리 집에 경작지가 제법 넓어서 일꾼들도 꽤 많이 있었기에, 우리 아버지가 그렇게까지 힘들여 일하지 않으셔도 됐는데도 그분께서는 해 뜰 녘에 한번 집을 나가시면 종일 흙 속을 뒹구셨지요. 우리 어머니께서 그 모습이 안타까워서 걱정을 하시니, 우리 아버지께서는 호탕하게 웃으시며 "그건 내가 좋아서 하는 일이라오."라고 하셨죠. 아버지······! *(막걸리*

를 들이켠다.)

김 목사 일이 곧 오락이라……. 참 행복하신 분이시군요.

이성우 그랬죠, 그때는……. 그런데…… 그런데 나는 어떤 사람인
지 아시오? 그런 내 아버지를 죽인 사람이 바로 나였다오.
그것도 죽창으로 말이요! 내가…… 내가…… 우리 아버지
를……!

김 목사 네? 정, 정말요?

이성우 그렇게 우리는 일꾼들과 그 가족들과 함께 대가족을 이루
어 매일매일 축제처럼 살고 있었다오. 그러던 어느 날, 갑
자기 세상이 바뀌더니, 공산당원이라는 사람들이 우리 집
에 들이닥쳐서 우리 땅을 다 빼앗고는 우리 아버지를 인민
재판에까지 내몰았답니다. 내 아버지 같은 농사꾼에게 땅
이란…… 그것은 생명이었다오. 조상 대대로 그 땅을 일구
고, 가꾸는 것밖에 모르던 우리 아버지는 이미 인민재판이
고 뭐고 할 것도 없이 그냥 초죽음이 되셨지요.

김 목사 아하! 저런……!

이성우 인민재판이 시작되자, 공산당들은 나의 등을 떠밀었어요.
늘 가족같이 지내온 우리 이웃들이…… 소위, 그들이 말
하는 악덕 지주인 우리 아버지에게 적개심도 없을 뿐 아니
라 오히려 감싸 주려고까지 하니 일종의 위기감을 느낀 것
이겠지요. 어쨌든 나는 그들의 사상 무장을 위한 각본에
의해 사랑하는 내 아버지를 죽창으로 찔러야 했다오.

김 목사 …….

이성우	그들은 자신들의 사상에 동조하지 않는 우리 이웃들에게 크게 본때를 보이고자 했겠지만…… 어쨌든 나는 겨우 열여섯의 나이에 이런 살 떨리는 일을 해야 했고…… 난, 너무 무서웠지만 선택의 여지는 없었다오. 그때 아버지께서는 내게 마지막 유언을 하셨소. "남쪽으로 가라! 이 땅은 이미 죽었으니 너는 지체 없이 남쪽으로 내려가 새로이 땅을 일구고, 생명의 뿌리를 내리도록 해라! 너는 나의 마지막 희망이다. 그러니…… 부디!" (막걸리를 마신다.)

김 목사	그러니 평생 가슴속에 커다란 바윗덩어리를 안고 사셨겠군요.

이성우	나는 그 밤에 바로 무작정 대고 남쪽을 향해 뛰고 또 뛰었다오. 눈물이 앞을 가려, 돌부리에 채어 넘어지고 또 넘어지면서도 그저 이를 악물고 밤이고 낮이고 뛰었지요. 그것이 땅을 잃고 억울하게…… 그것도 자식의 손에 돌아가신 내 아버지의 마지막 유지를 받드는 일이라 여겼기 때문이었소. 내가 얼마나 뛰었는지는 모르겠지만 나는 그만 기진하여 쓰러지고 말았는데 내가 가까스로 눈을 떴을 때, 나는 국군 어느 야전 병원 침대에 누워 있었고 그분들의 도움으로 나는 간신히 이곳 남쪽 땅까지 오게 되었다오.

김 목사	참, 극적입니다.

이성우	참, 기적적이지요. 아이구, 이런, 내가 취했나 보오. 바쁘신 분을 모시고 너무 장황하게 내 넋두리를…….

김 목사	오히려 영광입니다. 제게 이런 귀한 이야기를 들려주시니⋯⋯. 그 후엔 어떻게 되었나요? 궁금합니다.

이성우 (갖고 있던 액자를 내밀며) 여기 이 사진을 한번 보시겠소? 참 곱지요? 허허. 그 눈매를 한번 보시구려. 꼭 천사의 눈 같지 않소?

김 목사 정말 아름답고 선하게 생기셨습니다.

이성우 허허허. 그 여자는 천사였고, 그 천사는 바로 내 아내라오. 지금도 내 맘속에서 항상 함께해 주는 나만의 천사! 그녀는⋯⋯. (눈물을 훔치며) 아이구, 이런 주책! 미안합니다. 나도 오늘은 내가 왜 이러는지 모르겠네. 정말 술이 좀 과했나 봐.

김 목사 평소에 너무 말씀을 아끼시는 분인 줄 제가 압니다. 오늘 이렇게 저를 편하게 대해주시니 정말 저는 감사할 따름인걸요. 그런데 이 사진 속의 천사님과는 어떻게 만나시게 됐는지 갑자기 궁금해지네요.

이성우 처음 이남에 왔을 때는 그저 막막하기만 했소.

김 목사 그러셨겠지요. 어린 나이에 아는 사람 하나 없는 타향에 혼자 떨어지셨으니⋯⋯.

이성우 더구나 그때는 전시 상황이라⋯⋯. 내가 겪은 일을 말로 하자면 참, 끝도 없고 한도 없지요. 어찌됐건 나는 구걸로 먹기도 하고 굶기도 하고 징집을 피해 숨기도 하고⋯⋯ 그렇게 모진 목숨을 부지 하고 있던 차에, 다행히도 나는 어느 농가에 일꾼으로 일할 기회를 얻었고⋯⋯ 나는 정말 열심히 일을 했소. 비록 나이는 어렸지만 늘 보고 자란 농사

일인지라, 일도 썩 잘했고……. 그런 나를 대견하게 생각하시던 주인아저씨께서 나중에는 내가 붙여먹을 약간의 땅까지 떼어 주셨다오.

김 목사 그거 다행이네요.

이성우 지금도 그분의 은혜는 잊지 않고 살지요. 그렇게 작게나마 농사를 짓고 살 즈음에 하루는 읍내에 있는 국밥집에 갔다가 처음 내 아내를 보게 됐는데 그저 한눈에 나는 그만 이 여인에게 반해버렸다오.

김 목사 아, 바로 운명적 만남이군요.

이성우 그때, 내 아내는 그 국밥집 주방에서 일하고 있었는데 나중에 안 일이지만 그녀도 전쟁 통에 가족을 잃은 전쟁 고아였다오. 나는 정말 단아하고 청초한 그녀에게 공을 들였고, 청혼을 했고, 마침내 우리는 결혼까지 하게 되었다오. 내 인생에서 가장 행복한 날들이었소! 그때 난 처음으로 사람이 이렇게 행복할 수도 있구나, 하고 새삼 놀라기까지 했다오. 그런데 참 신기한 것은 우리는 결혼 다음 날부터 마치 무슨 약속이나 한 것처럼 그저 죽어라, 하고 일에 매달렸다오. 그러면서 우리는 인근의 땅을 조금씩 조금씩 사들였소. 마치 그렇게 하는 것이 당연한 일 인양 말이오. 우리는 그렇게 심고, 거두고 약간의 땅을 넓혀가며 행복하게 살았다오. 그녀는 전쟁통에 폭발물 사고로 고막을 잃어서 듣지도, 말을 하지도 못했는데 그래서인지 그녀의 눈은 더 깊고 신비해 보였소. (액자의 사진을 들여다보며) 나는 그녀의 사슴 같은 눈망울을 들여다보며 만일 이 여인 이 죽는다면 나도 그냥 따라가리라, 하고 늘 생각했다오. 그런데…… 그런데…… 내가 그토록 가슴 저리게 사랑한 내 아내는 우리 막내…… 신자를 낳다가…… 그만……!

김 목사   네…….

이성우   워낙 난산이기도 했지만 그보다 그렇게 된 것이…… 가장 큰 원인은 영양실조였다오. 영양실조! 그저 땅 사는 일에 만 열중해서, 내 마누라가 밥도 굶어 가며 죽도록 일만 한 다는 사실을 그만 잊어버리고 만 거요! 이런 육실 할…….

김 목사   어르신……!

이성우   *(사진을 들여다보며)* 미안하오! 미안해! 그때, 나도 함께 갔어야 했는데……. *(사진을 어루만지며)* 너무 외로워하지는 마오. 나 도 곧 갈 것이니. 김 목사, 이 땅은…… 우리 아버지이자, 사랑하는 내 아내였다오.

김 목사   …….

이성우   내 아버지의 유품과 내 아내의 유골도 이 땅에 뿌렸다오. 그렇게 늘 함께이고 싶어서요. 그러니 내가 어떻게…… 어 떻게 내 아버지와 내 아내를 팔아먹을 수 있겠소? 내가 어 찌 그 사랑하는 사람들을 판 대가로 호의호식할 수 있겠 소? 난…… 난 그 돈의 구린 동전 하나도 쓸 생각이 없다오.

김 목사   네. 어르신의 말씀을 듣다 보니 그렇긴 하군요. 글쎄요, 하 지만 돌아가신 분들은 어르신께서 편안히 사시길 바랄 수 도…….

이성우   그러니 그 돈은 정말 뜻있는 곳에 쓰여야 합니다. 가치 있는 일에.

김 목사   알겠습니다. 어르신의 유지를 잘 받들도록 하겠습니다.

이성우   어떻게 이런 세상이 다 있단 말이오? 이 세상에 낙원을 건설한다는 공산당은 자기 아버지, 형제, 이웃에게까지 총부리를 겨누어 다 죽여 버리니……. 그렇게 해서 얻은 낙원을 도대체 누구와 함께 나눈답니까?

김 목사   그러게 말입니다.

이성우   (잔을 비우고) 그런 공산당을 피해, 죽을 고생을 해가며 내려와 겨우 일구어온 이 땅도 결국은 뺏기고 말았구려. 그들이 내게 총칼을 겨눈 적은 없지만 결국은……. 그렇소, 돈은 내겐 사실 별 의미가 없어요. 이 땅! 이 땅만이 나의 삶의 의미 그 자체였단 말이오.

김 목사   어르신 말씀을 듣고 보니 저도 참 맘이 아픕니다. 하지만 우리가 우리의 생각만 잠깐 바꿀 수 있다면…….

이성우   누에는 뽕잎만 먹는다오!

김 목사   …….

이성우   여보, 신옥이 엄마! 오늘은 정말로 힘이 드는구려. 참, 힘이……. (상 위로 엎어진다.)

김 목사   (장롱 위에서 베개를 내려, 이성우를 반듯하게 눕혀 주고 이불을 덮어 준다.) 어르신, 제가 모시겠습니다. 새 땅에요. 다시는 사망이 없고 애통하는 것이나 곡하는 것이나 아픈 것이 없는 그런 땅으로 제가 반드시 모실 겁니다. (방의 불을 꺼준다.)

[F.O]

잠시 후, 어둠 가운데 날카로운 신자의 비명 소리가 들리고, 이어서 구급차 경광등의 번쩍이는 불빛과 함께 요란한 사이렌 소리가 나며, 김 목사와 구급요원들이 황급히 방에 들어와 축 늘어진 이성우를 구급 침대에 누이고, 방을 나가는 모습이 점멸 조명 속에 잠깐씩 보인다. 넋을 잃고 서 있는 신자의 손에는 농약 병이 들려 있고 그녀는 심하게 떨고 있다.

[3막]

제 1 장

장애인 시설인 은혜의 땅 사무실.

오전.

김 목사가 의자에 앉아 책을 읽고 있다.

[F.I]

신옥   *(사무실로 뛰어들며)* 목사님! 목사님! 우리 신자 좀 혼내주세요. 내가 빨래 너는 것 좀 도와주려는데 막 화를 내며 못 하게 해요!

신자   *(따라 들어오며)* 목사님, 그게 아니고요, 언니는 애들 간식 만드느라 힘들었을 텐데 좀 쉬래도 말을 안 듣고, 제가 빨래 너는 것까지 방해하잖아요.

신옥   어머, 어머, 얘 좀 봐? 그게 무슨 방해야?

신자   방해지! 언니하고 승강이하느라 아직 반밖에 못 널었잖아. 하여간 언니는 욕심쟁이야!

신옥	뭐? 욕심쟁이?
신자	그래, 욕심쟁이! 자기 일 마쳤으면 좀 쉬지 남의 일까지 탐내고 넘실대니…… .
신옥	얘는 그게 어떻게 남의 일이니? 우리 일이지!
김 목사	하하하. 그러지 마시고 두 분 모두 잠깐 쉬도록 하세요. 우리 커피 한 잔 어때요? 제가 타 드릴게요.
신자	커피요? 그래, 언니 우리 커피 한 잔 마시자. 좋지?
신옥	응? 그래! 그거 좋겠다. 내가 탈게.
신자	또, 또! 그 욕심! 그냥 앉아 있어. 내가 탈게!
김 목사	허허. 원래는 제가 타 드리려 했는데…… . 그래요, 제가 타는 거보다 신자 씨가 타는 게 더 맛있겠네요.
신옥	목사님! 그렇게 편애하시면 안 되죠! 저도 커피 잘 탄다구요.
김 목사	어이쿠, 제가 그랬나요? 하하하. 앞으론 시정하겠습니다. 하하하. 그런데 아버님은요?
신자	아버지요? 목공실에 계셔요.
김 목사	목공실에요? 왜요? 또 무슨 일을 하시느라고?
신자	아이들 걸상 가져다가 손질하고 계셔요. 아이들 손에 가시 들면 안 된다고…… .
김 목사	네? 아니, 그 일은 어제 벌써 다 하셨잖아요?
신옥	사실은 멀쩡한 걸상인데…… . 아버지가 오늘은 좀 많이 긴장하신 거 같아요. 새벽부터 안절부절못하세요.
신자	새벽부터가 아니라 아예 간밤에 한숨도 못 주무신 거 같아. *(커피를 나눠 준다.)*

김 목사   왜 안 그러시겠어요?

신옥   하기야 우리도 신철이를 이곳에서 만나게 됐다는 게 꿈
         만 같은데 아버지야 그 맘이 오죽하시겠어?

김 목사   아버님께도 커피 타 드리시지요.

신자   에구, 벌써 몇 잔을 드셨는지 몰라요. 새벽부터……

김 목사   정말 긴장하고 계시군요. 허허.

신자   언니! 생각해 보면 우리 식구들 모두 이곳에 모여 살고
         있다는 거 이것도 꿈같지 않아? 아니, 얼마 전까지만 해
         도 이거 상상이나 해 보았겠어? 그치?

신옥   정말이다. 정말 기적 같아!

신자   이 모든 게 목사님 덕분이지.

신옥   맞아! 그래. 목사님 아니셨으면 우리 아버지도 벌써 돌아
         가셨을 거고……. 생각만 해도 정말 끔찍하다. 소름 돋아!

김 목사   그때 농약 드시고 사경을 헤매실 때를 생각하면 지금도
         등에서 식은땀이 나는 거 같네요. 다행히 일찍 병원에서
         위세척을 한 덕분에…….

신자   그런데 그때 목사님 댁에 가시다가 어떻게 다시 우리 집
         에 오실 생각을 하셨어요?

김 목사   그게 궁금하세요?

신옥   아, 진짜 저도 그게 항상 궁금했었어요.

김 목사   그게 저도 모르겠어요. 약주 드신 어르신을 눕혀 드리고
         집으로 돌아가는데 이상하게 자꾸 뒤가 뒤숭숭하고 불
         안하더라고요.

신옥   네…….

김 목사   제 말에 실망하신 거 같아요?

신옥   저는 그 순간에 목사님 앞에 하나님께서 탁 나타나셔서 돌아가 보라고 명령하신 거 아닌가, 했거든요.

김 목사   하하하. 어쩌죠? 나는 지금껏 그분을 직접 뵌 적이 없는 걸요? 하나님은 영이시니 우리 눈에 보일 리도 없지만, 나는 그날의 일은 하나님이 하셨다는 것은 알 수 있죠. 그분은 우리 모두가 끝이라고 포기할 때 그때부터 일하시거든요. 그러니 은혜인 거죠.

신자   그때 나 혼자였으면 아버지는 돌아가셨어. 나는 그냥 벌벌 떨기만 하고 머릿속이 하얘져서 아무 생각도 못 했다니까…….

김 목사   저도 걱정 많이 했지요. 그런데 병원에서 어르신께서 깨어나셔서 절 막 꾸짖으실 때 아이구, 이젠 됐구나, 했죠.

신옥   네? 아버지가 뭐라고 하셨는데요?

신자   아버지가 목사님께 당신이 무슨 권리로 나를 살렸느냐고 막 나무라셨어.

신옥   진짜? 호호. 아버지도…… 참 황당하다.

신자   아버진 예전에는 목사님을 참 싫어하셨댔어.

신옥   정말? 아니, 왜?

신자   바쁜 사람 붙들고 말도 되지 않는 소리만 지껄인다고 순 사기꾼이라고…….

신옥   아버지가? 정말? 어머, 평소에 남 험담하시는 성격이 아니시잖아? 별일이다.

신자   호호호. 그러게……. 특히 아버지가 싫어하셨던 말씀이
       새 하늘과 새 땅이 있다는 목사님 말씀이었지.

신옥   아, 알만하다. 아버지는 땅을 워낙 사랑하시는 분이라…….

신자   거의 집착이지. 아무튼 아버지께서 화가 나셔서 지금 당
       신 나이가 몇인데 그런 게 있으면 진즉에 알았겠지, 하시
       더라구.

김 목사 지금은 그곳에 살고 계시지 않습니까?

신옥   정말 그러고 보니 여기가 우리에게 새 하늘 새 땅이 맞아요.

김 목사 우리가 보지 못할 뿐이지 그곳은 항상 우리 곁에 열려 있
       지요.

신자   이제 신철 오빠까지 이곳에서 모여 살게 되었으니 기적
       이 먼 곳에만 있는 게 아닌가 봐.

신옥   그래. 정말 꿈만 같은 일이야.

신자   오빠가 고생 많았겠어.

신옥   말해 뭐 하겠니? 노숙자 생활을 했다는데……. 가엾어라.

신자   그러게. 아버지께 지은 죄가 있어서 집에 연락도 못하
       고……. 쯧쯧!

신옥   지금쯤 올 때가 된 것 같은데…….

신자   응, 그러게……. 언니, 우리 오빠 마중 나가 볼까?

신옥   그래! 그게 좋겠다. 신철이 혼자 여기 들어오기가 쑥스러
       울 수도 있으니.

이때 신철이 작고 누추한 슈트케이스를 들고 초췌한 모습으로 들어선다.

신철   저…… 여기가…….

신옥   신철아!

신자   (거의 동시에) 오빠!

신철   (쭈뼛대며) 응? 응…….

신자   (달려가 포옹하며) 오빠, 오빠. 얼마나 고생한 거야? 이게 뭐
         야? 이 모습이…….

신옥   (가방을 받으며) 신철아, 정말 잘 왔다! 목사님께 인사드리렴.

신철   (쑥스럽게 꾸벅 인사한다.)

김 목사   (악수하며) 어서 오세요! 진심으로 환영합니다! 이곳 찾기가
         어렵지 않으셨나요?

신철   네? 아니, 아니요.

신자   내 정신 좀 봐! (뛰어 나가며) 아버지부터 모셔 와야지!

신옥   그래…….

김 목사   이리 좀 앉으시죠?

신철   네? 아, 네. 괜찮습니다.

신옥   이제라도 돌아와 줘서 고맙다, 신철아. 우리 모두 네 걱
         정 많이 했어. 아버지는 눈만 뜨시면 널 위해 기도하고
         계셨단다.

신철   …….

이때, 신자가 뛰어 들어온다.

신자   아, 아버지 오셔!

이성우   *(신자 뒤에 들어오며)* 신철아!

신철   아, 아버지!

이성우   *(신철의 모습을 이리저리 살피며)* 어디 상한 데는 없느냐?

신철   *(울컥하며)* 네…… 네, 아버지…….

이성우   그래…….

신철   *(무릎을 꿇으며)* 아버지! 아버지! 정말 잘못했습니다! 정말 면목이 없습니다. 아버지가 생명같이 여기시던 그 땅을 아버지 몰래 팔아, 다 들어먹고 아버지께 농약까지 마시게 했으니……. 이 죄인을…… 이 죄인을…… *(가슴을 친다.)* 어찌 해야 할까요? 이 못난 놈이…… 아버지를……. 흑흑!

이성우   일어나거라. 모두 지난 일이야. 그때는 내가 어리석어서 내 눈에 보이지 않는 건 다 없는 거라고 생각했지. 그래서 보이지 않는 의미를, 보이는 것에 가두어 두었었다. 그러나 지금은 눈에 보이지 않는 의미를 보이는 가치로 만드는 일을 하고 있단다. *(신철의 손을 잡으며)* 죽기 전에 네게 꼭 전하고 싶은 말이었어. 내 아버지는 내게 땅의 소중함을 유산으로 주셨는데 난 네게 새 하늘과 새 땅을 주게 되었으니 참 기쁘구나. 잘 왔다. 정말, 잘 왔어! *(신철을 껴안는다.)*

신철   아, 아버지! 아버지!

신옥, 신자 *(한 덩어리로 포옹하며)* ……. 아버지! 오빠!!

엔딩 음악이 힘차게 울리며 [F.O]

03

어떤 하루

- 2000년 5월 -

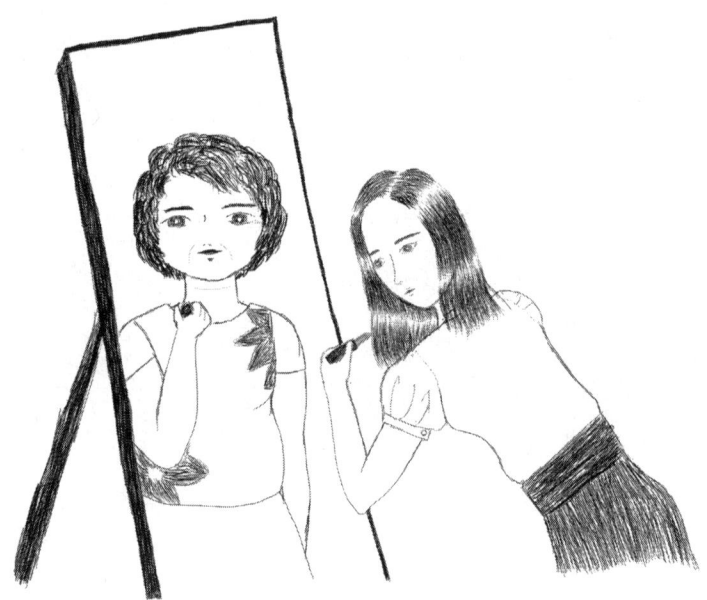

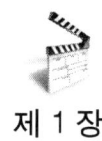

제 1 장

[F.I]

영주가 토스트와 잼, 우유 등이 담긴 쟁반을 들고 다른 손에는 컵을 들고 잰걸음으로 들어와 탁자 위에 놓고, 다시 급히 부엌으로 들어가 커피포트와 커피 잔을 들고 돌아와 탁자에 늘어놓다가 시계를 들여다본다.

영주 아니, 깨운 지가 언제인데 아직 한 사람도 안 나타나는 거지? 오늘 잘못하면 단체로 지각하겠네. *(안쪽을 향해)* 지숙아! 지훈아! 아침 먹어야지?

지숙 *(목소리만)* 예, 엄마. 알았어요.

영주 잘못하면 오늘 지각하겠어.

지숙 알았다니까요. 금방 나가요.

영주 지금 뭐 하는데? 엄마가 좀 도와줄까?

지숙 엄마가 자꾸 말 걸지 않으시는 게 나 도와주는 거거든? 바빠 죽겠는데.

영주 알았어. 얼른 내려오렴. 쯧쯧. 그러게 저녁에 미리 좀 준비해두지 꼭 아침에 다 하려니…… 아니, 그런데 이이는 또 뭐

하시느라 안 오시나? *(안쪽에 대고)* 여보, 아침 안 드실 거예요?

남편   *(목소리만)* 아침? 아, 먹어야지. 먹어야지. 먹을 건데…… 아니, 이게 도대체 어디 간 거야? 여보, 여보, 이리 좀 와 봐.

영주   왜요?

남편   그거…… 내 타이 말이야. 그, 빨강색에 흰색 땡땡이 무늬…… 그거 혹시 어디 있는지 알아?

영주   타이라면 당신 장롱에 있겠죠.

남편   이리 빨리 좀 와 봐. 그게 거기에 없어. 아무리 찾아봐도…….

영주   아무리 찾아봐도? 덤벙대시느라 그런 건 아니구요? 거기 아니면 다른 데는 있을 데가 없는데…….

남편   아! 그러니까 빨리 한번 와 봐.

영주   *(한숨을 쉬고 안방 쪽으로 가려는데 지숙이 뛰쳐나온다.)*

지숙   *(들고 있는 교복 치마를 흔들며)* 엄마! 이게 뭐야?

영주   응? 어머! 아참!

지숙   아, 참? 내가 어제 저녁에 학원에 가면서 이 치마 좀 꼭 다려 달라고 부탁했죠?

영주   어쩜 좋아? 그걸 그냥 깜빡…….

지숙   아유! 짜증나! 날더러 이 치마를 입고 학교에 가라는 거야?

남편   *(목소리만)* 아니 뭐 하고 있어? 빨리 좀 와 보라니까!

영주   에휴! 미안하지만 오늘은 다른 타이 좀 매시면 안 돼요?

남편   안 돼! 꼭 그거 매야 해. 감색 싱글에는 그게 제일 어울리는 걸? 빨리 와 봐!

영주   *(치마 한번 쳐다보고 안방 쪽으로 향하려는데 전화벨이 울린다.)* 여보세요?

아, 어머니. 아침 식사 하셨어요? 네, 어버이날이요? 아이, 그럼요. 잊을 리가요. 안 그래도……

남편   젠장! 빨리 와 봐. 그게 당신 장에도 없잖아?

영주   (수화기 가리며) 아, 아니에요. 안 바빠요. 네, 그럼요. 네, 집에 있는 사람이 뭘요? 밤낮 노는걸요. 아, 그거요? 그럼 그렇게 할까요? 혹 성의가 없다고 생각하실까 봐……. 네? 아, 네. 그러시다면……

지숙   (목소리만) 엄마! 내 치마 다 됐어?

영주   (수화기 가리고) 잠깐만, 금방 돼!

남편   아니, 이 여인네가 뭐 하느라고 남편이 오라는데…….

영주   네, 어머니. 그럼 그렇게 할게요. 네, 그럼 말씀대로 할게요. 네. 들어가세요. 네.

지숙   엄마!

영주   (전화 끊고 뛰어 들어가며) 금방 줄게!

남편   아! 여보!

영주   (안방에 대고 뭐라 말하려다가, 지숙의 치마를 들고 황급히 들어간다.)

남편   아, 진짜 오늘 아침엔 웬일이야? 마누라 얼굴 한번 보기 쉽지 않아. 어! 여, 여기 있다! 내 땡땡이 타이! 등잔 밑이 어둡다더니……. 허허, 참!

잠시 후 남편이 손에 조간신문을 들고 식당으로 들어온다.

남편   아니, 다들 어디 간 거야? 벌써 학교에 갔나? 그럼 이 여편네는? 참 미스터리한 여편네야. *(토스트를 집는다.)* 이게 뭐야? 토스트가 다 식어서 돌덩이가 되어 버렸네? 에이! *(신문을 펼쳐보며)* 여보! 커피! 커피나 좀 줘. 이거, 이거 주식이 또 떨어졌네. 제길, 그것도 건설주가 완전히 쪽박이야. 젠장, 또 깡통 되는 거 아냐? 아니, 날개도 없는 것이 자꾸 떨어지면 어쩌자는 거야? 이게 뭐야? 코스닥도? 아니, 거기는 그래도 잘나간다더니? 여보! 커피! 아니, 이 여인네는 도대체 아침 내내 어디 가 있길래 코빼기도 안 보여? 쯧! *(다시 신문을 넘겨본다.)* 응? 어제는 엘시 트왕스가 라이거스를 이겼네? 웬일이야? 만년 꼴찌 팀이 우승 후보 팀을 이기다니? 하긴 잘하는 팀만 항상 이긴다면 누가 스포츠를 보겠어? 이런 맛도 있어야지. 어디 보자…… 투수가 고교 갓 졸업한 신인? 허허, 이놈 뜨겠네. 불꽃 피칭이라. 허허허.

영주   *(조금 지친 표정으로 식당에 들어온다.)* 당신 그 땡땡이 타이는 드디어 찾으셨네요?

남편   웅, 그래. 아주 극적으로. 내 커피…… 뜨겁게.

영주   네. *(커피를 따라준다.)*

남편   우하하! 어제는 트왕스가 아주 펄펄 날았구만. 2할도 안 되는 타자가 투런 홈런이라니……. 하하. *(커피를 입에 대며)* 앗! 뜨거, 뜨거. 이거 왜 이렇게 뜨거워?

영주   뜨거운 커피 달라고 하셨잖아요?

남편   아, 그래도 그렇지. 이건 너무…… 에이…….

지훈   *(식당에 들어서며)* 안녕히 주무셨어요?

영주   그래, 지훈아. 어서 와. 아침 먹으렴.

지훈   *(들고 있던 남방을 흔들며)* 엄마.

영주   아차! 네 남방도 네 누나 교복하고 같이 두었는데……. 같이
      다리려고. 어쩜 좋아?

지훈   하는 수 없죠 뭐. 오늘은 이거 그냥 입고 가야죠.

영주   그러기엔 너무 많이 구겨졌네. 어쩌지? 지금 다리기엔 너무
      늦었구…….

남편   아니, 거 여자가 하루 종일 집에 있으면서 뭘 하느라구? 여
      하간 미스터리야.

영주   여보…….

남편   내 와이셔츠는 안 돼!

영주   왜요?

남편   내 꺼니까!

영주   아빠 장롱에 다려 놓은 흰색 와이셔츠 많이 있으니까 오늘
      한 번만 아빠 꺼 입고 갔다 오너라.

지훈   네.

남편   안 된다니까! 언젠가도 쟤 와이셔츠 한번 빌려 주었다가 떡
      볶이 국물을 묻혀온 바람에 그냥 버렸잖아?

지훈   아빠, 오늘은 깨끗하게 입을게요.

영주   *(지훈에게 눈짓한다.)*

남편   에이, 하여간 미스터리야. 하루 종일 뭘 하는지 CCTV라도
      설치해 놓아 봐야지.

이때 지숙이 급히 식당을 가로질러 나간다.

영주 애, 애, 지숙아! 아침은 먹고 가야지?

지숙 나, 늦었어요.

영주 *(토스트를 집어주며)* 먹으며 가라.

지숙 됐어. 내가 초등학생이야?

영주 응? 그래?

지숙 내 점심 값은?

영주 응? 아, 그래. *(돈 꺼내주며)* 오늘은 아침도 못 먹었으니 점심은

     맛난 걸로 먹어라.

지숙 이 돈으로?

영주 그거면…….

지숙 라면이나 먹겠지.

영주 *(주머니를 뒤져 더 준다.)* 잘 다녀와라.

지숙 *(돈 확인 후)* 다녀오겠습니다. 참! 엄마, 오늘 내 침대 시트 좀

     빨아줘요. 땀 냄새 나.

영주 그래, 알았다. 잘 다녀오렴.

지훈 *(안에서 나오며)* 학교 다녀오겠습니다.

영주 그래. 오늘은 네 남방 꼭 다려 놓을게. 정말 미안하다.

지훈 네, 괜찮아요. 엄마, 근데 제 바지 내놓았는데…….

영주 응, 그래. 빨아서 같이 다려 놓으마.

지훈 네, 다녀오겠습니다.

남편 너, 내 와이셔츠에 뭐 묻히지 마!

영주   아침 못 먹어서 어쩌냐? 낼 아침부터 조금 일찍 일어나렴.

지훈   네, 그럴게요.

영주   (돈 주며) 쉬는 시간에 간식 사먹어.

지훈   네, 감사합니다. 다녀올게요.

영주   휴! 신문 그만 보시고 식사하시지 그래요?

남편   먹고 있어.

영주   토스트가 그냥 있는데요?

남편   그건 토스트가 아니라 돌이 됐어.

영주   어머, 너무 식어서……. 새로 할게요.

남편   아니야, 됐어. 에이! 오늘 같은 날은 얼큰한 해장국이 땡기네.

영주   해장국이요? 진작 말씀하시지요. 당신이 아침에 입맛 없으니 그냥 토스트나 먹자고 하셔서…….

남편   그랬지. 그랬는데 어제 술이 좀 과했는지 그냥 그게 생각이 난다고.

영주   그럼 콩나물국이 있는데 밥하고 좀 내올까요?

남편   아니야. 됐어. 회사 앞 해장국 집에서 한 그릇 하지 뭐.

영주   어제는 무슨 술 하셨어요?

남편   응? 양주, 그리고 맥주, 그리고…….

영주   술 좀 줄이시면 안 돼요?

남편   왜?

영주   그야, 이젠 몸 생각도 좀 하실 나이가…….

남편   몸 생각보단 돈 생각 때문이겠지.

영주   네?

남편   당신은 술 먹는 데 쓰는 돈이 세상에서 제일 아깝다며?

영주   그거야…… 돈 버리며 몸까지 무리가 가니…….

남편   하긴, 집에서만 있는 당신이 사회생활에 대해 뭘 알겠어?

영주   술이 그렇게 맛있어요?

남편   맛? 쯧쯧. 술은 음식이 아니고 비즈니스라고.

영주   비즈니스는 회사에서 하잖아요.

남편   에구, 무지한 여인네여. 진짜 비즈니스는 술집에서 이루어지는 거라구.

영주   그럼 회사에서는 뭘 하나요?

남편   어이구, 답답해. 회사에선 어젯밤 술값을 판공비로 타내지. 그만! 내가 벽이랑 얘기하지.

영주   당신 정말 많이 달라졌어요. 예전엔 저와 얘기하는 시간이 세상에서 제일 즐거운 시간이라더니…….

남편   내가? 언제?

영주   연애할 때…….

남편   에구! 그만! 그만! 맘모스가 풀 뜯어먹을 때 이야기를…….

영주   네?

남편   아, 아니야.

영주   네…….

(사이)

영주   저, 오늘이요…….

남편　*(동시에)* 당신, 오늘⋯⋯.

(사이)

영주　먼저 말씀하세요.

남편　응? 응. 나 내일 회사에서 바이어들 모시고 신제품 브리핑하는 거 알고 있지?

영주　⋯⋯.

남편　하여튼 미스터리야. 내가 그렇게 여러 번 얘기를 했는데도⋯⋯.

영주　⋯⋯.

남편　아무튼 내일은 밤색 슈트 입을 거니까 내 슈트 바지하고⋯⋯ 그거 알지? 베이지색 남방. 그것 좀 잘 다려 놔. 내일은 좀 차분하고 그, 안정된 분위기⋯⋯ 그러니까 안정감 속에 신뢰감, 그런 분위기를 연출해야 하니까⋯⋯.

영주　⋯⋯.

남편　그런 건 알 것 없고 그냥 밤색 바지하고 베이지 남방 좀 잘 다려 놓으라고. 이번 브리핑이 많이 중요하거든?

영주　하지만 비즈니스는 술집에서 하신다면서요?

남편　그래. 사실 그건 형식적인 거고 술집에서 기분 잘 맞춰주면⋯⋯ 에구, 이거 내가 뭔 소리래? 어쨌건 당신은 그런 거 알 거 없고 내 옷만 잘 다려 놓으면 되는 거야. 특히 바지. 남들은 바지 주름 하나 잡는 것도 힘들다 하는데 당신은 그거 쉽게 두 개나 잡데?

영주   알았어요. 잘 다려 놓을게요.

남편   그래. 그런데 방금 당신이 하려던 얘기는 뭐야?

영주   뭐요?

남편   방금 저…… 오늘…… 뭐 그러지 않았어?

영주   아, 그건…… 그냥 됐어요.

남편   음, 그리고 오늘 어버이날인 거 알지? 거, 좋은 선물 하나 사
         가지고 신림동에 다녀 오도록 하라구.

영주   안 그래도 어머니와 통화했어요.

남편   그래? 언제?

영주   방금 전에…….

남편   방금 전? 엊저녁이 아니고?

영주   제가 전화 드린 게 아니고 어머님께서 아침에 전화를 하셔
         서…….

남편   쯧, 거 며느리가 먼저 전화 드렸어야지. 오죽 답답하면 어머
         니께서 전화를 하셨겠어? 여하튼 하루 종일 뭘 생각하며 사
         는지 미스터리야. 그래서……?

영주   어머님께서 선물보다는 현금으로…….

남편   하하하. 어머님께서 당신 선물 사는 수고를 덜어주셨군 그래.
         하긴, 그게 더 좋을 수 있지. 당신께서 필요한 곳에 쓰시게.

영주   그런데 현금이라면 얼마를 드려야 할지…….

남편   그거야 넉넉히 드리면 되지. 많이.

영주   그러고 싶지만 이번 달에는 통장에 돈이…….

남편   통장에 돈이 없다고? 왜? 내가 매달 꼬박꼬박 내 피 같은 월

급을 넣어주는데 그 돈 다 어디 갔어?

영주   이번 달에는 당신 카드 결제 때문에 이미…….

남편   아, 그 술값? 그게 얼마나 된다고. 내가 매달 갖다 주는 돈이 얼만데?

영주   그게…… 당신이 주는 것보다 쓰는 것이…….

남편   내가 매일 내 몸 희생해서 갖다 주는 돈이야.

영주   몸 희생이요?

남편   그럼, 희생이고말고. 거룩한 희생. 매일 밤 술자리에 나가 몸 망가져 가면서까지 당신과 자식들 위해 밤새 마셔가며…….

영주   카드 긁어가며…….

남편   그건 일부이지. 대부분은 회사에서 판공비로 충당하잖아.

영주   그럼 그 일부는 왜 당신 카드로 나가죠?

남편   그거야 비즈니스를 하다 보면…….

영주   정말 술이 지긋지긋하게 싫으세요?

남편   응? 아, 그럼. 그건 비즈니스고…… 난 그걸 위해 희생하며…… 그 결과가 통장에…….

영주   다시 그 통장에서 술값으로 나가죠. 당신이 술이 좋아서 마시는 건 아닌가요?

남편   음…… 음…… 어쨌든 어머님께는 두둑이 갖다 드려.

영주   그냥 통장으로 계좌이체 하래요.

남편   뭐? 계좌이체? 에이, 그건 아니지. 그게 무슨 공과금이야? 계좌이체라니 말도 안 되지.

영주   오전에 쓰셔야 한대요.

남편	뭐? 그래? 그래도…… 에이, 그건 아니지. 당신이 오전 중에 다녀오면 되지.
영주	오전 중에는…….
남편	오전 중에도 당신은 집에 있잖아? 집에 있으면서 뭐 할 일이 있다고.
영주	저도 좀 볼일이…….
남편	할 일은 조금 있겠지만 시간을 다투지는 않잖아?
영주	오늘은 오전에 약속이…….
남편	당신, 그래서 이 가정 위해서 구리 동전 하나라도 보탠 적 있어?
영주	네?
남편	그러면 아무 말 말고 오전 중에 신림동 다녀오도록 해. 집에만 있으면 돈이 나와 금이 나와? 일 년에 한 번, 며느리 노릇이라도 제대로 해야지! 세상에 어른께 용돈 드리는데 계좌이체라니 그건 도리가 아니지.
영주	그건 당신 말씀이 옳군요. 그럼…… 우리 부모님은요?
남편	응? 당신 부모님? 그야……. 그렇다고 대전까지 갔다 올 수는 없잖아? 이따 안부전화나 넣든지…….
영주	당신 부모님이요? 그냥 부모님이라고 하면 안 되나요?
남편	당신 왜 그래? 오늘 아침에…….
영주	변해도 너무 변해버렸네요, 당신.
남편	아까부터 뭐가 그리 변했다는 거야?
영주	예전에는 우리 부모님께 아들노릇 하겠다며 우리 아버님, 우리 어머님, 하면서 잘 챙기시더니…….

남편   참, 그거야…… 그땐 신혼이었지. *(시계 보며)* 아이쿠야, 벌써
       시간이 이렇게 됐네. 나 다녀올게.

남편이 일어나 나가려 한다.

영주   잠깐만요!

남편   왜?

영주   내게 키스 안 해줘요? 전에는 출근할 때마다 늘 키스했잖아요.

남편   뭐, 뭐라고? 키스? 기가 막혀! 아니, 당신 오늘 아침에 도대체
       왜 이래?

영주   왜요?

남편   그거는…… 벌써…… 10여 년 전 이야기라구.

영주   그래도 오늘 아침에는 해 줘요. *(포옹하려 한다.)*

남편   *(뿌리치며)* 아, 됐어! 갑자기 웬 키스야?

영주   당신…… 내 입술이 꼭 갓 피어난 꽃 봉우리 같다며 호시탐
       탐 노리더니…….

남편   참, 내. 그건 20여 년 전 일이지.

영주   그럼 지금은요? 지금은 내 입술이 어떻게 보여요?

남편   …….

영주   이젠 꽃봉오리같이 보이진 않나 보죠? 그럼 좀 살짝 시들어
       보이나요?

남편   아니, 그건 아니고…….

영주   그럼 활짝 만개한 꽃 같은가요?

남편   에이, 그건 더욱 아니고······.

영주   그럼······.

남편   글쎄······ 그······ 지금은······ 꼭 닭똥집 같이 보이는군.

영주   뭐, 뭐라구요? 닭똥집? 아니, 당신······.

남편   하하하. 나, 간다. *(퇴장한다.)*

영주   *(나가는 남편의 뒷모습을 한참 노려보다)* 기막혀! 정말 기막혀! 아무
       리 농담이라도 그렇게 모욕적인 말을······. 물론 처녀 때 같
       지야 않은 줄은 나도 알지만 그래도 아직은 한 미모 하는구
       만. 마켓에서도 사람들이 날 보면 앳되다고들 난리인데······.
       쳇! 어이없어. *(얼른 거울을 찾아 얼굴을 살핀다. 이리저리 한참동안 거울
       을 들여다보다 힘이 빠진 듯)* 아줌마는 누구세요? *(거울을 내려놓고)*
       휴, 내 얼굴이 이렇게 삭은 걸 몰랐다니. *(다시 거울을 들여다보다
       가 눈 주위를 만져보며)* 이게 언제 이렇게 내려앉은 거야? *(이마를
       위로 당기며)* 아니, 이게 이렇게 있었는데······. *(다시 놓는다.)* 에
       구, 이게 뭐야? 언제부터? 언제부터였지? 휴.

거울을 내려놓고 다리미판을 펼치고 남방을 다린다.

영주   내 것······ 내 것. 식구마다 사람마다 다 내 것을 외치는데
       내 것은 다 어디로 간 거야? 내 것은 세상 어디에도 없잖
       아? 아니, 있기는 했던 거야? 이 집도······ 이 통장도······ 차
       도······ 몽땅 그이 이름이고······. 그러고 보니 이 집에서는
       나만 이씨네. 아이들도 몽땅 김씨 집안 사람이고······. 기막

혁. 뭐? 닭똥집? 갓 피어난 꽃봉오리 같던 내 얼굴이 시들어 빠져 땅에 아무렇게나 구르는 썩어빠진 꼴이라니……. *(기운 이 빠진 듯 다시 다림질을 한다.)* 내가 이 집 종이야? 나도 내 것이 있어야 하는 거 아냐? 아니, 이제라도 찾고 가져야 하는 것 아니냐구……. 안 해! 나는…… 나는 나라구. 그럼. 나는 나 야. *(얼른 시계를 본다.)* 음, 아직 늦진 않았네? 다행이다. 흥! 나 도 이젠 내 생활을 찾을 거야. *(황급히 방으로 들어가 두어 벌의 옷 을 들고 등장한다. 그중 한 벌을 대어보고는)* 어디 보자…… 그땐 참 예뻤는데 요즘에 누가 이렇게 널널한 통에 어깨 뽕이 든 옷 을 입겠어? 에이. *(실망한 듯 던져버리고 다른 옷을 대어보고)* 이건 더 오래된 옷이긴 해도 그래도 좀 덜 심각해보이긴 하네. *(옆을 보며)* 그런대로…… 어디…….

얼른 바지를 입어보는데 바지가 작아서 억지로 단추를 채우려는데 아무리 배를 집 어넣고 힘껏 당겨도 허리가 채워지지 않는다.

영주   휴, 얼굴만 잃어버린 게 아니로군.

실망한 표정으로 바지를 벗어놓고 전화기의 수화기를 들고 버튼을 누른다.

영주   여보세요? 응. 숙자니? 나야, 영주. 잘 지내지. 너는? 응? 진 짜? 음…… 축하한다. 그럼 네 남편이 이사가 된 거야? 응? 대표이사? 오, 진짜? 그래? 잘됐네. *(찡그린 표정)* 응. 응. 네 차

바꿨다구? 음…… 폭스바겐? 음……. (짜증스런 표정이 된다.) 응, 그래. 그래. 네 아들도 차를? 그 애가 몇 살인데? 아, 기사 두고? 학원을 몇 군데나 다니길래? 아, 그래? 한 과목에 오 백만 원? 에구, 저런. 우리 지훈 아빠 월급이네. 응? 아니, 아 니. 아무것도 아냐. 응? 아냐, 아냐. 차 보내지마. 사실은 그 애기하려고 전화한 건데 나 오늘 동창회 못 갈 것 같아서. 왜냐면…… 음…… 저, 그러니까…… 웅! 갑자기 저녁 모임 이 생겨서……. 그게 동부인 모임이라……. 그렇지, 그렇지 만……. 나? 골프 실력? 그냥 좀……. 응? 간부사원 모임? 그 게…… 그러니까……. 응, W호텔. 음…… 그래? 잘 먹기는 뭘. 호텔 뷔페라는 게 다 그렇고 그렇지 뭐. 호호. 얘, 이젠 솔직히 지겹다. 그러게, 나도 섭섭하다. 오늘은 참석해 보려 고 아침에 애기를 꺼냈다가……. 그래, 정말 미안해. 다음엔 참석해야지. 웅, 그래. 고마워. 그래, 잘 있어.

수화기를 내려놓고 잠시 멍하니 앉아 있다가 리모컨으로 음악을 튼다. 슬픈 음악이 흐른다.

영주   골프? W호텔? 내 참. 폭스바겐? 비엠더블유? 500만 원? 빈 통장…… 빨래…… 다림질…… 청소…… 반찬…… 반 찬거리…… 처진 얼굴…… 뱃살…… 끝도 한도 없는 집안 일……. (벌떡 일어나 안으로 들어가 양주와 잔을 들고 나온다. 잔에 술 을 따른 후, 조심스레 냄새를 맡아 본다.) 억! 냄새! 지독해! 콜록, 콜록! *(잔을 내려놓고, 망설이다가 코를 막고 단숨에 마신다.)* 켁켁!…… 욱! 지독해! 물, 물……. *(물을 마신다.)* 아우, 못 먹겠다. 남들은 잘도 마시던데. 하여튼 할 줄 아는 게 없지……! 언제부터일까? 내가 나를 놓아 버린 게……. 내가 증발된 시기가……. 참 내……. 호호호. 참 기막혀! 호호호. 참! *(혀 꼬인 소리로)* 근데 왜 자꾸 이렇게 웃음이 나는 거야? 호호호. 에이! *(술을 다시 한 잔 따라 코를 막고 마신다.)* 켁켁. 물, 물……. *(게슴츠레한 눈으로 객석을 둘러본다.)* 저…… 한 잔 하실래요? 술 못하세요? 그럼…… 조금만 드릴게요. *(술을 조금 따라 관객에게 건네며)* 자, 힘드시면 코를 막고 마셔 보세요. 호호호. 사실 저도 오늘 처음 마셔 보았거든요? 첫 잔을 마셨을 땐 눈물이 핑그르르 돌았어요. 아! 그이의 말이 맞구나. 이건 정말 희생이다, 싶었거든요? 밤마다 가족들 생각에 하는 수 없이 이 끔찍한 것을 마시며 얼마나 괴로웠을까? 물론, 두 번째 잔을 마시며 그 생각이 바뀌긴 했지만……. 호호호호. 어쨌든, 이 술이라는 게 사람의 생각을 흩어 버리는 데는 효험이 있네요. 그러니까 사람들이 비즈니스 할 때 꼭 필요한 거 아니겠어요? 누가 맨 정신에 손해 보는 거래를 하려 하겠어요? 호호호. 사실, 더 많은 기능이 추가된 업그레이드 신제품이 나올 때는 기능만 많아졌지, 꼭 있어야 하는 기본 기능은 오히려 소홀해지거든요? 물론 가격은 올라가죠. 호호호. 그래서 거래는 술집에서……. 아, 이제야 그이의 말이 이해가 가네요.*(관객에게)* 혹시…… 결혼하셨어요? 아직요? 그럼 하지 마세요! 왜냐구요? 그건…… 결혼한 그 순간부터 다 내 놔야 하니까요. 네? 강요요? 호호호. 물론 그런 건 없지만 어쨌든 다 내 놔야만 해요. 사실, 내게 더 내 놓을 것이 없다는 게 원망스럽기까지 하죠……. 그런데 어느 날 문득, 자신을 발견하게 되면…… 껍데기만 남아 버린 자신을 발견하게 되면…… 그땐…… *(술잔 가진 관객에게)* 얼른 드시고, 저도 한 잔 주실래요? *(술잔을 받아 마시며)* 네? 뭐라고 하셨어요? 아, 네. 그런데 어머니는 왜 댁에게 자꾸 시집을 가라고 하시냐구요? 어머니가요? 어머니……! *(목이 멘다.)* 아! 어머니. *(울먹이며 일어나 전화를 건다.)* 엄마……! 엄마! 나야, 나! 엄마 딸! 엄마…… 미안해! 정말 미안해!…… 응? 아무 일 없어! 참, 아무 일 없다니까! 엄마는 참 내가 술 먹는 거 봤어? 그냥 오늘 어버이날인데 못 가 봐서…… 미안, 미안해! 그런데 엄마…… 오늘 내가 엄마한테 한 가지 꼭 물어 보고 싶은 게 있어. 아이, 참! 김 서방도 잘 있고, 애들도 학교 잘 다니고 있다고요! 그러니 우리 걱정은 마시고…… 내가 엄마한테 꼭 물어 보고 싶은 게 있다니까? 응. 그러니까 내가 알고 싶은 거는…… 엄마! 엄마도 어떤 때는 한 번쯤 잘 차려 입고, 반짝이는 걸음으로 시내에 놀러 나가고 싶을 때가 있죠? 맛난 음식도 먹고…… 재미난 영화도 보고…… 친구들과 수다도 떨고…… 맘 편히, 남편 흉도 보고…… 그러고 싶지? 응? 왜 갑자기 그런 걸 묻냐구? 그냥…… 알고 싶어서. 솔직히 한번 말해 보세요. 엄마도 그러고 싶지? 그치? 응? 응. 응. 응? …… *(울먹이며)*

아! 속상해! 왜 엄마는 한 번도 그런 적 없다고 하는 거야? 응? 왜? 아! 몰라, 몰라, 끊어!! *(수화기를 내려놓고)* 왜, 자기 속에서 나온 딸한테조차 속 시원히 하소연 한번 못하는 거야? 바보! 울 엄마 바보! 평생 속 풀이 한 번도 못 하는 바보! 엄마! 엄마 딸도 지금은 엄마라구……. 왜 평생 그렇게 살아? 응? 왜? 왜? 엄마…… 엄마! *(엎드려 오열한다.)*

[F.O]

암전 속에 전화벨이 계속 울린다.

제 2 장

[F.I]

영주가 탁자에 엎드려 자다가 무엇엔가 놀란 듯 깨어난다.

영주 *(입가의 침을 닦으며)* 아, 뭐야, 진짜. 여기는 어디야? *(둘러본다.)* 응? 여기는?…… 어머! 어머! 나 좀 봐! 이를 어째? 지, 지금 이 몇 시야? *(시계를 보고는)* 크, 큰일 났네. 아무것도 안 해놓 았는데 벌써 저녁때가 다 되었네! 에구! 이걸 어째? *(일어나 황 급히 다리미를 꽂는다.)* 아니, 아니야. 이것보다 먼저……. 아이구! 신림동! 거길 언제 갔다 온담? 전화기가 불이 났겠다. 아니, 어쩌면 어머니가 화가 나셔서 이리로 오시고 계신 중일지 도 몰라. 어떻게 하지? 할 수 없지. 지금이라도……. 가만 있 자…… 그럼, 세수라도……. *(거울을 들고 얼굴 매무새를 살피다)* 에 이, 모르겠다. 신림동은 무슨……. 될 대로 되라지. *(다시 거울 을 보며)* 내 얼굴, 내 인생, 내 것들……. *(소파 위의 빨래들을 집어 던진다.)* 이게 뭐야? 이게 뭐냐구? 억울해! 억울하다구! 내 것 다 뺏기고도 한마디 말도 못 하구 늘 벌벌 떨고……. 뭣 땜에…… 뭣 땜에 그래야 하느냐고. 왜? *(다시 빨래를 집어 던지려다 빨래 밑에 있던 꽃다발을 발견한다.)* 어머! 이를 어째! 꽃! 다 시들었겠다. 엊저녁에 사다 놓고 그만 깜빡 했네? *(빠른 걸음으로 꽃병을 가져와 꽃을 꽂는다.)* 다행히 시들지는 않았구나. *(꽃매무새를 다듬으며 탁자 한 가운데 꽃병을 놓고, 한참을 들여다 본다.)* 예쁘다. 참 곱다. 그런데 시들면 어쩌지? 시들면 추해질 텐데……. 영원히 그대로일 수는 없을까?

이때, 지숙이 들어온다.

지숙   다녀왔습니다. 어머! 웬 꽃이야? 정말 예쁘다!

영주   그래. 참 예쁘지?

지숙   *(뒤에서 포옹하며)* 엄마! 아침엔 죄송했어요. 내가 늦잠 자서 짜증난 걸 괜히 엄마한테 화풀이한 거 있지? 엄마 미안해. 화났지?

영주   화나긴……. 나도 너만 할 때는 네 외할머니께 그렇게 화풀이하곤 했었지.

지숙   미안.

영주   괜찮아! 그래도 이뻐!

지숙   고마워, 엄마. 근데 이 꽃은 웬 거야?

영주   응. 어제 마트 갔다 오는 길에 하도 예뻐서 사 왔는데 글쎄 깜빡하고 꽃병에 꽂지 않아서……. 그래도 다행히 아직 싱싱하더라구.

지숙   응. 그러게……. *(주위를 보고)* 어머! 근데 이게 웬일이야? 집 안
        이 온통 폭탄 맞은 거 같네? 오늘 울 엄마 파업하셨나 봐?
        엄마, 오늘 무슨 일 있었어?

영주   응? 글쎄…….

지숙   에구, 우리 엄마 오늘 참 이상하다? 그동안 한 번도 이런 일
        이 없었는데? *(영주의 기색을 살피며)* 엄마 정말 괜찮은 거지? 어
        디 아픈 데 있는 거 아니지?

영주   *(꽃만 넋 놓고 바라보고 있다.)*

지숙   걱정 마, 엄마! 나 얼른 옷 갈아입고 와서 엄마 일 도와줄게!

        (들어가려는데)

영주   지숙아!

지숙   응?

영주   나, 속상해!

지숙   왜? 엄마 무슨 일인데? 오늘 진짜 무슨 일이 있었구나? 무슨
        일이야? 응?

영주   저 꽃이 시들 걸 생각하니…….

지숙   응? 엄마, 뭐라구? 호호호 아이 참! 진짜 뭔 일 있는 줄 알고
        깜짝 놀랐잖아요. 엄마두, 참……. 오늘은 마치 소녀 같으셔.

영주   꽃이 영원히 시들지 않고 항상 아름다울 수는 없을까?

지숙   호호호. 엄마두 참…… 꽃이 시들지 않으면 큰일 나게?

영주   뭐? 아니, 왜?

지숙   그럼, 열매를 맺을 수 없잖아요.

영주   열…… 매?

지숙 	꽃이 아름다운 건 수태하기 위한 거고……. 수태를 한 후엔 꽃이 져야 열매가 자라지. 엄마, 나 얼른 옷 갈아입고 올게.

영주 	(지숙의 뒷모습을 멍하니 바라보다) 열매……. 열매를 위하여? 음…….

[F.O]

화면에 문자.

한 알의 밀알이 땅에 떨어져 죽지 아니 하면 한 알 그대로 있고 죽으면 많은 열매를 맺느니라.

(성경 요한복음 12장 24절)

04

희년의 CEO

- 2007년 6월 -

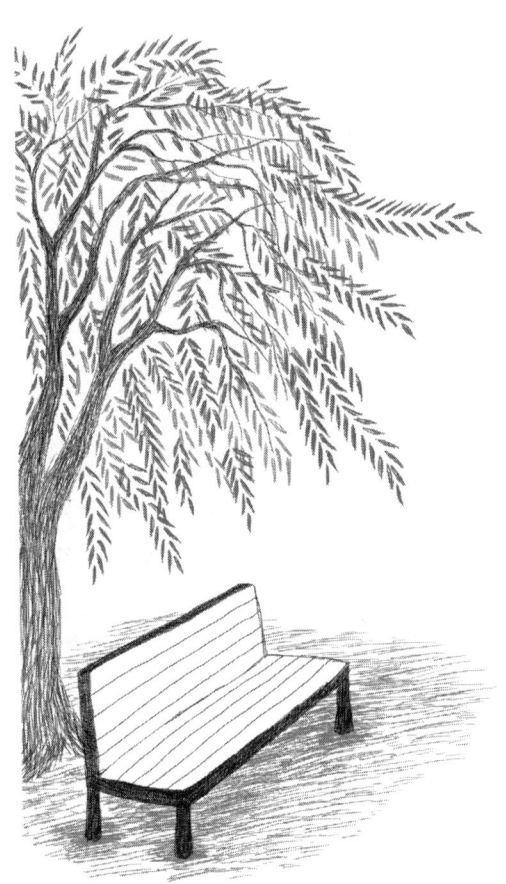

제 1 장

암전되면, 테마 음악과 함께 동영상 Play.

화면에 변호사가 병원에 들어선 후, 긴 복도를 걸어간다.

병실 입구의 데스크에서 간호사에게 얘기를 하고 다시 복도를 걸어 어느 병실 앞에
멈추어 서서 병실 앞에 서 있던 비서에게 명함을 건넨다. 비서가 명함을 살펴보고, 병
실 안으로 들어간다.

(동영상 종료.)

동영상 종료와 함께 [F. I]

어느 병원 입원실.

오후.

유일한이 병실 침대에 다소 초췌한 모습으로 누워 있다.

비서   *(병실에 들어와)* 저…… 회장님, 변호사님이 오셨습니다. *(유일*
         한에게 명함을 건넨다.)

유일한   음……. 그래. 들어오시라고 해.

비서   알겠습니다. *(나가서 변호사를 안내한다.)*

변호사	*(비서를 따라 병실에 들어서며)* 회장님, 안녕하십니까?
유일한	아! 어서 오시오! *(몸을 일으킨다.)*
변호사	아니, 아니요. 그냥 누워 계세요.
유일한	허허. 요새 너무 누워 있었더니 허리가 다 아플 지경입니다.
비서	*(침대의 레버를 돌려 침대의 머리 쪽을 세워 준다.)* 회장님 어떠십니까?
유일한	음……. 됐네. 좋아.
변호사	워낙에 활동적인 분이신데 이렇게 병원에 누워 계시려니, 무척 갑갑하시겠습니다.
유일한	왜 아니겠소? 내 평생에 이렇게 오래 누워 지내기는 처음이라오. 허허. 자, 거기 좀 앉으시지요?
변호사	*(비서가 내주는 의자에 앉아, 서류 가방을 열고 메모장과 펜, 소형 녹음기 등을 꺼낸다.)*
유일한	뭐, 마실 것 좀 드릴까요?
변호사	네? 아, 물이나 한 잔 주시겠어요?
유일한	생수 좀 가져오게.
비서	네. 회장님은……?
유일한	나도.
비서	네, 알겠습니다. *(나간다.)*
유일한	내가 이렇게 모처럼 한가한 시간을 갖다 보니, 새삼스레 많은 생각을 하게 되더라구요. 어제는 문득, 아직까지 내 생의 많은 부분들이 정리가 안 되어 있구나, 하는 생각이 들어서 변호사님을 좀 뵙자고 한 것이지요.
변호사	네. 회장님, 그럼 미리 생각해 보신 유언장의 내용이 있으

십니까?

유일한   어젯밤에 몇 자 끄적거려 봤어요. 마침 잠도 안 오고 해서…….

변호사   네. 그럼 유언장의 내용들은 이미 정리가 돼 있으신 거네요?

유일한   뭐, 그런 셈이지요. *(비서가 쟁반에 물을 갖고 와 나눠 준다.)*

비서   더 필요하신 건…….

유일한   없네.

비서   네. *(나간다.)*

유일한   자, 그럼 어디 시작해 볼까요? *(돋보기를 쓰고 메모지를 펼친다.)*

변호사   저…… 지금 회장님 건강은 어떠신지요?

유일한   건강이요? 허허허. 내가 환자복만 입고 있을 뿐이지 사실은 멀쩡하다오. 다만, 지금처럼 모처럼 한가할 때에 유언장이라도 작성해 놓는 것이 좋겠다 싶어서요. 사실 일에 쫓기다 보면 그것도 그리 쉬운 일은 아니라오.

변호사   옳은 말씀이십니다. 사실 그 일이 맘먹기가 쉽진 않지요. 다행히 회장님께서 그 내용을 미리 다 메모해 놓으신 것 같으니, 그 일은 금방 마칠 수 있을 것 같습니다. 그런데…… 저…… 혹, 회장님 오늘 저와 미팅하신 후에 다른 스케줄이 있으신지요?

유일한   스케줄이요? 글쎄요……. 그냥 책이나 보든가 잠을 청해 보든가……. 쉬는 것도 쉽지는 않은 것 같아요. 하루 이틀도 아니고 이젠 좀 나갔으면 좋겠는데 병원에서 놔주질 않는구려. 허허. 이것 참.

변호사	아, 그러세요? 그러시다면 제가 여기서 좀 놀다 가도 될까요?
유일한	네? 놀다 가시겠다구요? 하하하. 정말이요?
변호사	네. 회장님만 괜찮으시다면…….
유일한	아니, 나야 좋지만 변호사님에겐 시간이 곧 돈일 텐데…….
변호사	사실은 전부터 회장님을 한번 뵈었으면 좋겠다, 하고 늘 생각했는데 제게 마침 이런 행운이 찾아온 거거든요?
유일한	그래요? 이거 영광이구려.
변호사	저는 회장님의 열혈 팬이랍니다.
유일한	허허허. 이것 참 쑥스럽구려. 좋소! 마침 나도 좀이 쑤시던 차인데……. 그런데…… 그래, 이 늙은이와 뭘 하고 놀 참이시오?
변호사	괜찮으시다면 그냥…… 회장님의 스토리를 듣고 싶습니다. 회장님이 살아오신 주변 이야기만 들어도, 저같이 젊은 사람에겐 큰 깨우침이 되고 인생 공부가 될 것 같거든요?
유일한	그래요? 허허. 마치 내 일대기라도 저술하시려는 것 같군요?
변호사	기회만 된다면 정말 하고 싶은 일입니다.
유일한	농담이오. 나는 정말 그런 자격도 없고, 그럴 맘도 없어요.
변호사	웬걸요? 사실은 저도 그간에 여러 기업의 소속 변호사 일을 했지만 가끔은 내가 이런 일을 꼭 해야만 하나, 하는 회의를 품은 적이 한두 번이 아니었습니다. 제품의 하자에 항의하는 소비자의 작은 청구에는 온갖 법 조항을 들이대며 변상을 거절하고, 한쪽으로는 이중장부를 꾸려가며 큰 뭉치의 검은 돈을 만들어 권력에 붙으려는 모습들…….

양심의 실종, 윤리의 실종이죠!

유일한　부끄럽지만, 더러 그런 기업들도 있는 게 사실이지만……
우리나라도 이제 선진화가 이뤄지면 좀 더 투명해지겠지요.

변호사　글쎄요……. 권력 유지를 위한 자금이 필요한 정치인과, 자
금을 벌기 위해 권력이 필요한 기업인이 있는 한 요원한
이야기가 아닐까 합니다만…….

유일한　음, 아홉 개를 가지면 열 개를 갖고 싶어 하는 게 인간의
욕심이지요.

변호사　결국은 그 욕심이 죄를 낳고, 죄의 삯은 사망이 아닌가요?

유일한　혹 크리스천이십니까?

변호사　부끄럽지만 그렇습니다.

유일한　하하하. 부끄럽다니요. 우리 변호사님과 같은 생각을 가
진 사람들이 좀 많았으면 좋겠습니다. 문제는 누구나 그
걸 바른 일은 아닌 줄 알면서도 별 가책 없이 행하는 겁
니다.

변호사　바로 그게 문제인 것 같습니다. 비리에 관한 신문 기사를
보면 으레 그런 것…… 관행 운운하면서 전혀 반성의 기
색은 없고, 왜 나만 갖고 그러냐? 재수가 없어서…… 라고
치부하는 게 보통이잖습니까?

유일한　그러게 말이요. 하긴 나도 같은 기업인으로 다른 사람을
문책할 위치에 있진 않으나 그저 부끄러울 뿐이구려.

변호사　괜한 얘기로 회장님 심경을 불편하게 한 것 같은데……
실은 제가 듣고 싶은 것은 회장님이 해 주시는 구수한 옛

이야기 같은 거였거든요?

유일한   옛날 애기요?

변호사   회장님의 어린 시절 이야기도 좋구요. 다 흥미가 있거든
         요? 제가 회장님의 팬이라고 말씀드렸지요? 하하하.

유일한   옛날 애기라……. 그거 좋지요. 내 한때 꿈이 어린이들에
         게 동화를 읽어주는 성우가 되는 거였다오. 허허허. 가만
         있자…… 내 애기라……. 글쎄요, 나는 별로 내 세울 것
         이 없는 터라……. 하지만, 우리 아버지는 정말 대단한 분
         이셨지요. 그분은 일제 강점기에 일본 당국이 전국에 단
         발령을 내려 조선 사람들의 상투를 강제로 자를 때, 벌써
         그 이전에 당신 손수 자신의 상투를 자르셨다오.

변호사   네? 제가 알기론 그때의 사회적 분위기가 상투를 자르느
         니 차라리 목을 자르겠다고 하며 모두들 분개하며 긴 머
         리를 사수하려 했다는 걸로 알고 있는걸요?

유일한   그랬지요. 그러니 우리 아버지의 행동이 이웃의 눈총과
         오해를 사기에 충분했지요. 우리 부친께서는 상투를 지키
         는 것이 국가와 민족의 발전에 무슨 도움이 되겠느냐며,
         오히려 머리를 깎고 우리의 생각도 전환적으로 바꾸는 것
         이 중요하다고 생각하신 거예요. 당연히 이웃들이 분개하
         며 '우리 몸은 부모님께서 물려주신 소중한 것이거늘 어찌
         제 손으로 상투를 자를 수 있느냐'며 다그치자, 우리 부친
         께서는 껄껄 웃으시며 '그러는 당신은 손발톱은 왜 자르시
         오? 그건 부모님이 물려주신 귀한 몸의 일부가 아니고, 어

	디 딴 데서 물려받은 거랍디까?' 하고 맞받아치셨지요.
변호사	아하…… 딴은……. 그것 참 논리적인 반박이신데요?
유일한	우리 부친께서는 아홉 살 어린 나이에 고아가 되셔서 변변한 학교 문전에 한 번도 가 보신 적 없이 떠도는 신세가 되셨지만 참, 예지력도 있으시고 일찍 깨이신 분이셨지요. 그분께서는 우리 민족이 일본의 침략을 받은 것도 다 우리 민족이 앞선 서구의 문물을 일본보다 늦게 받아들인 탓이라시며 당신 세대는 이제 어쩔 수 없지만, 후세대들은 열심히 신문물을 공부하여 일본에 뒤져 있는 신학문을 만회하는 것만이 나라와 민족을 구하는 첩경이라고 확신하셨지요.
변호사	정말 선각자이셨군요.
유일한	그건 아마도 부친께서 그 당시 평양에 들어와 계신 여러 선교사님들을 통해 서양 문물을 접해 보신 영향인 것 같습니다. 혹시 '닥터 홀'이라는 캐나다 선교사를 아십니까? 그, 왜…… 1894년 청일 전쟁 때 미국 감리교 선교사로 이 땅에 들어오셔서 수많은 전쟁 부상자들을 돌보시다 그해 11월에 소천하신…….
변호사	아, 네. 압니다. 의사이시며 선교사로 주로 평양에서 선교 활동을 하셨죠?
유일한	맞습니다. 바로 그분.
변호사	제가 그분에 관한 책을 읽은 적이 있는데…… 그분이 어느 날 일을 보시러 상경하시는 길에 노상에서 강도를 당

해 피투성이로 쓰러진 어떤 사람을 만나게 되자, 그 사람을 인근 여관까지 부축해 데려가 치료해 주고 그 당시 선교사님이 지니고 있던 돈 전부를 여관 주인에게 주시곤 당신이 서울 갔다 돌아오는 길에 꼭 이곳에 들러 돈을 더 줄 터이니 이 사람을 잘 돌보아 꼭 살려 달라고 부탁하셨다고 하죠?

유일한 　그리고 막상 그분은 여비가 없어서 서울로 가시던 중 굶주림과 과로로 길에 쓰러지고 마셨다는 일화는 매우 유명하지요. 그분은 성경을 글로 가르치지 않으시고 그대로 몸으로 실천하신 분이죠. 우리 아버님께서도 그런 닥터 홀의 높은 인격과 헌신에 크게 감명을 받으셔서 기독교인이 되시기로 작정하시고, 장로교 선교사이신 마펫 목사님에게 세례를 받으시고 신앙생활을 시작하셨다오. 그 후 아버님은 신앙 안에서 우리 어머니 김, 기 자, 복 자 님과 혼인하셨고 지금은 소천하신 누이, 유신한이 태어났고, 1895년 11월 15일에 장남인 제가 태어났답니다. 아버님께서는 제게 사는 동안 좋은 향기를 널리 풍기라는 의미로 유일형이란 이름을 주셨지요. 나중에 미국 유학 시절에 일한으로 바꾸었지만…….

변호사 　네……. 그런데 미국에는 언제 유학을 가셨습니까?

유일한 　미국이요? (생각에 잠겨) …… 그게 그러니까…… 내 나이 아홉 살 되던 해에 햇살 좋은 어느 휴일이었어요.

변호사 　네? 아…… 홉 살이요? 아주 어린 나이에 떠나셨군요. 그럼…… 어머님과 함께?

유일한   일행은 있었지만 부모님은 아니었구요.

변호사   아니, 그럼 단신으로요? 겨우 아홉 살 나이에?

유일한   그땐 정말 어렸지요. 허허허…….

변호사   그러니까 만으로는 여덟인데…… 어떻게 유학을 가시게 되셨죠?

유일한   우리 아버님께서는 늘 후세들이 서양의 신문물을 받아들이고, 신학문을 열심히 공부하는 것만이 극일하고 나라를 바로 세우는 지름길이라는 지론을 갖고 계시던 차에, 마침 미국 선교사로부터 두 명의 한국인 아이가 미국의 가정에 홈스테이를 하면서 유학할 수 있다는 말씀을 전해 들으시자마자 그 자리에서 바로 신청을 하신 거랍니다.

변호사   참 대단한 어른이십니다. 아무리 그래도 그건 그리 쉽지 않은 결정이셨을 텐데…….

유일한   그렇죠. 특히 우리 어머니에겐…….

변호사   당연한 일이지요.

유일한   이 사실을 아신 어머니께서는 나를 데리고 아버지를 피해 친정으로 도망까지 가셨답니다.

변호사   그럴 만도 하시죠.

유일한   그 이후, 아버님께서 여러 번 어머님 친정으로 내려오셔서 어머님을 설득하려 하셨지만, 어머님도 끝까지 저를 미국에 보내지 않으려 하셨지요. 그렇다고 아버님께서 한 번도 화를 내시거나 강제로 저를 데려 가려고 하시진 않으셨어요. 아마도 어머니에게 생각해 볼 시간적 여유를 주려 하신 거 같아요. 그러던 중 마침 우리나라에 막 러일전쟁의 전운이 감돌게 되었고 아버님께서는 지난 청일전쟁 때의 참상을 어머니께 일깨워 드리며 계속 설득하신 결과 드디어 어머니께 항복을 받아내셨어요.

변호사   결국은 어머니의 승낙을 얻어내셨네요?

유일한   아버님께서 청일에 이어 장차 또 러일의 전쟁터가 될 우리나라보다 오히려 미국이 훨씬 안전하다고 설득하시고……또 '우리 자식이라고 다 우리 것으로 생각하지만, 사실은 다 하나님 아버지의 자녀라오. 하나님은 어디에나 계시는 분이시니 그분께서 반드시 우리 일형이를 불꽃같은 눈으로 지켜 주실 것이라오. 그러니 걱정하지 말고 그분께 믿음으로 맡깁시다.' 하시는 아버님의 말씀에 감동받으신 어머니가 저를 데리고 친정에서 집으로 돌아오셨고…… 그리곤…… 드디어 1904년 이른 봄에 나는 아홉 살 어린 나이로 제물포 항에서 멕시코로 가는 배에 오르게 되었답니다. *(회상에 잠긴다.)*

[F.O]

제 2 장

1904년 어느 봄날.
제물포 항. 오전.

대부분 멕시코 사탕수수 밭에 일하러 떠나는 노무자들로 붐비는 항구의 인파들 사이로 일형의 아버지가 누군가를 열심히 찾고 있고 어머니는 어린 일형을 품에 안고 서 있다.

[F. I]

아버지   아직 안 나오셨나? 분명히 이곳에서 뵙기로 약조했는데…….

어머니   *(일형을 품에 안은 채 계속 울고 있다.)*

아버지   *(어머니를 흘깃 보며)* 어허, 여보, 이젠 그만 좀 하구려. 아니, 사내대장부가 장도에 오르는데 어찌 아녀자가 눈물로 그 앞길을 흐린단 말이오?

아버지   *(아버지를 노려보며)* 정말 당신이라는 분은 알다가도 모를 분이구려. 아무리 사내대장부라고 하나 한낱 일곱 살짜리 코흘리개를 집에서 50리나 떨어진 양잠 학교에 보내 공부하라질 않나…… 이제는 그것도 모자라, 아홉 살밖에 안 된 철부지 어린 것을 말도 안 통하고 생김새도 생소한 사람들이 사는…… 그것도 수만 리나 떨어진 생면부지의 땅으로 보내시려 하시니…… 당신이라는 사람 어찌 그리도 매정하신지요!

아버지   어허, 글쎄, 이젠 그만하시래도……!

어머니   아이구, 불쌍한 내 새끼! 이 일을 어쩌면 좋아? 지금 이렇게 떠나보내고 나면 다시 볼 수나 있을는지……! 에구, 우리 일형이!

아버지   어허! 어찌 그런 불길한 소리를 함부로……. 허험! 참, 그……. 쯧쯧! 하여튼 아녀자들이란……. 에이! *(이때 등장하는 박장현 공사를 발견하고)* 아! 저기, 저기 오시누만. 공사님! 박장현 공사님! 여기예요! 여기!

박장현   아! 유기연 선생님! 아이구, 이것 참 반갑습니다. 하하. 그간 안녕하셨습니까?

아버지   네. 공사님도? *(악수를 나눈다.)*

박장현   제가 조금 늦었지요? 일행을 좀 만나느라……. 자제분은?

아버지   아! 예, 여기…… 이놈이 바로 제 아들올씨다. 허허허. 일형아, 이리와 어서 공사님께 인사 올리도록 하여라. 너를 미국까지 데리고 가실 분이시고 또 미국에서 앞으로도 너를 계속 돌보아 주실 분이시다.

유일형   ……. 안녕하세요?

박장현   그래 네가 일형이로구나! 허허, 그것 참 똑똑하게도 생겼

	네. 틀림없이 적응도 잘하고 공부도 잘할 것 같구나. 허허 허. *(옆의 어머니를 보고)* 저…… 일형이 모친 되십니까?
아버지	네. 그렇습니다. 우리 집사람입니다.
박장현	아, 네. 안녕하십니까? 저는 대한제국 주 멕시코 공사인 박장현이라고 합니다. 이번에 아드님과 동행하여 미국 샌프란시스코에 들어갈 거구요. 제가 그곳에 머물며 아드님과 일행이 기거할 가정까지 함께 가서 잘 인도할 것입니다. 마침 우리 일형이를 초청해 주신 그곳 목사님께서 벌써 일형이를 돌보아줄 가정도 다 물색해 놓으셨다는데 아주 믿음도 좋고 환경도 좋은 훌륭한 가정이라고 하시더라구요. 그러니 어머님께서도 너무 심려하시지 마십시오.
어머니	네, 공사님. 우리 일형이를 위해 그리 여러 가지로 힘을 써 주시니 무엇으로 감사를 해야 할지 모르겠습니다만 다만 저로서는 너무 어린것을 그 먼 곳에 보내려 하니……. *(목이 멘다.)*
박장현	그럼요. 어찌 아니 섭섭하시겠습니까? 하지만 이제 아드님께서는 장차 이 나라와 민족을 위해 큰일을 할 재목이 될 것이니 배전에서 기도도 많이 해 주셔야 될 것입니다.
아버지	허허허. 지당하신 말씀이십니다. 일형 어머니, 잘 들으셨지? 허허. 그런데 우리 일형이와 동행하는 아이들은 어디 있습니까?
박장현	예, 아이들은 제 조카가 인솔하여 벌써 배에 올랐답니다. 오늘 장도에 오르는 우리 꿈나무들이 장차 이 나라를 강하게 일으키는 큰 일꾼들이 될 것입니다.

아버지	그렇고말고요. 더구나 미국은 하나님을 믿는 나라요, 가장 강대한 선진국이니 배울 것도 많겠지요. 공사님, 우리 일형이를 잘 좀 부탁합니다.
박장현	여부가 있겠습니까? 걱정 마십시오!
아버지	*(일형의 손을 잡으며)* 일형아! 이 애비의 말을 명심하여 듣거라. 너는 너 혼자 잘되고 출세하려고 미국에 가는 것이 아니란다. 서재필 박사처럼 미국에서 공부 열심히 하여, 그분과 같이 나라와 민족을 위해 힘써 일하기 위해 떠나는 것이야!
유일형	…….
아버지	아버지 말 잘 알아듣겠지?
유일형	…….
아버지	일형아……!
유일형	*(작지만 또렷이)* 하지만 그분은 어른이 되신 후에 미국에 가셨잖아요.

아버지와 박장현이 말문이 막혀 물끄러미 유일형을 바라본다.

[F.O]

암전 속에서 배의 출발을 알리는 뱃고동 소리가 울린다.

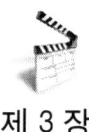

제 3 장

[F.I]

다시 유일한의 입원실.
뱃고동 소리가 계속되며, 회상에 잠긴 유일한의 모습.
잠시 침묵이 흐른다.

유일한   당시 생각을 하니 지금도 콧날이 시큰해지는 것 같구려.
         허허허. 처음, 미국에 갔을 때, 나는 박장현 공사님과 함께
         샌프란시스코에 거주하며 그곳 초등학교에 입학하였어요.
         공사님께서 멕시코 귀환을 미루시고, 그곳에 오래 체류하
         시게 됐기 때문이었지요. 그래도 사실 그곳의 환경에 적응
         하기가 쉽진 않았어요. 매일 밤만 되면 가족과 평양이 그
         리워 눈물로 밤을 지새우기 일쑤였으니까요.

변호사   네……. 그러셨겠지요.

유일한   그런데 설상가상으로 평양에서 비단 장사를 하시던 우리
         집의 가계가 어려워지면서, 미국에 건너간 지 2년 만에 아
         버지로부터의 송금이 끊기고 말았어요.

변호사   아이구, 저런……. 그럼 생활은?

유일한   말이 아니었죠. 그래서 내가 열 살 때부터 식당 일, 신문
         배달, 구두닦이 등 온갖 아르바이트는 다 해 보았답니다.

변호사   언어 문제도 있었을 텐데 공부에 아르바이트까지 어떻게
         감당하셨을까?

유일한   그냥 버틴 거지요. 그때 같이 생활하셨던 박장현 공사님
         께서 제 모습이 너무 안쓰러우셔서, 다시 백방으로 나를
         돌보아 줄 가정을 알아 보셨고…… 그러던 어느 날, 커니
         에 있는 한 침례교회에서 나를 받아주겠다는 연락을 받
         았죠.

변호사   커니라면……?

유일한   커니는 샌프란시스코에서 1,733마일이나 떨어진 네브래스
         카 주의 한 시골 마을이었어요. 뭐, 달리 어쩔 방도도 없
         던 나는 박장현 공사님과 함께 커니 행 열차를 탔는데 아,
         글쎄…… 이 기차가 몇 날 며칠을 쉬지도 않고 달리는 거
         예요. 달리는 내내, 끝없이 펼쳐진 거대한 평원을 바라보
         면서 저는 그때 이 미국이 얼마나 큰 나라인지 새삼 실감
         하게 되었답니다. 하지만 내겐 밖의 경치를 감상할 여유
         는 없었지요. 기차에서 지내는 내내, 내 마음은 까맣게 타
         들어 가고 있었어요. 이젠 그간 큰 의지가 되었던 공사님
         과도 헤어져야 했고…… 한국 사람이라고는 한 사람도 없
         는 그런 시골에 혈혈단신으로 내려가게 되었으니 그 심정
         이란……

변호사   유학이고 뭐고 다 접고, 다시 평양으로 돌아가고 싶으셨겠
        어요.

유일한   만일 내게 집으로 돌아갈 뱃삯만 있었어도 분명히 그리
        했을 거요.

변호사   아! 뱃삯…….

유일한   참…… 사람은 간사한 존재라 미국에 와서 한 번도 한 일
        이 없던 기도를…… 그것도 간절히 하게 되더라구요. 허허
        허. 기차를 타고 커니를 향하는 내내 나는 그분께 매달렸
        고 그 덕분에 내 마음이 평온해지는 걸 느끼게 되더군요.

변호사   네. 바로 우리의 고난이 곧 축복의 통로라는 말씀의 의미
        인 것 같은데요?

유일한   하하하. 바로 그렇습니다. 그렇게 며칠을 달려, 커니 역
        에 내리니 그곳 교회 목사님과 교인들이 마중을 나오셨는
        데…… 환영해 주시는 그분들의 온화한 얼굴을 뵙는 순
        간, 그간의 염려와 걱정이 그저 봄눈 녹듯이 스르르 사라
        져 버리는 거예요. 더구나 커니는 전형적인 농촌이라 마치
        우리의 농촌 같은 푸근함이 있더라구요. 주일 예배를 마
        친 후, 저는 독실한 기독교 신자인 답트 자매 댁에서 기숙
        하며 그곳 중학교에 다니게 되었죠. 그분들은 저를 '리틀
        유'라고 부르시며 어찌나 큰 사랑을 주셨는지……. 저는
        답트 자매분들의 귀여움을 받으며 영어 실력뿐 아니라 몸
        도 마음도 그리고 신앙도 부쩍 자라게 되었습니다.

변호사   참 좋은 분들을 만나셨습니다.

유일한   네. 정말 답트 자매는 제게는 피붙이 같았어요. 어떤 때는 친 이모 같기도 했고 심지어 어머니같이 느껴지기도 했으니까요. 지금도 그분들 생각을 하면 가슴이 따뜻해지고 행복해진답니다. 허허허. 그렇게 꿈같은 중학 과정을 마치고, 나는 다시 고학을 해야 했어요. 커니가 워낙 시골이라 인근에 고등학교가 없는 관계로, 나는 헤스팅스 고등학교로 진학을 해야 했거든요. 나는 답트 자매와 눈물의 이별을 하고 정든 그곳을 떠났고, 그 즈음에 내 이름도 일한으로 바꾸게 되었답니다.

변호사   아, 정말 미국 유학 중에 성함을 바꾸셨다고 하셨죠? 그게 어떤 의미가 있나요?

유일한   하하하. 별 의미는 없구요. 고등학교 시절, 신문 아르바이트를 하는데…… 어느 날, 신문 보급소에 나가보니 그날 내가 돌릴 신문 뭉치 위에 내 이름의 철자가 잘못 표기되어 'g' 자가 빠져 버려, 일한으로 표기되어 있는 거예요. 그래서 다시 'g' 자를 써 넣으려다가 생각해 보니 오히려 그 일한이라는 이름이 척, 와 닿는 겁니다. 우리 국호인 대한의 한자를 내 이름에 간직한다는 의미도 맘에 들었구요.

변호사   하하하. 네 그거 재미있네요. 그럼 그때부터 함자가 바뀐 거네요?

유일한   제가 아버지께 편지 올릴 때, 그 이야기를 먼저 여쭤 보았는데 아버님께서도 흔쾌히 승낙을 해 주셨고 그때부터 내 이름으로 일한을 쓰게 되었지요.

변호사 　아무튼, 공부하시랴 아르바이트하시랴 정말 바쁜 학창 시
　　　　절이셨겠어요.

유일한 　거기다…… 운동까지 했으니…….

변호사 　운동이요?

유일한 　네. 그게…… 미국 아이들이 내가 공부만 한다고 공부벌
　　　　레라는 닉네임을 붙이며 놀리기에, 그냥 오기로 미식축구
　　　　를 시작했는데 나중에는 재미를 붙여서 학교 풋볼 팀의
　　　　주전 센터와 쿼터백으로 뛰었다오.

변호사 　하여튼 대단하십니다.

유일한 　가끔은 부상도 당하고 몸은 피곤했지만, 그 운동을 통해
　　　　나는 강한 자신감과 정신력을 기를 수 있었고 철저한 책임
　　　　감과 협동심까지 갖게 되었으니 내겐 참 귀중하고 좋은 경
　　　　험이었어요. 우리 아버님께는 혼쭐이 났지만……. 허허허.

변호사 　왜요?

유일한 　공부하라고 미국까지 보내 놨더니 쓸데없는 놀이에 시간
　　　　을 허비한다고 꾸중하셨지요.

변호사 　놀이요? 하하하. 그러네요. 참, 아버님께서는 계속 평양에
　　　　서 비단 장사를 하시고 계셨나요?

유일한 　그랬으면 좋을 텐데…… 아버님께서는 한일 합방이 된 조
　　　　국의 현실을 견디지 못하셨는지 평양을 등지고 북간도로
　　　　이사를 하셔서 농사를 짓고 계셨어요.

변호사 　북간도라……. 아버님께서 고생이 많으셨겠는데요?

유일한 　네……. 그럼요. 말이 좋아 농사지…… 뭐. 하지만 그때의

우리 민족이라면 누구나 고생을 할 때였지요. 저도 미국에 오지 않았다면 아버님과 함께 북간도의 그 척박한 땅을 일구고 있었겠지요. 그때 생각을 하면…… 부모님이 가장 어려웠을 때 함께하지 못한 것이 두고두고 죄송하더라구요. 그런 와중에, 저는 미시건 주 엔 아버에 있는 미시건 대학 상과 회계학 전공으로 입학을 하였어요. 그러니까…… 그때가 1916년…… 내 나이 21살 시절이었지요.

변호사 회장님도 고생 많으셨겠어요? 대학이라면 등록금도 만만치 않았을 텐데…….

유일한 그때 뭐든 돈 되는 아르바이트는 몽땅 다 해 보았어요. 처음엔 막노동부터 시작해 전기 회사의 임시 직원도 해 봤지만, 그렇게 벌어선 등록금 마련이 요원한 거예요. 그래서 생각 끝에 소규모라도 장사를 한번 해 봐야겠다는 결론을 내리고 이리저리 궁리를 하는데…… 마침 그곳, 엔 아버에 대규모의 철도 공사가 한창이라, 그 현장에서 일하는 중국인 노무자가 많았어요. 그래서 저 사람들을 대상으로 뭘 좀 팔면 장사가 될 것 같긴 하더라구요. 그래서 나는 인근에 있는 디트로이트에 나가서 그들이 좋아할 만한 물건들…… 뭐, 비단이나 손수건, 부채, 찻잔 같은 것들을 사다가 엔 아버의 중국인들에게 팔았는데 뜻밖에도 이게 아주 잘 팔리는 거예요. 먼 타국 땅에서 외롭게 일하느라 조국의 향수에 목말라 있는 중국인 노동자들에게 그런 물건들이 잘 먹힌 거지요.

변호사   역시, 회장님은 타고난 사업가이시군요?

유일한   그렇진 않아요. 그보다는 주위의 도움이 컸다고 생각해요.
         마침 그때 우리 학교에 한중학생회가 결성되었는데 영광스
         럽게도…… 제가 그 학생회의 회장으로 선출되었답니다.

변호사   한중학생회라면…….

유일한   말 그대로 우리 학교의 한국과 중국 유학생 모임이었죠.
         당시는 한국이나 중국이나 모두 일본의 압제 하에 시달리
         고 있던 때라, 두 나라 학생들이 자연스레 모여 조국에 대
         한 향수도 달래고, 일본을 물리칠 방안을 같이 논의하며
         열띤 토론도 하였다오.

변호사   그런 모임의 회장을 하셨으면 꽤 영향력도 있으셨겠네요?

유일한   하하하. 그런 셈이죠. 그 중국 친구들의 가족들도 기꺼이
         저의 주요 고객이 되어 주셨으니……. 그 덕분에 저는 더
         이상 등록금 걱정은 안 하게 되었고 오히려 적은 금액이지
         만 저축도 했다니까요.

변호사   제 생각엔 그것이 바로 사업적 자질과 안목인 것 같습니다.

유일한   하하하. 글쎄요. 참 감사한 일이죠. 그런데 더 감사한 일
         이 있어요. 저는 그 모임을 통해 정말 각별한 한 여인을
         만나게 되었습니다.

변호사   각별한 여인이시라면……. *(저고리를 벗는다.)*

유일한   진즉에 윗도리를 벗으실 걸……. 이거 내가 너무 혼자 수
         다를 떠느라 손님이 불편하신 것도 모르고…….

변호사   아, 아닙니다. 회장님께서 여인을 말씀하시니 갑자기 분위

기가 후끈해져서요. 하하하.

유일한   하하하. 이런, 연애 소설을 좋아하시나 보오?

변호사   그거 싫어하는 사람은 거의 없지 않을까요? 저…… 이 넥타이도 좀 풀어도 되겠습니까?

유일한   하하하. 물론 좋지요. 아예 파자마를 한 벌 내 오라고 할까요?

변호사   그랬다간 간호사가 내게 링거를 꽂으려 할 거 같습니다. 회장님 혈색이 저보다 한결 좋으신걸요?

유일한   그러게 말이오. 연애 시절을 떠올리니 내게도 화색이 도는가 보오. 하하하.

변호사   그분은 어떤 분이신지 참 궁금해지는데요?

유일한   그녀의 이름은 호미리이고…….

변호사   존함이 호미리라면…….

유일한   중국 유학생이었죠. 그 당시 한중학생회의 여자 회원 중 한 회원이, 어느 날 내게 꼭 소개해 주고 싶은 자기 친구가 있다는 거예요.

변호사   그때 회장님께서 인기가 좋으셨나 봐요?

유일한   그냥 회장 일을 하다 보니 그런 거겠죠. 허허. 어쨌든 나는 그 여학생이 소개한다는 친구를 만나러 나갔는데, 사실 난 별 생각 없이 내 고객 한 사람 늘리려는 속셈으로 갔다가 그녀를 처음 본 순간부터 그만 넋을 잃고 말았지요. 호미리! 너무 아름답고, 청순하고……. 글쎄요. 세상의 어떤 미사여구로도 다 표현할 수 없는 그런 황홀함이랄까? 그 첫 만남 이후 나는 어느새 밤낮 그녀를 만날 궁리만 하게 되었고 다행히 그녀도 나를 싫어하는 눈치는 아니어서 우리는 만남을 계속 이어가게 되었다오. 우리는 캠퍼스에서, 엔 아버의 거리에서, 혹은 아름다운 휴런 강가를 거닐며 그렇게 행복한 시절을 보냈답니다. *(회상에 잠긴다.)*

[F.O]

제 4 장

[F.I]

휴런 강가의 어느 벤치.

노을 지는 저녁 무렵.

호미리가 벤치에 앉아 있다. 잠시 후, 유일한이 들꽃을 손에 들고 등장.

호미리   일한 씨!

유일한   *(꺾어 온 들꽃을 호미리의 머리에 꽂아준다.)*

호미리   어머, 뭐야? 꽃?

유일한   *(호미리를 바라본다.)*

호미리   고마워, 일한 씨.

유일한   정말 아름다운데?

호미리   음? 이 꽃? 이 꽃 이름이 뭐지?

유일한   아니, 꽃 말고 호미리가…….

호미리   어머, 정말? 아이 참! *(부끄러워한다.)*

유일한   *(호미리의 옆에 앉아 손을 잡는다.)*

호미리   ……. *(유일한의 어깨에 머리를 기댄다.)*

유일한	참 좋다! 나는 이렇게 호미리의 따뜻한 체온을 느끼며, 휴런 강의 석양을 바라볼 때가 가장 좋아!
호미리	나도 역시 참 많이 평안해져. 하지만 이제 우리 졸업하면 이런 호사를 더 이상 누릴 수 없겠지?
유일한	······.
호미리	좀 서운하다.
유일한	졸업하고 대학원에 계속 진학할 거지?
호미리	음, 그래야 할 것 같아. 나, 어린 시절부터의 꿈이 아픈 어린이들을 돌보아 주는 소아과 의사가 되는 거였잖아.
유일한	그래. 그러면 우리 호미리는 중국인 최초, 아니, 동양인 최초의 미국 소아과 전문의가 되겠군?
호미리	운이 좋다면······.
유일한	무슨 겸손의 말씀을······. 호미리의 실력이라면 충분하지.
호미리	사실 운도 좋은 거지. 이곳에서 중국인으로서는 제법 성공한 아버지 덕분에 별 어려움 없이 진학도 하게 되었으니······.
유일한	하하하, 그러고 보니 그렇기도 하네.
호미리	일한 씨는 졸업 후에 뭐 할 거야?
유일한	나? 글쎄······. 나는 일단은 큰 회사에 취직을 해서 경험을 좀 쌓고 싶어.
호미리	음······. 그것도 좋긴 한데 대학원에 진학하는 건 어때? 일한 씨는 우리 학교의 공식 인정 수재인데······.
유일한	하하하. 공식 인정 수재? 그런 게 있었어?

| 호미리 | 그럼! 우수한 인재…….
| 유일한 | 그런데 운 나쁘게도 내겐 성공한 부자 아버지가 없는걸?
| 호미리 | 아이, 미워! 그래 좋아. 그럼 그 다음엔? 계속 샐러리맨만 할 건 아니지?
| 유일한 | 사실은 나는 여기 미국에서 사업을 한번 멋지게 하고 싶어.
| 호미리 | 굿! 좋아! 그건 일한 씨다운 생각이네? 그런 다음엔?
| 유일한 | 응? 그 다음?
| 호미리 | 그러니까 미국에서 성공한 사업가로 계속 살아갈 거야?
| 유일한 | 글쎄? 우선은 사업을 해 봐야겠지? 혹, 망할 수도 있는 거 아냐? 물론 상상하기도 싫은 일이긴 하지만……. 하하하.
| 호미리 | 부탁인데 내겐 좀 더 솔직해 주었으면 해.
| 유일한 | 응? 뭘?
| 호미리 | 미국에서 사업에 성공하면 그 다음엔 뭘 할 건지…….
| 유일한 | 그 다음엔? 글쎄…… 거기까진…….
| 호미리 | 미국을 떠날 생각이지?
| 유일한 | 호미리는 어느 학교로 진학할 생각이야? 학교는 정했어?
| 호미리 | 응, 동북부에 있는 코넬대학으로 맘 굳혔어.
| 유일한 | 코넬대학? 대단해! 정말 나는 호미리가 자랑스러워!
| 호미리 | 나는 일한 씨가 자랑스러운걸?
| 유일한 | 나? 나는 그저 가난한 고학생일 뿐인걸?
| 호미리 | 믿음직스럽지!
| 유일한 | 응? 뭐가?
| 호미리 | 초지일관!

유일한   그건 또 무슨……?

호미리   결국은 한국으로 돌아갈 거잖아?

유일한   …….

호미리   미국에서 사업에 성공하고, 보장된 미래가 있다고 해도 그걸 다 포기할 마음이야?

유일한   처음부터 돌아가려고 떠난 길이었지!

호미리   사실, 나도 공부를 마치면 고국으로 돌아갈 마음이었어. 그런데 이곳에 사는 동안 여기가 너무 좋아졌거든. 그래서 지금은 다시 중국에 돌아갈 마음이 없어진 것 같아. 혹, 일한 씨도?

유일한   그건 나도 마찬가지이긴 해. 아홉 살 때 떠나온 고향은 내게 그저 희미한 이미지만 있을 뿐, 사실 잘 기억나지도 않아.

호미리   그렇지? 그러니까…… 우리…… 이곳에서 일한 씨는 사업가로, 나는 소아과 의사로 같이 의지하며 살면 어떨까? 마당엔 이런 예쁜 꽃도 심고……. 일한 씨 좋아하는 커다란 개도 한 마리 키우자! 저녁엔 셋이 공원을 산책도 하고……. 음, 자전거를 타는 것도 좋겠다. 멋진 저녁노을을 바라보며 말이야.

유일한   하하하. 이거, 혹시…… 프러포즈 하는 거야?

호미리   응? 글쎄……. 자존심은 좀 상하지만 뭐, 그렇다고 해 두지. 어때? 좋지 않아?

유일한   정말 좋지! 나도 그러고는 싶지만…….

호미리   그런데?

유일한	……
호미리	잘 생각을 해 봐! 내가 미국에 남는다면 그래도 한국으로 돌아갈 거야? 나를 버려두고?
유일한	……
호미리	대답해 봐! 나와 헤어져도 좋다는 거야?
유일한	……
호미리	어머! 실망이다. 나는 지금껏 일한 씨가 나를 무척 사랑하고 있는 걸로 생각하고 있었는데…….
유일한	호미리는 내게 처음이자 마지막인…… 내게는 유일한 여인이야!
호미리	진짜? 그럼 우리 미국에서 살자. 응?
유일한	……
호미리	날 사랑한다며?
유일한	진정으로…….
호미리	그런데……?
유일한	……
호미리	뭐야? 누굴 더 사랑하는데? 국가? 아님, 나?
유일한	하하하. 오늘 따라 호미리답지 않게 왜 이러실까? 그건 본질적으로 비교 대상이 안 된다는 거 잘 알잖아.
호미리	어이구. 이 고집불통! 그럴 줄 알았어. 이젠 별 수 없이 의학 공부에 한국어 공부까지 해야 하게 생겼네!
유일한	응?
호미리	불행히 내게도 유일한 씨가 유일한 남자이거든요?

유일한   고, 고마워!

호미리   사랑하는 사람들에게 고맙다는 말은 무의미하다는 거 알죠?

두 사람이 포옹하며, 휴런 강의 노을을 바라본다.

[F.O]

제 5 장

[F.I]

어느 허름한 연구실.

오후.

무대 우측에 실험용 테이블이 있고, 좌측 앞쪽에 원형의 티 테이블이 있다. 실험용 테이블 위에는 숙주나물이 들어 있는 유리병들이 어지러이 널려 있고, 유일한이 병들의 뚜껑을 열고 유리병 속을 확인하며 상념에 잠겨 있고, 티 테이블에는 친구 1, 2가 널브러져 앉아 있다.

친구 1   창고는 어때?

친구 2   상해가는 숙주나물이 가득이야. 이젠 대리점에서 반품이 들어온대도 더 쌓을 곳도 없다구…….

친구 1   그럼 할 수 없지. 병 속의 숙주는 다 버리고 유리병만 회수해서 포개어 놓는 방법밖엔……. 휴! 그러니 이게 손해가 도대체 얼마야?

친구 2   아! 이것 참 미치겠네. 이 숙주나물을 오래 보관할 수만 있었다면 아주 장밋빛 미래가 훤하게 열리는 거였는데……. 젠장!

친구 1   내 말이……. 야! 우리 엄마도 숙주나물 병조림이 나온다니까 그렇게나 좋아하시더라고. 우리 엄마도 그…… 동양의 만두에 푹 빠져 계시거든?

친구 2   너희 어머니뿐이냐? 미국 사람의 대다수가 지금 만두의 맛과 영양가에 그냥 확 반해 버린걸? 그런데 그 폭발적 대유행 식품의 속 재료인 이 숙주나물이 너무 쉽게 물러지고 상해 버리니…….

친구 1   그러게 말이야. 꼭 네 맘같이 쉽게 변해 버리잖아?

친구 2   뭐? 내 맘? 에이 그래도 숙주나물보다는 내 맘의 유통기간이 더 길지.

친구 1   뭐, 그렇지도 않지. 자네, 쥬디하고도 헤어졌지 않나? 단 하루만에…….

친구 2   응? 쥬디? 에이, 걔는 내 타입은 아니지.

친구 1   아, 그러서? 그럼…… 메리는? 헤리는? 쟈넷은?

친구 2   응? 쟈넷 ? 어떤 쟈넷? 금발의 A. 쟈넷? 아님, 빨간 머리에 늘 납작한 모자를 눌러 쓰고 다니던 C. 쟈넷?

친구 1   아니, 주근깨 있고 웃을 때면 보조개가 쏙 들어가던 S. 쟈넷!

친구 2   응? 걔는 또 누구지?

친구 1   자네가 기억하는 그 A. 쟈넷의 집에서 한 블록 정도 떨어진 외딴집에 살던 애. 그 왜……. 에구, 됐고…… 이런 숙주나물보다 못한 놈! 어째 그 맘은 한나절도 못 가냐?

친구 2	부러우면 그냥 부럽다고 해, 이 친구야. 잘생기고 매력 있는 것도 잘못이냐?
친구 1	그렇고말고. 착각의 늪 속에 빠져 사는 것은 큰 잘못이지!
친구 2	이 친구, 그냥 부럽다고 하면 될 것을 그렇게 시샘을 하나? 하하하…….
친구 1	쉿! 쉿! 그렇게 웃음이 나오나? *(유일한의 눈치를 보며)* 지금 이 상황에? 쯧쯧.
친구 2	*(웃음을 급히 멈추고 유일한의 눈치를 살핀다.)* 휴! 그놈의 아페르가 고안한 병조림 방법을 이용하면, 숙주의 유통기한이 많이 연장될 줄 알았는데 그냥 자연 상태의 숙주와 별 차이가 없으니…….
친구 1	게다가 재질이 유리병이다 보니, 유통 과정 중에 쉽게 깨지질 않나…….
친구 2	그래도 유리병 안에 들어 있으니, 좀 성성해 보이긴 하더라구.
친구 1	보기에 성성하단 이유만으로 그냥 숙주보다 비싼 값을 치를 바보는 없지.
친구 2	하긴 그렇지……. 아! 배고프다.
친구 1	뭐? 배고파? 창고로 가 봐! 거기 지천에 널린 숙주나물이나 잔뜩 주워 먹으라구. 재고 정리도 할 겸. 그런데 어떻게 그런 말이 나와? 그래도 우린 아침이라도 먹고 나왔지만 일한은 벌써 이틀째 저렇게 병조림과 씨름 중인데……. 쯧쯧. 철 좀 들어, 이 사람아!

친구 2   아, 맞아! 이봐, 일한! 뭐, 좀 알아낸 거 있나?

유일한   글쎄…… 알아낸 거? 그래, 한 가지 있긴 하지.

친구 2   아! 진짜? 그게 뭔데?

유일한   확실한 건…… 우리가 실패했다는 거. 아페르의 병조림으
         로는 숙주나물의 부패를 막을 수 없다는 거…….

친구 1   에구, 큰일 났다. 그럼 앞으로도 줄줄이 반품이 들어올 거
         고…… 그렇게 되면…….

유일한   내 불찰이지. 좀 더 신중하게 여러 번 검토를 한 후에 일
         을 시작했어야 했는데 그저 사업 욕심이 과한 나머지 이
         런 큰 실패를 했으니 자네들 볼 면목이 없네.

친구 1   그런 말 말게! 그거야 우리 모두 마찬가지였지. 상하지 않
         는 숙주나물을 만들어 팔자는 아이템이 너무 기발한 나
         머지, 우리 모두 떼돈을 벌 생각에 들떠 있었지 않았었나?

친구 2   맞아! 그때는 이런 일이 있으리라곤 상상도 못 했어. 그러
         니 이젠 어쩌지?

친구 1   그러니…… 우리들 말만 듣고 이 유리병 숙주나물에 1만
         불이나 투자한 그 식품 회사 사장이 이 사실을 알고 당장
         돈을 돌려 달라고 하면 어떡하나?

친구 2   정말…… 그분이 알면 우리를 다 죽이려 할 텐데……!

친구 1   쯧! 꼭 말을 해도…….

유일한   그분을 생각하면 이 숙주나물 조림 사업을 포기할 수 없
         다네. 그분의 믿음을 그렇게 헌신짝같이 배신할 순 없지
         않겠나?

친구 1   그야 지당한 말씀이긴 한데…….

유일한   일단은…… 우리 모두 실패는 인정을 하자고. 그리고 완전 제로베이스에서 다른 방법을 한번 모색해 보는 거야.

친구 1   다른 방법?

친구 2   그래, 그래. 혹시 아나? 다른 방법으로 성공할 수 있을지?

친구 1   그런데 그 다른 방법이라는 거 너는 뭐 떠오르는 거라도 있냐?

친구 2   누구? 나? 나는 없지.

친구 1   그래도 자네는 공학도 아닌가?

친구 2   공학도? 내가? 아, 그렇구나. 근데 그거야 공부를 하는 사람 얘기이고…….

친구 1   그럼? 너는?

친구 2   알잖아?

친구 1   어이구, 어쨌든 도움이 안 돼.

친구 2   아니, 그러는 자네는 뭐 떠오르는 거 있나? 자기도 아무 생각 없는 주제에……

친구 1   흥분하지 말게, 친구. 나는 자네가 공학도이니 우리보다 좀 나을 줄 알았지. 쯧……. 일한, 자네에겐 무슨 정보가 있나?

유일한   친구들…… 혹시 통조림에 대해 들어본 적 있나?

친구 2   통조림? 그게 뭐야?

유일한   음, 그게 아직 상용화되지는 않았지만 획기적인 신기술이라는 데…….

친구 1   통조림이라……. 그럼 그건 병 대신 통에 조림한다는 얘기 같은데?

친구 2   통이라면 무슨 통?

유일한   깡통이라네.

친구 2   깡통? 깡통이라면 유통 과정 중에 깨지진 않겠군?

친구 1   깨지는 게 문제가 아니고 유통기한이 문제지. 사람 참 단순하긴.

유일한   신기술 잡지에 의하면 그 방법이 식품의 유통기한을 획기적으로 연장시킨다는 거야.

친구 1   정말? 야, 그래? 그런데 그 방법은 어떻게 하는 거래?

유일한   글쎄, 아직 나도 거기까진 모른다네.

친구 1   그럼, 그걸 어떻게 알아볼 수 있겠나? 최신 기술이라면 그거 접하기 쉽진 않겠는데? 아직 자료도 흔하지 않을 텐데…….

유일한   맞아. 최신 과학 잡지에서 그 기사를 접하고, 내가 도서관의 책들을 죄다 뒤져봤는데 그와 연관된 건 없더라구.

친구 2   그럼…… 어쩌지?

친구 1   그런데 그런 게 있다 해도 우리가 보면 이해할 수 있을까? 식품 공학 전공자도 아닌데?

유일한   그래서 사실은 어제저녁에 호미리에게 도움을 청해 놓았어.

친구 2   호미리? 제수씨에게?

친구 1   정말? 아니, 웬일이야? 호미리가 사업 잘되냐고 물으면, 그저 잘되고 있다고만 말하지 않았나?

친구 2　이 사람, 그건 호미리가 공연히 걱정할까 봐 그런 거지. 그 거 뭐, 남자의 자존심 같은 거 아니겠어?

친구 1　그야, 나도 잘 알지. 그러니 하는 말 아닌가?

유일한　지금 내게 자존심이 무슨 문제이겠나? 다행히도 마침 호 미리가 있는 코넬대학 연구방 자료실에 그 통조림 방법에 대한 논문이 있다네!

친구 1　아! 정말?

친구 2　햐! 이것 참! 하늘이 돕는구나.

이때, 전화벨이 울린다.

친구 2　에이, 또 반품 전화다. 자네가 받아!

친구 1　왜? 자네가 받아. 반품 담당이…….

유일한　아니야. 내가 받지. 호미리가 전화해 주기로 했거든? (수 화기를 들고) 여보세요? …… 응! 호미리, 나야! 어디? …… 아, 연구실. 응? 그 통조림 책자를 찾았다고? …… 응, 응, …… 진짜? …… 응. …… 그럼! …… 정말 다행이다. 응? 벌써 책자의 복사본을 이리 보냈다구? 고마워! …… 음, 그래? 가열과 멸균, 그리고 밀봉? 그렇구나. 물론 실험 과 정을 거쳐야지. 실험 장비도 간단하다구? 그럼 설비 비용 도 많이 들지 않겠다. 알았어! 알았어! 정말 고마워! 응? 아, 맞다. 고맙단 말은 하지 않기로 했지. 하하……. 그래, 그래 힘낼게! …… 나두 사랑해! (끊는다.)

친구 2   뭐, 뭐라나?

유일한   음! 통조림! 한번 해보자!

친구 1   될 것 같은가?

유일한   되겠지! 아니, 꼭 되어야만 하지!

친구 1   병조림과는 많이 틀린가?

유일한   응, 식품을 멸균해 진공 상태로 포장을 한다니 가능성 있어!

친구 2   흠, 통조림이라……. 감이 좋은데?

친구 1   자네의 감은 떫어서 먹지도 못할 감이네. 아니, 뭐, 자네는 병조림 할 때도 감이 좋다고 하지 않았나?

유일한   자! 이젠 우리 힘을 합쳐 다시 한 번 하는 거야. 실패는 우리 성공의 밑거름이었을 뿐이야!

친구 1   좋아! 이번엔 이 친구의 감을 믿어 주기로 하지. 다시 힘을 내보자구!

친구 2   그래! 이번엔 단감일 테니……. 떫은 감이 있으면, 단감도 있는 거 아냐? 자! 다시 한 번 가는 거야!

세 사람이 손을 맞잡는다.

제 6 장

[F.I]

리 초이 식품 회사 부회장 집무실.
큰 책상 위에 '부회장 유일한' 이라고 씌어있는 명패가 놓여 있고 유일한이 회전의
자에 앉아서, 한 항공 우편 봉투에 든 편지를 꺼내어 읽고는 깊은 생각에 잠겨 있다.

비서   (결재 서류를 갖고 집무실에 들어온다.) 부회장님, 이건 신규 주문
         명세입니다.

유일한   (서류를 훑어보고) 음, 뉴욕에서도……?

비서   네. 디트로이트, 시카고, 펜실베이니아에 이어서 이젠 뉴
         욕에서도 숙주나물 통조림의 주문이 폭주하고 있습니다.

유일한   이번 뉴욕의 신규 주문도 신경 많이 써서, 우리의 기존 납
         품 도시들과 같이 제품 출하 물량, 납품 기일 그리고 가장
         중요한 제품의 퀄리티를 엄격히 지키도록 하세요. 우리 리
         초이 식품은 신용을 파는 회사임을 항상 명심하도록 하
         고…… .

비서   네. 잘 알겠습니다.

유일한   (서류에 사인하며) 내가 지난번 출장 때, 중국과 한국에서 계약한 숙주나물용 원두, 2차 선적 분은 언제 도착하지요?

비서   내일 아침 9시입니다.

유일한   아직 잔여 원두는 좀 남아 있지요?

비서   별로 없습니다. 제품의 출하량이 워낙 많아서요.

유일한   아무리 출하량이 많아도, 불량 제품이 나가지 않도록 검수에 더욱 주의를 기울이고 필요하다면 검수 인원을 더 확충토록 기안 올리라고 하세요.

비서   네, 그렇게 하겠습니다.

유일한   좋아요. 오늘, 일정은?

비서   네, 부회장님. (수첩을 펼쳐 보며) 오전에는 제1 공장 시찰이 있구요. 이어서 간부 연석회의…… 오후에는 광고 회사 실무 팀과 미팅이 약속되어 있구…… 그 다음엔 회장님과 함께 미국 전 지역 식품회사 경영진 연례 모임에 참석하시기로 되어 있습니다.

유일한   음……. 그래요. 미안하지만 오늘 내 오전 스케줄을 좀 비워 주겠소?

비서   네, 오전이요? 그럼…… 공장 방문은…….

유일한   내일 오전으로 잡아주고…….

비서   네. 그럼 간부 간담회는 어떡할까요?

유일한   그건 취소해도 될 것 같군.

비서   네. 잘 알겠습니다. 그렇게 하겠습니다. 그 외엔…….

유일한   아! 잠시 후에 닥터 호미리가 방문할 텐데, 도착 즉시 바로 내 방으로 안내해 주시오.

비서　네. 알겠습니다. (인사하고 나간다.)

유일한　(아까 보던 항공 봉투를 집어 들고, 다시 상념에 잠긴 듯 사무실을 서성인다.)

비서　(호미리와 함께 집무실로 들어서며) 부회장님! 닥터 호미리께서 오셨습니다.

유일한　(생각에 잠겨 있다가 다소 놀란 표정으로) 응? 아! 호미리! 어서 와!

호미리　하이! 아니, 그런데 왜 이렇게 놀라? 혹시 날 보자고 해 놓고 그새 잊어버린 건 아니지?

유일한　하하하. 천만에. 그럴 리가 있나? 벌써 내 스케줄 다 비워 놓고 목 놓아 기다리고 있었는걸? (포용한다.)

호미리　많이 보고 싶었어.

유일한　나두……. 병원 일이 많이 바쁘지?

호미리　뭐 그냥 일상이니까…….

유일한　바쁘신 분을 이렇게 어렵게 모셨으니 내가 한턱 크게 쏠게! 우리 어디로 갈까? 혹시 배고프지 않아?

호미리　아니야. 방금 아침 먹었어. 기내에서.

유일한　이런! 그럼…….

호미리　일한 씨는 아침 먹었어?

유일한　나? 나야 식품회사 사람인데 끼니를 거르겠어?

호미리　그럼 우리 그냥 여기서 얘기 나누는 건 어떨까?

유일한　그래도 모처럼 왔는데 우리 요 앞의 카페라도 가자. 그곳 커피 맛이 일품이거든. 갓 구운 월넛 쿠키도 있고…….

호미리　난 그냥 여기가 좋은걸? 내 남자의 땀 냄새 배인 내 남자의 집무실! 정겹잖아? 호호호. *(앉아서 사무실을 둘러보며)* 정말 이건 신화야. 전설! 숙주나물의 전설! 숙주나물 통조림으로 이런 굴지의 식품 회사를 이루어 내다니 정말 감동이다.

유일한   그게 다 호미리 덕분이지! 그 통조림의 원천 기술을 전수해 주신 분이 누구신데······.

호미리   그런데······ 나, 궁금한 거 하나 있어! 그 통조림 방법대로라면 숙주나물을 열처리해야 하는데, 숙주는 열처리 과정에서 다 녹아버렸다며?

유일한   그러게······. 숙주를 싱싱하게 오래 보관하려고 하는 일인데, 벌써 열처리 과정에서 다 못 쓰게 되었으니······. 아예 녹아 버리더라구.

호미리   그러니까 내가 궁금한 거는 그때, 일한 씨가 어떻게 그, 순간 고열 처리 방식을 고안하게 되었냐는 거야. 일한 씨는 식품 가공 전문가도 아니잖아. 정말 놀라운 일이야!

유일한   아, 그거? 사실은 내가 딱히 그렇게 하려는 의지로 고안한 건 아니었고 이렇게 해 봐도 안 되고 저렇게 해 봐도 안 되고 해서, 그냥 그렇게 한번 해 본 건데 아, 글쎄 그게 되는 거 있지? 하하하······.

호미리   그럼 그 놀라운······ 순간 고열 처리 방식이 우연히 하다 보니 됐다는 얘기야? 어머머.

유일한   우연? 글쎄? 그보다 내 생각엔 *(하늘을 가리키며)* 그분의 도우심이라고 생각해!

호미리   하나님의 도우심? 그러네, 정말! 그쪽이 훨씬 설득력 있어.

	여하튼 역시 유일한이야. 그 어려움을 이런 큰 성공으로 만들었으니……. 부모님께서도 무척 자랑스러워 하셨겠네?
유일한	웬걸……. 나, 이번에 부모님 뵈었을 때 아버님께 혼나고 왔는걸?
호미리	응? 꾸중을? 아니, 왜?
유일한	큰 인물 되라고 나를 미국까지 보내놨더니 겨우 콩나물 장사나 하냐며 그건 저잣거리의 아낙들이 할 일이 아니냐고 호통을 치시더라고.
호미리	아! 호호호. 그러고 보니 정말 그렇기도 하네? 호호호. 재미있다. 그래도 그곳에서 엄청난 양의 콩을 수입하는 걸 보셨을 텐데 그 규모를 보시고는 놀라셨을걸?
유일한	아버님 생각에는 크게 하든 작게 하든 그냥 콩나물 장사일 뿐이야. 하하하.
호미리	호호호. 일한 씨가 난처했겠다. 그런데 북간도 집은 어때?
유일한	삭막하지 뭐. 그래도 다행히 식구들이 모두 건강하게 잘 지내고 있더라구.
호미리	아! 그런데 내가 진짜 궁금한 거 있는데 그런 아버님께서 어떻게 내 사진 한 장만 보시고 당신의 며느리 자리를 허락하셨을까? 내가 직접 찾아 뵀어도 마음에 드실지 어떨지 몰라 걱정이었는데……. 이거야말로 불가사의한 일 아닐까? 아버님께서 사진을 보시고 뭐라셨어? 진짜 너무 궁금하다.
유일한	그저 별 말씀은 없으셨어.

호미리　어머, 그럼 어떻게 승낙하셨을까?

유일한　그야 당신이 나보다 콩나물 장사를 더 잘할 것같이 생겨서가 아닐까?

호미리　아! 호호호. 맞아! 아버님께서 사람 보는 눈이 탁월하시네. 나, 콩나물 장사 딱이잖아?

유일한　사실은 호미리, 당신을 많이 보고 싶어 하셨고 사진만 보시고도 바로 흡족해 하시더라구. 아버님께서 그러시더라고. '그저 한눈에 보아도 이 인물이 우리 식구임을 알겠구나.'라고.

호미리　물론 우리 사정도 있긴 하지만 부모님께는 너무 죄송스러울 뿐이야. 많이 섭섭해 하시지?

유일한　우리 결혼식에 참석 못 하시는 걸 내심 섭섭해 하시는 것 같더라구.

호미리　당연하지! 왜 아니겠어? 우리 다음에 한국에 나가면 부모님 고향 에서 결혼식 한 번 더 하자!

유일한　그러면 좋겠지?

호미리　그럼 꼭 그렇게 하자구요. 그럼 본론은 끝난 건가?

유일한　아! 그렇지, 본론. (갖고 있던 항공 봉투를 내밀며) 이거 한번 좀 읽어봐 주겠어?

호미리　응? 이게 뭔데? (봉투를 보며) 닥터 에비슨? 음, 여자 이름은 아니니 연애편지는 아닌 듯하고……. 응? 한국에서 온 거잖아? (편지를 꺼내 읽는다.) 음, 초빙장이라……. 당신과 나까지? 이분은 누구시길래…….

유일한	에비슨 박사님은 미국 북 장로교 선교부에서 한국에 파견한 의사이신데 내가 숙주 원두 구입 차 한국에 갔을 때, 잠깐 뵌 적이 있거든.
호미리	그렇군.
유일한	참, 대단한 분이시더라구. 서양 의학의 불모지나 다름없는 한국에서 병원도 개원하시고, 더구나 세브란스 의전을 설립하셔서 한국인 양의사를 7명이나 배출하셨더라구.
호미리	정말? 참 훌륭하시네. 그런데 한국에 가 보니까 그곳의 의료 수준은 어떤 것 같아?
유일한	그게 한 마디로 하면 열악하다고밖에……. 우선은 약품이 태부족하여 환자들이 적절한 치료를 못 받다 보니 아주 가벼운 질환에도 목숨을 잃는 경우가 흔한 거야.
호미리	음……!
유일한	그런 악조건 속에서도 고군분투하시는 에비슨 박사님의 한국인에 대한 큰 사랑을 보니…… 아무튼 감동이었어!
호미리	그래서 결심한 거야?
유일한	음.
호미리	회사 사람들은 뭐라고 해?
유일한	날 미쳤다고 하더군!
호미리	그들은 그럴 만도 하지.
유일한	그 편지 받고, 지난 며칠 동안 사실 생각도 많이 하고 기도도…….
호미리	하나님께선 뭐라고 하시는 것 같아?

유일한   지금이 그때란 확신이 생기더라구.

호미리   음. 그렇구나.

유일한   호미리의 생각은 어때?

호미리   언젠가 일한 씨가 내게 말했었지? 어차피 한국에 돌아가기 위해 이곳에 온 거라고……. 기왕 돌아갈 거라면 그분께서 가라고 할 때 가야 하지 않을까?

유일한   역시 그렇겠지?

호미리   하지만 시간은 좀 필요하겠는걸! 지금 바로 병원에 사표를 낸다 해도 그게 수리되고 후임자가 오려면……. 내게 시간을 좀 내줄 수 있겠어?

유일한   호미리가? 아니야. 그건 좀……. 한국은 여전히 일제 치하에 있고 그들의 횡포와 수탈로 인해 국민들은 피폐한 상황에 처해 있거든. 호미리가 생활하기엔 그곳이 너무 위험하기도 하고 너무 힘이 들 수도 있어. 그러니 내가 먼저 들어가 어느 정도 안정이 되면 그때 들어오는 게 좋을 것 같아.

호미리   나는 의사야. 내가 있을 곳은 날 필요로 하는 환자들 곁이겠지. 제대로 치료를 받지 못해 사람이 죽어 가는데 모른 척한다면 그건 의사가 아니지 않겠어?

유일한   모른 척하라는 게 아니고 좀 상황이 좋아지면 그때 시작해도…….

호미리   나, 오늘 병원 돌아가는 대로 사표 낼 거야.

유일한   정말? 참, 그 고집은…….

호미리	부창부수지?
유일한	하하하, 참! 어디서 그런 배짱이……. 두렵지도 않아?
호미리	두려워? 내가 왜? 나를 든든히 지켜줄 내 믿음직한 일한 씨가 있고 부족한 나의 달란트를 기꺼이 쓰시고자 하는 하나님의 뜻이 계신데 내가 왜 두려워야 하지?
유일한	음……!
호미리	같이 해! 뭐든…….
유일한	글쎄……. 한쪽으론 걱정스럽기도 하고……. 하지만 사실은 큰 힘이 된다. 나는 지금 한국에 서구의 좋은 약품들을 수입해서 공급할 회사를 설립하려고 하거든?
호미리	당신은 양질의 약품을 공급하고 나는 그 약품을 처방해 환자들을 돌보고……. 부창부수야. 그치?
유일한	(호미리를 안으며) 사랑해!
호미리	나두…….

[F.O]

제 7 장

[F.I]

대한민국의 경성.

종로통에 있는 YMCA 내, 유한양행 사옥 회의실.

아침. 유한양행의 임원들이 둘러 앉아 환담을 나누고 있다.

유일한　　(회의실에 들어서며) 좋은 아침입니다!

일동　　　안녕하세요?

유일한　　(둘러보며) 다 모이신 것 같군요?

전창섭　　네, 다 모였습니다, 사장님.

유일한　　감사합니다. 난, 우리 유한양행 임원분들만 뵈면 그저, 마음이 든든해지고 기분이 좋아진답니다. 허허허…….

예동식　　그건 저희도 같은 마음입니다. 하하하.

유일한　　사실, 제가 미국에서 한국으로 돌아와, 처음 이 유한양행을 설립할 때에는 몹시 마음이 불안했더랬어요. 어떻게 알았는지 내가 입국할 때부터 일본 고등계 형사들이 아예 24시간 내게 딱 붙어서 나의 일거수일투족을 일일이 감시

하는데…….

나찬수 그건 사장님께서 미국에 계실 때, 여러 항일 독립운동에 주동적 역할을 하셨다는 걸 이들이 이미 알고, 사장님 이름을 블랙리스트 명단에 올려 두었기 때문이었지요.

예동식 나중에 안 일이지만 사장님께서 한국에서 기업을 하려고 입국했다는 말을 저들은 전혀 믿지 않았고, 사실은 국내에서 독립운동을 하려 한다고 넘겨짚고 그렇게 집요하게 군 거였어요.

유일한 그래서인지, 내가 별 이유도 없이 일본 경찰에 소환되어 갔을 때도 그걸 집중적으로 캐려는 것 같더라구요. 그뿐인가요? 심지어 내가 수입한 약품들도 3개월이나 통관 보류로 묶어두고 애를 먹이지 않나. 여하튼 그럴 때마다 우리 임원들께서 이리 뛰고 저리 뛰어 문제를 해결해 내신 덕분에 이제 우리 유한양행이 이만큼 뿌리를 내리게 된 거란 생각이 듭니다. 정말 수고들 많이 하셨습니다.

예동식 그건 과찬이시구요. 우리 유한양행이 이만큼 성장할 수 있었던 것은 바로 우리의 영업 전략의 성공에 있다고 생각됩니다. 처음부터 기존의 일본 업자들과의 경쟁을 피하고, 그들이 아직 손대지 않은 한국인 업자와 외국계 선교 병원들과의 공급 계약을 꾸준히 늘려간 우회적 전략이 주효했던 거 아닐까요?

전창섭 맞는 말씀입니다. 그리고 그건 다 우리 사장님의 탁월한 안목과 노력 덕분이기도 하구요. 사장님께서 전국 13개 도를 직접 발로 뛰며 외국 선교사님들이 운영하시는 경성의 세브란스병원, 평양의 기을병원, 연합기독병원, 전주의 예수병원, 순천의 미동병원, 여주의 영국교회병원, 함흥의 캐나다연합교회병원…… . 또 어디가 있더라? 여하튼 이런 많은 외국 선교 병원들과 공급 계약을 체결하신 덕분에…… .

임원 1   그뿐인가요? 또 우리 전창섭 영업 지배인님은 전국의 약도매상과 약국, 약포 등을 돌며 공급 계약을 체결해서 이제는 당국의 힘만 의지하며 그저 전국의 국·도립 병원만 약품을 공급하는 일본 약 업자들보다 훨씬 큰 시장을 확보하게 되지 않았습니까?

예동식   그러게요. 게다가 일본 약 업자들은 우리가 자기네 거래처에 피해를 준 건 없으니, 우리를 어떻게 할 수도 없고 그저 배만 아플 겁니다. 하하하…… .

유일한   그래요. 우리 유한양행은 어떤 한 사람이 아닌, 우리 모두의 단결된 힘으로 오늘에 이르게 되었고 여기서 만족할 것이 아니라 더욱 발전되어야 할 것입니다. 앞으로는 우리가 약품을 수입만 할 것이 아니라 외국의 제약 회사들과 라이선스 계약을 맺어 직접 약품을 생산하여 국내에도 공급하고 제3국에 수출도 할 수 있는 길을 열도록 할 것입니다.

임원 1   그런 날이 속히 왔으면 좋겠네요.

유일한   그러려면 우리가 긴장을 풀어서는 안 될 것입니다. 요즈

	음 일본 관원들의 동태는 어떠합니까?
예동식	네. 처음보다는 다소 누그러진 듯합니다.
임원 1	그건 사장님께서 독립운동을 하는 기미가 안 보이고, 우리 유한양행이 눈 속임수가 아님을 눈치챈 거 아닐까요?
예동식	일본 관원들의 감시가 좀 뜸한 건 사실인데 이제는 세무서에서 우리를 견제하려는 것 같아 보여요. 그 사람들, 갑자기 들이닥쳐서 우리 장부를 샅샅이 뒤지는 겁니다. 우리가 워낙 세금도 잘 내고 수입, 지출도 투명하게 관리하니까 그냥 돌아가긴 하는데 그들은 세무 조사를 왔다기보단 뭔가 꼬투리를 잡으러 오는 거 같이 보입니다.
유일한	앞으로 우리의 사세가 커지면 커질수록 우리 회사는 저들 눈의 가시가 될 것입니다. 일본으로서는 우리 민족 자본이 커지는 것을 달가워할 리가 없겠지요. 어떤 방법을 쓰던 우리를 넘어뜨리려 할 것은 자명한 일입니다. 그러니 저들에게 약점 잡히지 않도록 작은 일에도 신중을 기해 일해 주시기 바랍니다.
일동	네. 알겠습니다.
유일한	세금도 철저히 내야 하겠고…… 우리 나찬수 약제사님께서도 수입한 약품을 소분할 때, 특히 실수가 없도록 극도로 조심해 주세요.
나찬수	명심하겠습니다.
유일한	아, 그리고 이번에 동아일보에 실은 우리 광고 아주 훌륭합니다. 질병에 대한 제품의 약효도 아주 잘 홍보하였지

만 그보다 그 질병을 예방하려면 어떻게 해야 하는지도 함께 알려주는 그 기획이 참 훌륭한 거 같습니다. 질병에 걸려 약을 먹기 이전에, 질병에 걸리지 않도록 우리 국민들의 보건을 챙겨주는 것이야말로 우리 유한양행의 가장 큰 사명이 아니겠습니까?

임원 1   앞으로도 보건 계몽에 더 많이 신경 쓰도록 최선을 다하겠습니다.

유일한   네, 아주 좋아요. 독립운동을 꼭 무력으로만 하는 것은 아닙니다. 우리 같은 민족 기업이 많이 생겨서 일본의 경제 수탈을 막아, 우리 경제가 더 피폐하지 않도록 하는 일과, 우리 국민들의 건강을 지켜주는 일도 모두 독립에 기여하는 일이지요.

나찬수   우리 모두 우리나라 독립운동의 최 일선에서 일한다는 자부심으로 일하고 있습니다.

유일한   그러려면 우리 이웃을 진실로 사랑하는 마음가짐이 있어야겠지? 아, 참! 그렇지! 그 왜, 지난밤에 해주도립병원에서 급한 약품 요청을 받고 우리 냉장창고에서 혈청 주사액을 출고했다는 그 사원 있지요?

나춘수   아 네. 홍병규란 사원인데 그 사람은 회사에서 숙식하며, 주로 약품 창고를 지키고, 경비를 하는 친구입니다. 그런데 아무리 급한 상황이라 해도 약품에 관한 지식도 없는 사람이 더구나 주무자인 제 허락도 없이 함부로 약품을 반출한 것에 대해 제가 이미 엄중하게 문책은 하였습니다마는 사장님께서 보자고 하셔서 지금 밖에 대기하고 있습니다.

유일한　이런! 내가 그 사실을 깜빡하고서는 너무 오래 기다리게 했군.

나찬수　들어오라고 할까요?

유일한　네. 그렇게 하세요.

나찬수　알겠습니다. *(밖으로 나가 홍병규와 함께 들어온다.)*

홍병규　*(쭈뼛거리며, 유일한에게 꾸벅 인사한다.)*

나찬수　사장님! 이 사람이 바로 홍병규 사원입니다. 이보게, 사장님께도 사과 말씀 올리게

홍병규　예예……. 저, 사, 사장님, 잘, 잘못했습니다. 제가 너무 오지랖이 넓어서 그만……. 이번 한 번만 용서해 주시면…… 다시는…… 그런 일이 없도록 하겠습니다. 한 번만 용서해 주시면…….

유일한　거기 좀 앉으시오.

홍병규　네? 네…….

유일한　그래 지난밤 홍 사원이 근무 중에 무슨 일이 있었는지 어디 자초지종을 한번 소상히 얘기해 보겠소?

홍병규　네? 네……. 그게, 저…… 죄, 죄송합니다.

유일한　어젯밤 숙직 중에 해주도립병원에서 급한 전화가 걸려 왔었나요?

홍병규　네? 네. 지난밤 숙직 중에 해주도립병원에서 맹장염 수술을 한 한 환자가 갑자기 상태가 나빠져서 혈청 주사약을

빨리 주사하지 않으면 그 환자가 죽을 수도 있다고 하면서 급히 주사약을 보내줄 수 없냐고 해서요.

유일한　그래서요?

홍병규　그, 그래서…… 그게 워낙 사람의 생명이 달려 있는 위급한 전화여서…… 저도 모르게 황급히 냉장창고를 열고는…….

나찬수　그 창고는 담당 책임자 이외에 그 누구도 열어서는 안 된다는 것을 몰랐어요? 더구나 약제사의 허락도 없이 함부로 의약품을 꺼내다니!

홍병규　주, 죽을죄를…….

유일한　그래서요? 창고를 열고는……?

홍병규　네. 창고를 열고는…… 프랑스 파스돌 제약 회사의 엔티겐 그린을 한 병 꺼내기는 했는데…… 해주도립병원의 위치를 확인해 보니, 급행열차가 정차하지 않는 '토성역'이라는 간이역 인근에 위치해 있더라구요. 그래서 어떻게 할까 하다가 일단은 약병을 될 수 있는 대로 두껍게 여러 겹 포장해서는 경성역으로 뛰었지요. 그러곤 어렵사리 그곳을 지나가는 급행열차의 기관사를 만나 자초지종을 설명하고, 그 기관사에게 토성역을 지날 때 이 약품을 창밖으로 좀 던져달라고 간곡하게 부탁을 했습니다. 그러고는 해주도립병원에 전화해서 토성역에 가 그 약병을 가져가도록 했습니다.

유일한　흠! 흠! 그래요……. 어디서 그런 아이디어를 얻었나요?

홍병규   네? 아, 네. 제가 기차를 타고 여행할 때 보니까, 열차 기
         관사가 간이역을 지날 때 무사히 통과했다는 표시로 철로
         옆 깃대에 둥근 쇠고리를 창밖으로 던져 거는 것을 본 적
         이 있는지라…… 약품도 깨지지 않게 포장만 잘하면 기관
         사가 간이역을 지날 때 창밖으로 던져줄 수 있을 거라고
         생각했습니다. 하여튼 저의 불찰로 인해 여러분에게 큰 염
         려를 끼친 점을 깊이 반성하고 있으니, 넓으신 마음으로
         용서해 주신다면 다시는 그런 일이 없도록…….

유일한   잘했어!

홍병규   네?

유일한   자네가 비록 사규를 어기긴 했지만 사경을 헤매던 그 환
         자에게는 생명의 은인이자 선한 사마리아인이었을 게야.

홍병규   네? 그…… 무, 무슨 말씀이신지…….

유일한   지금, 여러 병원에는 재정 형편상 생물학적 제재를 보관할
         수 있는 특수 냉장창고를 갖추지 못하고 있고, 우리는 특
         수 냉장창고에 생물학 제재를 갖고는 있는데 워낙 열악한
         교통 사정으로 이를 제때 공급할 수 없는 문제가 있습니
         다. 더구나 대부분 병원들이 시내가 아닌 외곽의 간이역
         주변에 위치하여 있으니 워낙 촌각을 다투는 약재를 완
         행열차에 실어 보낼 수도 없는 노릇이고……. 이것이 나의
         큰 고민거리였답니다. 그런데 나는 오늘 우리 홍병규 사원
         의 반짝이는 아이디어 덕분에 드디어 그 고민에서 벗어나
         게 되었답니다.

나찬수   아하! 그렇습니다. 그렇다면…….

유일한   나찬수 약제사께서는 곧, 큰 충격에도 약병이 깨지지 않을
        만한 특수 포장을 만들도록 하세요. 그래서 앞으로는 이
        시급한 혈청 제재를 특수 포장에 넣어 급행열차 편으로 보
        내어 기관사로 하여금 간이역을 통과할 때 창밖으로 던져
        주도록 합시다.

나찬수   네, 네. 그렇게 하겠습니다.

유일한   나중에 자신이 문책받을 것을 알면서도, 그 약병 하나에
        목숨이 걸려 있는 이웃을 먼저 생각해서 용기 있는 행동을
        한 우리 홍병규 사원의 이웃 사랑의 마음은 우리 모두 본
        받을 점이 있다고 생각됩니다. (홍병규에게 악수를 청하며) 고맙
        네. 자네 덕분에 나도 새삼 내가 처음 유한양행을 시작할
        때의 각오를 다시 한 번 다지는 계기가 되었다네. 허허허.

[F.O]

제 8 장

어둠 속에서 스크린에는 일본 폭격기가 미국의 진주만을 맹폭격하는 장면의 화면이 상영되고, 이어서 '1940년 미국 콜로라도 유일한 자택' 이라는 문자가 뜬다.

[F.I]

가운 차림의 유일한이 급히 수화기를 들고 통화를 시도하고 있고 그의 손에는 조간 신문이 들려 있다.

유일한   여보세요! 교환!…… 교환!…… 아니, 이거 왜 이렇게 연결이 안 되지? 여보세요!…… 여보세요!…… 아, 이것 참!…… 여보…… 아! 교환! 내가 벌써 20분째 수화기를 들고 있는데 왜 이렇게 연결이 어렵지요?……네? 한국의 경성이 접속이 안 되고 있다구요? 왜 그렇지요? 혹 진주만 폭격과 관련이 있나요?…… 네? 아, 그건 모르겠다구요? 아니, 아니요. 워낙 급한 일이라 끊지 않고 기다릴 테니 계속 호출을 좀 해 주세요. 네? 혹시 다른 전화번호도 있냐구요? 예, 예. 있어요. 그러니까…… 음…… 787번이요. 경성 787번. 네, 네…… 꼭 좀 부탁드립니다. 네, 네…… 감사합니다. 네, 그럼요! 기다릴게요. *(신문을 펼쳐 보며)* 이런 정신 나간 사람들이 있나? 잠자는 사자의 코털을 건드리다니……. 아니, 어쩌자고 이런 무모한 짓을 하는 거야? 참! 그나저나 경성의 본사에 별일이 없어야 할 텐데……. 이, 일본 사람들 하도 엉뚱한 사람들이라……. 하! 이것 참! 아! 교환!…… 네, 네. 감사합니다. 네. 아, 여보세요, 여보세요? 경성의 유한양행이지요? 네. 여기는 미국이에요…… 미국! 나, 유일한인데…… 거기 전화 받는 분은 누구세요? 아, 그래요? 거기 지배인이나, 취재역이나…… 누구 없어요? 뭐, 뭐라구요? 방금 경성고등경찰서 형사들이 들이닥쳐서 우리 임원들을 모조리 연행해 갔다구요? 이, 이런 변이 있나! 네, 네…… 저, 저런……!

이때, 호미리가 손에 호외를 들고 급하게 뛰어 들어온다.

호미리   일한 씨! 큰일 났어요! 이것 좀 봐요! 일본이 오늘 새벽에 진주만을 폭격했대요.

유일한   *(수화기를 가리킨다.)* 네…… 네…… 잘 알겠습니다. 지금부터는 전화기 옆을 떠나지 마시고…… 혹, 긴급한 일이 생기거나, 사태의 변화가 있으면 이곳 콜로라도 내 집으로 속히 연락을 취해 주세요. 네! 그럼…….

호미리   *(걱정스런 표정으로)* 어디……. 경성과 통화하신 거예요?

유일한   음……

호미리   거기…… 무슨 일 있대요?

유일한   조금 전에 일본 고등계 형사들이 우리 유한양행 임원들을
         모조리 경성경찰서로 연행해 갔다는구려. 내 참!

호미리   네? 아니, 왜요?

유일한   우리 유한양행이 적성국의 기업이라고 그리 했답니다.

호미리   적성국 기업이라구요?

유일한   대표인 내가 미국에 있다고 그러나 보오. 진주만 폭격 이
         후, 미국이 아마도 저들의 제 1 주적이 된 듯하오.

호미리   그렇다 하더라도 그 폭격은 오늘 새벽에 일어난 일이잖아
         요. 더구나 유한양행이 무슨 군사 시설도 아닌데 그렇게
         신속하게 쳐들어와 일을 벌인대요?

유일한   그러게요. 사실 적성국 기업이란 말도 안 되는 소리이고
         우리 유한양행이 저들이 없애려는 첫 번째 타깃인 게지
         요. 내 진작 그들의 속셈을 알고 있는지라 대만에 출장소
         를 개소하고 대련에 약품 공장을 지어 베트남 등지에 약
         품을 우회 수출하고 있었던 거라오. 이제 이곳 미국 LA
         출장소만 설치하면 유한양행의 해외 분산 투자 프로젝트
         가 거의 마무리 단계에 이를 텐데…….

호미리   어쩜 좋죠? 당신, 미국 로스엔젤리스에 유한양행 출장소
         차리러 왔다가 그냥 이곳에 눌러 있게 되는 거 아니에요?

유일한   그럴 리가……. 그보다 연행되어 간 우리 임원들이 걱정입
         니다.

호미리   정말이요. 그분들이 얼마나 고생되실까?

유일한   그 사람들을 취조해 봤자 아무것도 나올 것이 없을 텐데 공연히 사람 생고생만 시키느라고……. 에잇, 나쁜 사람들!

호미리   당신이 늘 말씀하셨듯이, 그분들은 의지가 굳은 분들이라 잘 견뎌 내실 것이니 너무 염려 마세요.

유일한   그 사람들…… 진주만까지 폭격할 줄은 정말 꿈에도 몰랐으니…….

호미리   이제 그 일로 인해 미국과 전면전을 하게 생겼으니 어쩌면 일본이 미국에 선전포고한 일이 우리 한국이나 중국에겐 더 잘된 일이 아닐까요? 이젠 미국이 전쟁에 중심에 나서게 되었으니 그만큼 우리의 조국들이 빨리 해방될 테니 말이에요.

유일한   글쎄…… 그렇긴 한데…….

호미리   왜요? 당신은 우리 조국들이 빨리 해방되는 것이 기쁘지 않으세요?

유일한   그런데 그게…….

호미리   왜요?

유일한   해방이 빠르건 더디건 그게 우리 민족의 힘으로 해야 하는 건데…….

호미리   광복군이요? 에이, 그건 불가능한 일이잖아요?

유일한   물론 그렇지. 하지만 우리도 참전하여 일본의 항복을 받아내는 데 일익이라도 담당해야 한다는 말이지요. 만약 이렇게 강대국들만의 전쟁이 되면…….

호미리	혹시 뭐, 걱정되는 거라도 있으세요?
유일한	지난번 러일전쟁 때만 해도, 러시아가 일본에게 우리 한반도의 38도 선을 기준으로 절반씩 나누어 먹자고 했다는 거 아니오? 그러자 일본은 다 먹겠다고 그 제안을 거절하고 결국은 양국이 전쟁을 했고…….
호미리	러시아가 다시 전쟁에 개입할까요?
유일한	글쎄. 거기까진 잘 모르긴 해도, 아마도 자기네에게 이익이 된다면 그럴 수도 있겠지. 중요한 건 이렇게 외세에 의해 독립이 된다면 우리는 또다시 우리도 모르는 사이에 강대국들의 이익을 위한 협상 테이블의 희생양으로 오를 수도 있다는 것이지요.
호미리	호호호. 그래도 해방은 좋은 일이지요. 우리 모두가 그렇게도 소망하던…….
유일한	나도 내가 생각하는 것이 기우이길 바라. 어쨌든……. (일어나 가운을 벗는다.)
호미리	왜요? 어디 가시게요?
유일한	음. 나, OSS 한국 정보 분석실에 좀 가 봐야 할 것 같아.
호미리	OSS요?
유일한	아, 내가 아직 그 얘길 못 했군. 그 OSS는 미국 군사 정보국의 약자인데 얼마 전 그곳에서 내게 제의가 왔었어.
호미리	제의요? 무슨…….
유일한	미국 군사 정보국 안의 한국 정보 분석실에서 일 좀 해줄 수 있느냐고…….

호미리　어머, 그래요? 무슨 일을 하는 건데요?

유일한　글쎄……. 그게 나도 확실히는 모르겠는데 한국에서 각종 정보들을 수집하고 그것을 분석하는 일이 아닐까 생각하고 있어요.

호미리　그 일을 맡으시려고요?

유일한　그간에 한번 가본다는 마음은 늘 있었는데 우리 회사 LA 출장소 일이 너무 바빠서 가보지 못했거든. *(상의를 걸친다.)*

호미리　꼭 지금 가야 하나요?

유일한　음, 일본이 진주만 폭격하는 걸 보고서는 내 맘이 좀 급해졌어. 나도 뭔가 조국을 위해 힘을 보태야 할 것 같아. 한국 정보 분석실이라면 내가 할 만한 일도 있을 것 같고…….

호미리　그래요, 당신 뜻은 잘 알겠는데 꼭 지금 가야만 하냐구요.

유일한　응? 음…… 약속이 돼 있어서.

호미리　몰라요! 오늘은 일찍 퇴근한 길에 당신과 멋진 저녁이라도 함께할까 했는데…….

유일한　아! 그랬어? 이런! 그런 것도 모르고……. 허허허.

호미리　할 수 없죠. 다녀오세요. 당신 고집을 누가 꺾겠어요?

유일한　미안! 그 대신 다음에는 내가 정말 멋진 곳에서 한턱 크게 쏠게!

호미리　정말요?

유일한　그럼! 약속!

호미리　*(손가락 걸며)* 분명히 약속했어요! 나중에 딴소리하기 없기예요?

유일한	하하하. 내가 딴소리하는 거 봤어요?
호미리	하긴……. 조심해서 잘 다녀오세요.
유일한	알았어. 사랑해!
호미리	나두요.
유일한	*(나간다.)*
호미리	아니, 참! 당신 없을 때 경성 본사에서 전화가 오면 어떡하죠?
유일한	음, 지금으로서는 더 특별한 일은 없을 듯한데 혹 급한 일 있으면…… 아, 거기 탁자 위에 명함이 한 장 있으니 거기로 전화하면 나와 연락이 닿겠지. 그분을 뵈러 가는 거니…….
호미리	그래요? 알았어요. 잘 다녀오세요.
유일한	음.
호미리	*(유일한을 배웅하고 탁자 위를 살펴본다.)* 아! 이거로군. 미국 군사 기밀 정보국 사무국장? 혹시 이거 위험한 일은 아닐까?

[F.O]

제 9 장

미국의 OSS 한국 정보 분석실.

오후.

유일한이 자신의 책상에 앉아, 쌓여 있는 서류들을 열심히 검토하고 있다.

유일한   *(서류를 계속 뒤적이며)* 이것도 그렇고 이것도……. 이것 참, 정보와 제보는 넘치는데 정작 쓸 만한 건 없단 말이야. *(다음 서류를 집으며)* 어디 보자…… 이건…… 음…….

이때, 펄벅 여사가 사무실에 들어온다.

펄벅 여사   *(유일한의 책상을 두드리며)* 똑똑똑. 계세요?

유일한   응? 아! 펄벅 여사님!

펄벅 여사   놀랐어요? 호호호. 미스터 유! 너무 열심히 하시는 거 아니에요?

유일한   그런 거 같아요? 하하하. 열심히라도 해야죠. 아마추어가…….

펄벅 여사   저도 원래 전문 정보 분석가가 아닌걸요? 더구나 이렇게 농땡이까지 치니…….

유일한 그러니 놀랍다니까요! 더구나 중국 정보 분석국에는 우리 한국 정보 분석국보다 훨씬 엄청난 양의 정보가 넘치던데 어떻게 그 방대한 정보를 다 처리하시는지…….

펄벅 여사 그건 다 그냥 대충대충 하는 거지요. 내가 내 소설 쓰듯이 말이에요

유일한 네? 소설을 대충 쓰셨다구요? 노벨상까지 받으신 분이?

펄벅 여사 맞아요. 대충! 잘 쓰려고 맘먹으면 좋은 글이 나오지 않죠. 그냥, 자꾸 쓰다 보면 그중에 하나 얻어 걸린다고 할까? 물론 운이 아주 좋을 때 일이긴 하지만…….

유일한 정말요? 운이라구요?

펄벅 여사 *(커피 잔을 건네며)* 자! 우리 커피나 한 잔 마시면서 좀 쉬어가며 일하자구요.

유일한 아, 네. 감사합니다. 역시 여사님은 진정한 프로이십니다.

펄벅 여사 네?

유일한 프로는 쉴 때는 쉬고, 또 일할 때는 빈틈없이 하죠. 하지만 아마추어는 별 성과도 없이 늘 열심히만 일하는 거 아니겠어요?

펄벅 여사 과찬의 말씀을……. 호호호. 그래요. 그건 그렇다 치고, 늘 열심히 일하는 아마추어의 큰 단점은 곧 지치고 만다는 건데 어떻게 미스터 유는 그렇게 지치지도 않고 일할 수 있는 건지? 내겐 그게 큰 미스터리거든요? 아무튼 미스터 유가 여기 분석실에 첫 출근 때부터 여태

까지 좀처럼 쉬는 모습을 보지 못했는데 그 지치지 않는 힘은 어디서 나오는 건지 내게만 살짝 그 비결을 일러 주지 않을래요?

유일한　　제가 워낙 체력이 좋잖아요.

펄벅 여사　그거 말고요.

유일한　　사실, 저는 이 일이 힘들지 않아요. 비록 대단한 일은 아니라 할지라도 내가, 내 사랑하는 조국을 위해 힘을 보태고 있다는 생각에……. 사실은 부족한 저에게 이곳, OSS 한국 정보 분석실의 고문 자리를 예비해 주신 하나님께 항상 감사하고 있습니다.

펄벅 여사　아! 그렇군요. 이젠 좀 알 것 같아요. 그래서 이젠 이 책상을 떠나 OSS의 공작원이 되기로 결심한 거였군요. 음…….

유일한　　네? *(주위를 살피며)* 그게 무슨……?

펄벅 여사　미스터 유가 OSS 공작원에 지원하여 곧 미국 육군에서 특수 훈련을 받을 거라는 거 그거 진짜죠?

유일한　　쉿! 그건 1급 기밀 사항이에요!

펄벅 여사　음, 진짜네요.

유일한　　그건…… 어떻게 아셨어요?

펄벅 여사　*(으쓱하며)* 나도 OSS의 고문이라구요.

유일한　　여사님은 중국 정보 분석 일만 하시는 줄 알았는데…….
　　　　　그럼 넵코 작전도 아세요?

펄벅 여사　그 작전에 미스터 유가 투입될 예정이라는 것도 아는걸요?

유일한	아, 진짜요?
펄벅 여사	그럼요. 아까는 내가 프로라고 하시더니······. 호호호.
유일한	항복! 항복입니다. 하하하.
펄벅 여사	사실은 그게 무척 궁금해서 미스터 유에게 직접 확인하고 싶었거든요?
유일한	그럼······ 이 커피는?
펄벅 여사	글쎄요. 미끼? 뇌물?
유일한	어쩐지 맛이 좀 쓰던걸요?
펄벅 여사	그런데 그 넵코 작전······ 우리 공작원을 적 후방 깊숙이 침투 시켜서 정보를 캐내고, 민심을 선동하며, 교란 작전을 수행하고······. 이게 말이 쉽지 너무 위험한 일 아니에요?
유일한	그렇긴 한데 사실, 그런 일에는 나만큼 적임자도 없다는 생각에······. 저는 동양인이고 한국어, 중국어, 영어 등이 가능하구요. 무엇보다도 제가 경영하는 유한양행이 작전 지역인 중국과 만주, 한국 등지에 본사 및 지사를 각각 갖고 있으니 그 조직들을 활용하면 시너지 효과를 볼 수도 있지 않겠어요?
펄벅 여사	그래도 위험한 일이긴 하죠. 호미리가 반대하진 않던가요?
유일한	많이 걱정을 하죠. 하지만 사람의 생명이란 그냥 휴일날 집에서 편한 자세로 쉬다가도 죽을 수 있죠.
펄벅 여사	하긴 생명은 우리의 관리 밖의 일이긴 하죠. 하지만 어떤 아내가 자기 남편이 그런 위험한 일을 하는 걸 달가

워하겠어요?

유일한	호미리는 나의 가장 든든한 후원자랍니다.
펄벅 여사	……! *(손을 내민다.)*
유일한	*(악수를 한다.)*
펄벅 여사	행운을 빌어요!
유일한	감사합니다.
펄벅 여사	*(컵을 들고 나가다 돌아서며)* 미스터 유! 내가 당신을 주인공으로 소설을 한 편 쓰려고 하는데 괜찮을까요?
유일한	네? 저에 관한 소설을요? 정말이요?
펄벅 여사	*(어깨를 으쓱한다.)*
유일한	아니, 노벨상까지 수상하신 대문호께서 저 같은 사람을 주인공으로 소설을 쓰신다구요?
펄벅 여사	감동이 있으면 써야 하는 게 작가랍니다.
유일한	하지만 제가 무슨 감동을…….
펄벅여사	감동은 작가의 몫이지 소설 속 주인공의 것은 아니지요.
유일한	저야 더 없는 영광이죠.
펄벅 여사	그럼 동의한 거예요? 사실, 당신이 싫다고 해도 쓸 생각이긴 했지만……. 어쨌든 고마워요.
유일한	하하하. 그럼, 싫다고 할 걸…….
펄벅 여사	미스터 유!
유일한	네?
펄벅 여사	그러니…….
유일한	네…….

펄벅 여사   내 신작 소설을 읽고 싶으면 정말로 몸조심해야 하는
          거…… 그거…… 알죠?

유일한   *(어깨를 으쓱해 보이며, 미소 짓는다.)*

제 10 장

(영상)

1946년 8월

서울 신문로의 유한양행 사옥

회의실

[F.I]

유한양행 임원들이 약간 긴장된 표정으로 둘러 앉아 있다.

잠시 후, 유일한이 회의실에 들어서고 모든 임원들이 기립 박수로 그를 맞이한다.

임원들　사장님! 환영합니다!

유일한　(임원들과 일일이 반갑게 악수하고 포옹도 하며 좌중을 돈다.) 여러분! 여러분과 이렇게 다시 한자리에서 마주 대하게 되니 참으로 감개무량합니다!

임원들　사장님……!

예동식　저희들은 사장님께서 미국에서 영 못 돌아오시지 않을까 하고 걱정을 많이 했었답니다.

유일한	네······. 정말 그간에 많은 일들이 있었지요. 자, 우리 이제 앉아서 얘기할까요? 앉으세요.
백대현	이렇게 유한양행 회의실에서 사장님의 얼굴을 뵙게 되다니 정말 꿈만 같습니다.
유일한	저도 우리 백대현 부사장님의 얼굴을 뵙게 되니 너무 반갑습니다. 제가 미국에 있는 동안 여러분은 국내에서 그 모진 일본의 압제를 온몸으로 겪어 내시느라 얼마나 노고가 많으셨습니까? 그런 가운데서도 이리도 꿋꿋이 회사를 지켜내신 여러분께 깊은 감사와 존경의 뜻을 전하고 싶답니다. 그리고······ 한편으론 그 어려움의 시기를 여러분과 함께하지 못했던 것이 송구하고 죄송할 따름입니다.
백대현	누군가 하룻밤 자고 나니 세상이 변해 있더란 얘기가 새삼 실감나던 걸요? 그 서슬이 퍼렇게 날뛰던 일본이 단지 히로시마에 투하된 핵폭탄 한 방에 맥없이 무너지고 말다니······.
예동식	그러게 말입니다. 그 핵폭탄의 위력은 정말 무시무시하네요.
백대현	일본이 기고만장해서 감히 강대국 미국을 공격하다가 큰 코다친 거 아니겠어요?
전창섭	그 덕분에 우리나라가 이리 속히 해방도 되고 이렇게 우리가 유한양행 회의실에서 다시 사장님과 함께 맘 놓고 담소도 할 수 있게 되었으니 우리로서는 천만다행한 일입니다. 하하하······.

유일한 네. 그렇긴 하지만 사실은 일본의 항복 선언이 있던 날, 우리 광복군과 미국에 있던 우리 한인들은 모두 땅을 치며 통곡을 했답니다.

예동식 네? 아니…… 왜요?

유일한 우리가 우리의 조국을 해방하는 전쟁에 참여할 기회조차 없었던 것이 원통해서이죠.

전창섭 그래도 전쟁의 조기 종결로 우리 민족의 인명 피해가 적었던 것도 사실인데…….

유일한 글쎄요……. 좀 더 두고 봐야겠지만 우리의 힘이 보태지지 않은 독립의 결과가 앞으로 어떤 결과를 가져올지…….

백대현 참전한 강대국들의 입김을 염려하시는군요?

유일한 누구나 겉으로는 정의를 내세우고는 있지만 그 이면에는 복잡한 손익 계산이 깔려 있다는 거는 공공연한 사실이거든요.

백대현 사장님께서 미국에서 OSS와 재미 한국 독립군 단체에서 활약을 하신다고 전해 들었는데, 그도 그 때문이었나 보군요?

유일한 저도 나름대로 노력은 해 보았지만 워낙 변수가 많은 전쟁이었습니다. 일본의 급작스런 진주만 폭격도 그렇고…… 미국이 아직 한 번도 사용해 본 적도 없어 검증된 바도 없는 원자폭탄 투하를 전격 결정한 것도…… 원폭을 받은 후 바로 일본의 항복 선언이 이어지는 등…… 이 모든 것이 우리의 예상 밖의 일이었지요.

백대현   어쨌든 우리나라의 독립을 위해 노고를 아끼지 않으신 사장님을 우리 모두는 정말 자랑스럽게 생각하고 있습니다!

백대현이 박수를 치자, 이어서 모두 박수를 친다.

유일한   하하하. 저런. 실제로는 제가 박수를 받을 만한 일을 한 적이 없습니다.

예동식   웬걸요? 이곳에서는 우리 사장님의 활약상이 아주 잘 알려져 있는 걸요?

임원 1   그래서 일부 사람들은 사장님께서 국내에 돌아오시면 이젠 더 이상 기업을 하지 않으실 거라고…….

유일한   네? 그건 무슨 말씀이신지요?

백대현   아, 그건요, 사장님께서 국내에 돌아오시면 미 군정의 주요 직책을 맡아 정치에 입문하실 거라고들 하더라구요. 어떤 이는 사장님께서 실제로 새 정부의 입각 제의를 받고 승낙까지 하셨다고…….

유일한   아, 그 얘기였나요? 하하하. 그건 당치도 않습니다. 정치라니요? 그런 거 하시는 분들은 따로 계십니다. 저하고는 맞지 않아요.

임원 1   네, 그렇다면 정말 다행이구요. 사실 우리는 사장님께서 정말 유한양행을 떠나시면 어쩌나 하여 모두들 맘을 졸였답니다.

유일한　　저는 여러분이 밀어내지만 않으신다면, 계속 이곳에서 여러분과 함께하고 싶을 뿐입니다.

백대현　　아이구, 감사합니다. 그 말씀을 들으니 아주 속이 시원하고 맘이 든든해지는데요?

유일한　　그런데 사실은…… 제가 이번에 새로 생겨날 대한상공회의소의 초대 회장직을 맡게 되었어요.

임원 1　　대한상공회의소요?

유일한　　네. 지금 피폐해 있는 우리나라의 경제를 다시 일으키고, 든든한 우리 경제의 기초를 다지는 일에 미력하지만 내 힘을 보태고 싶어서 그 일을 결심하게 되었는데 잘해 낼 수 있을는지…….

백대현　　무슨 말씀이십니까? 당연히 잘하시죠! 말이야 바른 말이지 그런 중대사를 맡아 일할 사람이 우리 사장님 말고 또 누가 있겠습니까?

임원 1　　아, 그럼요. 우리는 모두 이번 조각 때, 외무장관 정도는 하실 걸로……. 뭐 운 좋으면 총리도 되실 수 있는 거고요.

유일한　　하하하. 그래요? 저는 경영밖에는 할 수 있는 일도 관심 있는 일도 없답니다. 하하하. 제가 방금 돌아와서 이런 말씀을 드리는 건 좀 외람되긴 하지만 우리 임원들이 이렇게 한자리에 모였을 때, 말씀드리는 것이 좋을 것 같군요. 다름이 아니라 제가 상공회의소 일을 하는 동안에는, 당분간 우리 회사의 대표직을 내놓는 게 좋을 것 같습니다.

임원 1　　예? 아니 왜요?

유일한	하하하. 그야 손이 안으로 굽을까 봐 그러지요.
임원 1	에이, 우리 사장님은 공과 사가 확실한 분이신데 그럴 리가요?
예동식	그럼요! 사장님께서 공무로 바쁘시면 우리가 열심히 일을 다 할 테니 대표직 사퇴만은 거두어 주세요.
백대현	음……, 아니야. 우리는 사장님의 인품을 잘 알고 있지만 외부 사람들이 보기에는…… 혹, 불필요한 오해도 일으킬 소지는 있겠습니다. 우리가 사장님께서 맘 편히 공무에 임하실 수 있도록 그 발걸음을 가볍게 해 드리는 것이 더 좋을 것 같기도 한데……. 여러분의 생각은 어떠십니까?
임원 1	듣고 보니 그렇긴 하군요. 그렇다면 누구를……?
백대현	그야 두말할 필요 없이 사장님의 동생이신 유명한 취제역님을 임시 대표로 추대해야겠지요.
예동식	그렇습니다! 그분은 능력도 있으시고, 사장님이 안 계실 때도 전심전력을 다해 우리 유한양행을 이끌어 오신 분이니 그분이라면…….
임원 1	아! 맞습니다. 그분이라면 저도 전적으로 동의합니다. 다른 분들도 그렇게 생각하실 것 같은데…….
임원들	동의합니다!
유일한	임원 여러분의 생각은 제가 잘 알겠습니다. 제 동생을 그렇게 아껴 주시는 것이 감사하긴 하지만 우리 유한양행은 어느 개인의 소유물이 아닙니다.
백대현	네? 그럼 사장님께서 따로 생각하고 계신 분이라도 있으십

니까?

유일한　물론, 없습니다. 있어서도 안 되고요. 꼭 제 생각만이 중요한 것도 아니고…… 또 꼭 나의 일가만이 사장이 되어야 한다는 생각은 더욱 더 아니라고 생각합니다.

백대현　그럼…….

유일한　정직과 정도! 이것이 우리 유한양행의 가치입니다. 우리 유한양행은 우리 모든 직원들의 것이고, 우리 민족의 것이며, 더 나아가 공의의 하나님의 소유입니다. 그러니 지금부터 모든 인재들에게 문호를 열어 놓고, 조금이라도 편견이나 편애가 없는 상태에서 공정히 새 대표를 모시도록 해 주십시오.

백대현　그렇지만 그렇게 하면 사장님의 지배력이……. 아니, 이번 일이 나쁜 선례를 만들지도……. 어찌 됐든 임시 대표일 뿐인데……. 뭐 그렇게까지 하지 않아도 괜찮지 않겠습니까?

유일한　부탁드립니다.

백대현　잘 알겠습니다. *(유일한과 악수를 나눈다)*

[F.O]

제 11 장

유한양행 사장실

오후.

유일한이 집무실 의자에 앉아, 매우 격앙된 표정으로 서류를 보고 있다. 이때, 상기된 표정의 이건웅 부사장이 집무실로 들어선다.

이건웅   사장님, 저를 보자 하셨습니까?

유일한   예. 이건웅 부사장님, 거기 좀 앉으세요.

이건웅   네. *(의자에 앉는다.)*

유일한   *(부사장을 직시하며)* 이건웅 사장님, 제가 그냥 단도직입적으로 한마디만 묻겠습니다.

이건웅   네…….

유일한   내가 이번 해외 출장으로 자리를 비웠을 때, 우리 유한양행이 나도 모르게 이 정권에게 정치헌금을 했다는 게 사실입니까?

이건웅   그게…… 사실은…….

유일한   사실은 뭐요? 그래서 했다는 겁니까? 안 했다는 겁니까?

이건웅 결국은 그리 한 셈이 됐는데…….

유일한 그런 셈이다? 아니, 딴사람이라면 혹 몰라도 이건웅 부사
장님께서는 나와 그리도 오래 일을 해 오신 분이신데 아
직도 우리 유한양행의 경영 철학을 모르고 계신단 말입
니까?

이건웅 사장님, 우리 유한양행이 약품 공장을 지으려고 안양 쪽
의 땅을 매입했다가 사정이 여의치 않아 공장을 짓지 못
하게 되어 그 땅을 되판 적이 있었습니다.

유일한 그때 이건웅 부사장이 그 땅을 처분하는 일을 하지 않았
습니까? 그런데 갑자기 그 얘기는 왜 하십니까?

이건웅 그때, 현장에 가보니 그 땅의 가격이 천정부지로 올라 있
어서 나는 너무 기쁘고 들뜬 맘으로 그 땅을 거액에 팔
고 본사로 돌아와, 사장님께 '하나님께서 우리 유한양행
을 축복하셔서, 우리 땅값이 이렇게나 많이 뛰었습니다!'
하고 거액의 수표를 자랑스럽게 내놨는데…… 그 돈을 보
신 사장님께서는 낮은 목소리로 말씀하셨지요. '그건 하
나님의 축복이 아니고 devil's temptation이야' 저는 무슨
말씀이신지 어리둥절해 있었는데 '땅은 내 것이 아니고,
하나님으로부터 우리 모두가 잠깐 위임받아 사용하는 것
뿐인데 내 것도 아닌 걸로 이득을 얻는 것은 도둑밖에 없
지!' 하시며 지체 없이 원금 이외의 돈은 바로 사회 복지
재단에 기부하셨습니다.

유일한 그건 당연한 일 아닙니까? 그런데요?

이건웅	그때, 저는 마치 망치로 한 대 맞은 듯 충격을 받았습니다. 사실 누구든지 자신에게 그런 일이 생긴다면, 모두 축복으로 받아들일 것이고 혹, 그렇지 않다는 것을 알아도 어떻게든 합리화시켜서 제 발로 굴러 들어온 재화를 차지하려 할 겁니다. 저도 마찬가지일 거구요.
유일한	그런데 그 일이 정치 헌금과 무슨 상관이 있다고······?
이건웅	사장님! 저는 유한양행의 그와 같은 경영 철학을 잘 알고 있습니다! 그 일이 있은 후에 저는 큰 감명을 받았고, 제 평생을 유한양행과 함께하겠다고 다짐까지 했습니다.
유일한	그런데요?
이건웅	저들이 이번에 3억 환의 정치헌금을 하지 않으면 회사 문을 닫게 하겠다고 했습니다. 그리고 그건 그냥 으름장만 놓는 것이 아니었습니다.
유일한	그래서 그런 음성적인 정치헌금을 했다는 겁니까? 부정한 돈은 결국 부정한 데 쓰이게 마련이오! 평소에 내 사전에 음성적 정치자금은 없다고 몇 번이나 일렀습니까? 설마 그 말을 못 들으셨다고는 못 하시겠지요?
이건웅	물론 잘 알고 있습니다만······ 이번에는······.
유일한	우리가 정치헌금을 거부하여 유한양행의 문을 닫게 한다면, 나도 유한양행 문 닫고, 앞으로 육영 사업만 하겠다고까지 말씀드리지 않았습니까?
이건웅	하지만······.
유일한	하지만 뭐요?

이건웅	지금 우리나라의 기업 현실이 정치헌금을 하지 않고는 살아남을 수 없다는 것을…….
유일한	그만! 그만하시고 사표를 쓰세요!
이건웅	네?
유일한	부사장님 같은 인물은 우리 유한양행에 필요하지 않으니 사표를 쓰시라구요!
이건웅	사, 사장님! *(목이 멘다.)*

잠시 무거운 침묵이 흐른다.

이건웅	사장님께서 사표를 쓰라 하시면 쓰겠습니다.
유일한	…….
이건웅	사실, 이 말씀까지는 안 드리려고 했는데 하는 수 없군요. 처음엔 세무 당국이 우리 회사에 세무 사찰을 나왔는데 우리의 세금 납부가 워낙 깨끗하니까 그냥 돌아가더라구요. 그래서 저도 마음을 놓았지요. 그런데 그 후에 갑자기 치안국의 경제계 형사들이 들이닥쳐서 우리에게 탈세 혐의가 있다면서 박장원 회계 과장을 비롯한 회계과 직원들 모두를 연행해 치안국 지하실에 무단으로 가두고 두들겨 패면서 탈세한 일이 있다고 자백하라고 했습니다.
유일한	음……. *(물을 마신다.)*
이건웅	나중에 보니 그들은 처음부터 우리 회사의 세무 탈루 조사를 하려던 것이 아니었습니다. 우리 직원들을 인질로

가두어 놓고 협박을 가하려 했던 것이지요.

유일한   음!

이건웅   사실 고민되었습니다. 사장님은 너무 완강하시고 저들은 완전히 깡패이고……. 벽을 문이라고 차고 나가는 자들에게 무슨 정의와 원칙이 통하겠습니까? 그래서 저들이 내라는 3억 환까지는 못 해도 입막음이라도 하고 직원들을 구할 마음에 저는 회사 공금을 인출해야겠다고 결정은 했는데…… 사실은 그럴 기회조차 없었습니다.

유일한   네? 그럼, 이 부사장님이 공금을 인출하신 것이 아니라는 겁니까?

이건웅   그게 우리 직원이 내 지시를 받고 은행에 돈을 인출하러 갔는데 글쎄 우리 계좌의 돈이 이미 다 인출이 되고, 한 푼도 남아 있지 않았더랍니다.

유일한   뭐라구요? 아니, 그게 정말입니까? 우리 계좌에 돈이 한 푼도 없었다니……? 그럼, 예금주도 모르는 인출이 있었단 말입니까?

이건웅   우리 직원이 그 사실을 은행에 항의하니까 은행 측에서 '유한양행의 예금을 이 서류를 지참한 사람에게 모두 인출해 줄 것! 자유당 재정 책임자 아무개'라고 쓰인 서류 한 장을 내밀더랍니다.

유일한   음! 음! 이 사람들이 정말! 도대체 이게 법치 국가에서……. 흠! 그, 그래서 어떻게 했나요?

이건웅   제가 그 길로 은행에 뛰어가, 그 사람들을 다그치니까 은행에서도 어쩔 도리가 없었다고 하면서 나중에 채권으로 변제해 주겠다고······.

유일한 음! *(화를 누르려 부들부들 떤다.)*

이건웅 죄송합니다. 이 사실을 사장님이 아시면 충격이 심하실 것 같아서 차라리 제가 인출한 것으로 하고, 나중에 은행으로부터 채권을 받게 되면 그때 말씀드리려 했는데······. 제가 사표를 쓰게 되면 변제받는 데 차질이 생길 것 같아서······.

잠시 침묵이 흐른다.

유일한 이 정권 오래 못 갈 거야! *(이건웅의 어깨를 두드리며)* 나 없는 동안 고생 많았어!

이건웅 *(울먹인다.)*

유일한 내가 앞뒤 없이 너무 흥분하여 미안하이.

이건웅 ······.

유일한 나가서 일 보시게.

이건웅 ······. *(인사하고 집무실을 나간다.)*

유일한 일본과 싸우고 공산당과 싸우고 이젠 고달픈 싸움은 끝인 줄로 알았는데 이게 무슨······. 쯧쯧. 에이! *(손에 든 서류를 찢는다.)*

[F.O]

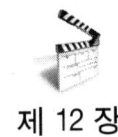

제 12 장

1964년 겨울 오후.

원자력 병원장실.

유일한이 병원장실로 들어서면, 하얀 가운 차림으로 차트를 살펴보던 김명선이 반갑게 맞이한다.

김명선	아이쿠! 이게 누구신가? 어서 오시게!

김명선　아이쿠! 이게 누구신가? 어서 오시게!

유일한　하하하. 여전하시군, 김명선 원자력 병원장님!

김명선　*(악수를 나누며)* 이 친구…… 오랜만에 본다고 나를 그렇게 호칭하는가? 무슨 비즈니스 하러 온 것 마냥…….

유일한　약장사가 병원장을 만나러 왔으니 뻔한 거 아니겠나? 잘 부탁하이.

김명선　허허허. 이 친구! 오히려 내가 할 말일세. 지금 제일 잘나가는 굴지의 제약 회사 회장님이신데……. *(의자를 권한다.)*

유일한　*(앉으며)* 고맙네.

김명선　흠. 얼굴이 아주 좋아 보이는데…… 사업, 잘되지?

유일한　음, 덕분에…….

김명선   자네, 참 대단해. 들자 하니 유한양행에서 파스의 원료까지 생산한다구?

유일한   음. 우리 연구실의 성과물이지.

김명선   백 프로 수입에 의존하던 파스의 원료까지 생산하게 되었으니 그 수입 대체 효과가 굉장할걸? 지금 그 수요가 많이 늘었거든…….

유일한   그러게 말일세. 약장사로서는 좋은 일일 수도 있겠지만, 그만큼 우리나라에 결핵 환자가 많다는 건 정말 가슴 아픈 일이야.

김명선   모든 제약 회사가 자네 같은 마음으로 약을 만들어야 하는데…….

유일한   무슨 말인가?

김명선   밀가루를 절반 이상 섞은 항생제를 만들어 파는 자들도 있다네.

유일한   저런! 사람의 생명을 담보로 그런 일을 한단 말인가? 쯧쯧.

김명선   밀가루는 빵 만드는 데 써야 하는데 말이야.

유일한   하하하. 그러게 말이야. 우리 오랜만에 만났는데 그런 얘길랑 그만하세. 그래, 자네는 어때? 원자력 병원장 일은 할 만한가?

김명선   이 사람…… 할 만하고 말고가 어디 있겠나? 나이 많아 퇴물이 된 날 받아준 것만 해도 감지덕지지.

유일한   하하하. 퇴물! 우리 나이가 벌써 그리 되었군.

김명선   허허허. 그래서 내가 안 잘리려고 아주 기를 쓰고 있는 중일세. 자네는 회사의 오너이니 은퇴가 없어 좋겠네.

유일한   웬걸……. 우리 임원들이 벌써부터 날 내쫓으려고 음모를 꾸미고 있다네.

김명선   아니, 그게 정말인가?

유일한   미국에 잘 있는 우리 일선이를 자꾸 데려 오라고 성화라네.

김명선   자네 아들을? 음, 그래? 사장직을 물려주라고? 그것도 그리 나쁜 생각은 아닌 것 같은데? 그래서?

유일한   난 추호도 그럴 생각이 없다네.

김명선   에이, 이 사람. 이제는 우리 나이도 생각해야지. 나중에 어차피 일선이에게 물려줄 거라면 좀 미리 데려다가 경영 수업도 시키면 좋은 일이 아닌가?

유일한   이 사람! 기업이 무슨 왕국인가? 대물림을 하게? 우리 일선이 아니라도 회사에 인재들이 많이 있는데 구태여 그 아이까지 데려올 거 뭐 있겠나?

김명선   하하하. 잘 생각해 보게. 어쨌든 자네도 오래 살고 싶으면 이제는 좀 휘기도 하라구. 너무 곧으면 부러진다네. 사람이 나이가 들면 더러 유해지기도 하는데 어째 자네는 그리 변함이 없나?

유일한   어허, 이 사람, 사돈이 남 말하네. 평생 교단에서 내려와 본 적도 없는 사람이……

김명선   음. 듣고 보니 그렇긴 하네. 그렇게 내 나이의 대부분을 교단에 섰어도 아직도 그곳에 미련이 있으니…….

유일한   교단에 말인가?

김명선	그렇다네. 아! 그건 그렇고 그 귀하신 몸이 이곳에 어인 행차신가? 나하고 그저 농이나 주고받으러 온 것은 아닐 테고……
유일한	음! 사실은 내가 자네에게 청이 하나 있어 왔네.
김명선	청? 청이라고 했나? 허허허. 이거 영광일세. 나 같은 사람에게 청이 있다니?
유일한	그, 자네도 알다시피 내가 왜 '한국기술학교'라는 학교를 운영하지 않나?
김명선	음, 그건 나도 알고 있지.
유일한	그런데 말이야. 나는 여태 우리 학교가 문교부 인정 정규 고등학교인 줄 알고 있었지 뭔가?
김명선	거긴 그저 기술학교가 아닌가?
유일한	참 나도 무심한 사람이지. 최근에 우리 학생 중에 우리 학교가 정규 고등학교인 줄 알고 입학했다가 낭패를 보았다고 항의하는 소동이 있었지 뭔가? 그제야 내가 손종율 교장 선생께 확인해 보았더니 우리 학교가 정규 고등학교는 아니라는 거야.
김명선	그게 뭐 상관있겠나? 그 학교는 자네가 사재를 털어 전 학생 장학금에 기숙사도 무료로 운영한다고 학생들에게 굉장히 선망의 대상이던데……
유일한	나는 우리나라 재건의 제일 과제는, 공업 인재 양성에 있다는 생각에 나름대로 정성을 기울였는데 자신의 실력과 뜻을 좀 더 키워보려는 일부 인재들에게 오히려 폐를 끼

친 꼴이 되었으니……. 허, 참! 민망하기 짝이 없다네.

김명선   음, 그래. 그 학교에서 대학에 진학하고자 하면 문제가 있긴
        하네. 하지만 너무 자책하지는 말게나. 자네가 하는 일이
        너무 많다 보니 일일이 다 살피기엔 무리가 있었던 거지.

유일한   그래서 내가 자네를 찾아온 거 아니겠나? 자네는 연세대
        학교 의무 부총장까지 지낸 연륜이 있지 않나?

김명선   그럼…… 학교 설립을 좀 도와 달라?

유일한   자네도 알다시피 난 한때 유한양행을 접고 육영 사업에
        만 전념하려고 맘먹은 적도 있지 않았나? 사실은 지금도
        그렇게 하고 싶은 생각이 굴뚝같다네.

김명선   자네의 그 맘은 내가 잘 알지.

유일한   이번 일로 반성 참 많이 했다네. 정작 중요한 일은 뒷전
        에 두고, 다른 일에만 매달려 왔던 것이 얼마나 어리석게
        느껴지던지…….

김명선   그때서야 비로소 내 생각이 나던가?

유일한   그래! 그건 그랬어. 미안하이.

김명선   하하하. 그냥 농담일세.

유일한   우선은 정규학교인 유한공업고등학교를 설립하고, 곧이어
        유한공업전문대학을 설립할 계획이네. 물론 전 학생을 장
        학생으로 할 거고 기숙사 시설도 새로 지어 무료로 제공
        할 거구……. 내가 투자는 정말 아낌없이 할 터이니 자네
        가 우리 유한의 육영 사업을 좀 맡아 주지 않겠나?

김명선   음…….

유일한	이보게. 잘 좀 생각해 보게.
김명선	그거, 뭐 잘 생각해볼 것까지 있겠나?
유일한	그럼…….
김명선	하겠네!
유일한	아이쿠! 정말인가? 이거 정말 고맙네!
김명선	사실 나이가 들어갈수록 내 평생 몸담아 온 학교가 그리워지더라고. 더구나 그런 뜻있는 일이라면 내가 왜 마다하겠나?
유일한	정말 고맙네, 친구! 마치 천군만마를 얻은 기분이네. 만일 자네가 오늘 거절한다면 삼고초려라도 할 생각이었는데…….
김명선	아! 그랬나? 이거 왠지 손해 본 느낌인데? 한 두어 번 더 튕길 걸 그랬나 봐?

두 사람이 크게 웃으며, 악수를 나눈다.

[F. O]

제 13 장

[F.I]

유한양행 사옥 회의실.
간부들이 모여 있다.
무거운 분위기

유일선   허락해 주세요.

유일한   못 합니다.

유일선   해주셔야 합니다.

유일한   부사장!

유일선   사장님! 물론 사장님의 뜻을 모르는 바는 아닙니다만······.

유일한   알면 그만하시오.

유일선   생각을 좀 바꾸어 보시라는 겁니다. 어찌 보면 정치헌금
         이라는 건, 일종의 필요악일 수 있습니다. 기업의 입장에
         서는 사업의 발전과 확장을 위해서 권력과 잘 지내는 것
         이 중요합니다.

예동식   사장님, 그동안에는 국세청에서 우리 회사의 세무 사찰을

강도 높게 진행하더니, 별 소득이 없자 이제는 우리 회사의 약품 샘플을 국가과학기술회에 보내 성분과 함량 분석을 시도하고 있답니다.

전창섭 　이 정권이 처음에는 힘 있게 국가 재건 사업들을 진행하며 정의롭게 일을 잘해내는 것 같았는데 결국은 또 정치헌금 타령이라니…….

유일선 　기업과 정치는 악어와 악어새의 관계입니다. 기업이 발전하려면 권력의 힘이 필요하고, 정치는 그 권력과 자기 조직을 유지하기 위해 돈이 필요하니, 서로가 공생해야 하는 구조일 수밖에 없다는 거죠.

유일한 　유일선 부사장은 한국에 들어온 지 얼마 되지도 않았는데 어떻게 그렇게 문제를 잘 꿰고 있소? 하지만, 우리는 정직하게 세금 냈고. 정직하게 제품을 만들고 있으니 걱정할 것 없소.

유일선 　물론, 그렇습니다. 그래서 사실 이들의 압박을 피해 갈 수는 있겠지만 우리 회사가 더 크게 성장하는 데는 별 도움이 되지 못하겠지요.

유일한 　유일선 부사장이 여기 오기 전에 우리는 그 혹독한 일제와 자유당 정권의 부정, 그리고 공산당의 악랄한 위협과 참혹한 전쟁 등등을 다 겪어 가면서도 정직 하나로 정면 돌파해 왔소.

유일선 　그 정직의 대가로 잃은 것도 많지 않았습니까? 제가 알기론 유한양행이 자동차 사업에 막대한 투자를 해놓고서도 정부와의 껄끄러운 관계 때문에 결국은 실패했다면서요?

유일한   그건 이것과는 관계없는 그냥 나의 판단 미스였소.

유일선   판단 미스요? 아닙니다. 아주 적절한 판단이었죠. 그때,
정부가 원하는 것을 들어 주고, 자동차 생산만 시작했다
면 지금의 유한양행은 우리나라 굴지의 대기업이 되어 있
었을 겁니다. 우리는 벌써 권력과 친해졌어야 했습니다.
만일 그랬었다면…….

유일한   유일선 부사장! 여기서 오늘 얘기는 그만 마쳤으면 하오!

유일선   누가 뭐래도 기업의 목표는 이윤 창출에 있습니다.

유일한   기업의 공공성도 있지요.

유일선   그것은 이윤 추구의 창출로 이루어지는 거 아닙니까?

유일한   내게는 공공성이 우선이라네. 어쨌든, 지금까지 해 왔듯
유한양행에서는 단 한 푼의 정치헌금도, 공공연한 뒷거
래도 절대 없다는 것을 명심해 주기 바라오! 이상입니다.

(자리를 일어나 회의실을 나가 버린다.)

유일선   …….

임원들   …….

유일선   수고하셨습니다. 회의를 마칩니다. *(서류를 정리해 들고 나간다.)*

임원들   *(얼어붙은 듯 그 자리에 그대로 앉아 있다.)*

[F.O]

제 14 장

1968년 9월 어느 날.

유한양행 사장실.

오후.

유일한이 걱정스러운 얼굴로 서류를 들여다보고 있다.

유일선   (사장실로 들어서며) 절 찾으셨어요?

유일한   음, 그래. 거기 좀 앉지?

유일선   (유일한의 안색을 살피며) 아버지, 어디 불편하신 데라도 있으세요?

유일한   아니, 괜찮아.

유일선   안색이 좀 안 좋으신 것 같은데요?

유일한   응? 그래 보여? 불편한 덴 없고 그보다 우리 유일선 부사
         장이 회사의 기구를 대폭 개편했다구?

유일선   네. 제가……. 뭐, 그리 대폭은 아니구요, 일부 조정을 했
         죠. 그 서류, 보시는 대로입니다.

유일한   음, 이 서류대로라면 회사를 떠나야 하는 우리 유한 가족
         들이 많이 생겨날 것 같은데 꼭 그렇게 해야만 하나?

유일선	네! 그건 우리 회사의 기구 편제가 비능률적인지라 각 부서의 업무가 중첩되는 부분도 꽤 있다 보니, 업무의 한계도 불분명하구요. 그러다 보니 업무에 차질이 생겼을 때도 그 책임 소재가 모호하더라구요. 그래서 이를 개선할 필요가 있었습니다.
유일한	음…… .
유일선	조직을 개편하면 각 부서의 업무의 한계도 분명해지고 불필요한 일부 인력도 방출하여 큰 효율성을 도모할 수 있습니다.
유일한	음, 임원들은 뭐라고 하던가?
유일선	네? 임원들이요? 글쎄요. 이런 일에 꼭 그분들의 의견을 일일이 다 들어야 하나요?
유일한	자네, 지난번 미국 킴벌리 회사와 티슈 사업을 기획할 때도 임원들의 의견은 전혀 들어보지 않았다지?
유일선	그 선택은 잘한 결정이었습니다.
유일한	물론 우리 부사장의 국제적 사업 감각과 탁월한 사업 능력은 내가 아주 높이 사고 있지. 그런데 한 가지…… .
유일선	…… ?
유일한	지금도 직원들이 부사장에게 제출하는 모든 서류를 영어로 작성하게 하나?
유일선	그건 어쩔 수 없지 않습니까? 제가 한국어를 잘 모르니…… .
유일한	그들도 영어를 잘 모른다네.
유일선	지금 같은 글로벌 시대에 영어가 서툰 직원이라면 국제적

감각이 부족하여 경쟁력이 떨어지는 사람입니다.

유일한　자네가 모국어를 잘할 수 있도록 노력해 볼 의향은 없나?

유일선　한국어요? 아님, 중국어를 말씀하시나요? 제가 통역사도 아닌데 굳이 3개 국어에 능통해야 할 이유가 있을까요?

유일한　이 사람, 나도 아홉 살 때부터 미국에서 잔뼈가 굵은 사람이라 자네 말이 무슨 말인지는 아는데 이곳은 한국이라네. 한국 사회는 한국만의 독특한 정서가 있는데, 뭐랄까…… 다소 능률적이 아닌 것 같기도 하고, 또 어떤 때는 책임 소재가 모호해 갑갑할 때도 있긴 하지만 정작 크고 어려운 일이 닥치면 그들은 끈끈한 정과 의리로 뭉쳐, 내 일 네 일을 가리지 않고 헌신한다네.

유일선　글쎄요……. 그 정서를 잘 이해할 순 없어도 그것이 꼭 기업 업무에 긍정적 작용을 한다고는 볼 수 없는 것 같은데요?

유일한　하지만 그것이 오늘의 유한양행이 있게 한 원동력이었어. 그들은 회사를 가정같이 생각하고, 모든 사원들이 서로를 가족같이 여긴단 말일세. 그런 그 사람들을 특별히 잘못한 일도 없이 쫓아낸다면 그 상실감이 얼마나 크겠나?

유일선　무슨 말씀을 하고 싶으신 겁니까?

유일한　로마에서는 로마법을 따라야 한다는 거지.

유일선　로마는 고전에 나오는 옛 시대일 뿐이고 지금은 글로벌 시대입니다.

유일한　일선아, 너에게도 분명 한국인 피가 흐를 텐데 너의 사고는 미국 사람 그대로이구나.

유일선   제 몸엔 중국인 피도 흐르겠지만, 어쨌든 전 미국 사람입니다. 아버지가 저를 이곳으로 부르지만 않으셨다면 저는 오늘도 뉴욕 거리에서 즐겁게 햄버거를 먹으며 동료 변호사들과 농담을 주고받고 있을 겁니다.

유일한   내가 널 부른 것이 아니란다.

유일선   네?

유일한   널 부른 사람은 우리 임원들이었어.

유일선   네? 임원들이요?

유일한   내 나이가 70이 넘어가니 임원들이 미국에 있는 너를 빨리 불러들이라고 아주 성화였지. 그들은 우리 유한양행에 후계자가 필요하다는 생각을 한 거고 아까도 얘기했듯이 그들의 정서상, 그 후계자는 내 아들이어야 한다는 거였어.

유일선   음. 좀 뜻밖의 말씀인데요? 그럼 아버지의 뜻은 전혀 없었던 건가요?

유일한   꼭 그렇다고 할 수는 없지. 사실 나는 네가 내 아들이기에 후계 경영자로 적합하다는 데는 계속 반대했었지만 다른 한쪽으로는 너만 한 인재도 없긴 하다는 것도 인정 안 할 수 없었지.

유일선   무슨 말씀이신지…….

유일한   어쩌면 네가 유한양행의 창업 정신을 이해하고, 민족에 봉사하는 훌륭한 기업을 만들어 갈 수도 있겠다고 생각한 거야.

유일선   정직하게 말하자면, 기업의 목표는 이윤에 있는 것 아닙
         니까? 봉사 활동을 하려면 적십자나 구세군 활동을 해야
         겠지요.

유일한   …….

유일선   죄송합니다.

유일한   네가 죄송할 일은 아니다.

유일선   솔직히 말씀드리자면 저는 아버지와 한국적 사고가 도대
         체 이해가 안 될 때가 많이 있었습니다. 만일 이 일이 아
         버지의 일만 아니었다면 저는 벌써 미국으로 돌아갔을 겁
         니다.

유일한   …….

(사이)

유일선   제가 가진 유한의 주식을 다 처분하고 미국으로 돌아가
         겠습니다.

유일한   …….

유일선   아버지, 제가 떠나도 순한 고모와 재라 누나가 아버지 곁
         에 있으니 괜찮으시겠죠?

유일한   …….

유일선   *(나가다가)* 아버지, 한 가지만 여쭤 볼 것이 있습니다.

유일한   …….

유일선   임원들이 제가 사임할 것을 권유하던가요?

유일한	아니. 그들은 내가 너를 사임시킬까 봐 걱정하며 만류하느라 애썼다.
유일선	그 또한 뜻밖이군요. *(나간다.)*
유일한	일선아!
유일선	*(돌아본다.)*
유일한	사랑한다!
유일선	저도요, 아버지! *(나간다.)*
유일한	*(아들의 뒷모습을 눈으로 배웅하고 상념에 잠긴다.)*

[F.O]

제 15 장

[F.I]

병원.
유일한의 입원실.

유일한이 침대에 비스듬히 누워 있고, 변호사가 의자 두 개를 이용해 역시 비스듬히 앉아 있다.

변호사   아드님을 그렇게 미국에 돌려보내시고 난 후 무척 외로우 셨겠습니다.

유일한   물론 그렇긴 했지요. 하지만 그 아이는 미국에 돌아가 본 업인 변호사 일을 다시 하면서 매우 행복하게 살고 있으 니 참, 감사한 일이지요.

변호사   어서 쾌차하셔서 조만간 가족들을 만나러 미국에도 한번 다녀오셔야 하겠네요.

유일한   그럴 생각입니다. 그리고 얼마 후에 있을 우리 유한공업학 교 4회 졸업식에도 꼭 참석해야 하고······.

변호사 　퇴원하시게 되면 할 일이 많으시군요. 이젠 좀 편하게 누우시는 건 어떠십니까? 좀 피곤해 보이시는데요.

유일한 　아, 아닙니다. 아니에요. 변호사님 덕분에 이렇게 옛 일들을 회상하고 보니 오히려 다시 의욕이 솟는 느낌입니다.

변호사 　저야말로 회장님의 진솔한 말씀에 큰 감동을 받았습니다. 앞으로 회장님을 제 삶의 롤 모델로 삼아 어떤 환경 속에서도 정의롭게 살아가려 노력할 것입니다.

유일한 　저는 변호사님 삶에 롤 모델이 될 수 없습니다. 제가 나름대로는 하나님 말씀대로 살아 보려 애를 써 본건 사실이지만, 그랬어도 나는 그저 허물투성이에 죄 많고 미련한 인간일 뿐이지요.

변호사 　하하하. 별말씀을요. 회장님은 정말 훌륭하십니다.

유일한 　우리가 보기에 참 훌륭해 보이는 사람도, 우리가 보는 그 이면의 다른 면에서는 허점투성이인 것이 인간이랍니다. 만일 완벽하다면 그건 인간이 아니지요.

변호사 　그래도…….

유일한 　우리의 롤 모델이 될 수 있는 유일한 인물은 원래는 하나님과 동체이시나 사람의 몸을 입고 우리 가운데 오신 예수님 그분뿐입니다.

변호사 　네. 그 말씀은 저도 동의합니다만…….

유일한 　그러니 굳이 중간에 다른 롤 모델을 세울 필요는 없는 거지요.

변호사 　…….

유일한 허허허. 이거 제가 너무 주제 넘는 이야기를……. 자! 그
      럼, 이제 제 유언장을 좀 만들어 주시겠습니까?

변호사 아! 그렇군요! 제가 그 일 때문에 여기 온 건데 하마터면
      회장님 말씀만 듣다가 그냥 돌아갈 뻔했습니다. 하하하.
      (일어나서 녹음기와 필기도구를 가져온다.)

유일한 사실은 나도 방금에야 그 생각이 났다오. 허허허. *(메모지를
      편다.)*

변호사 그럼…… 물론 회장님께서도 다 아시는 내용이겠지만 유
      언장을 작성하기 전에 환기시켜 드려야 할 일반적 사항을
      말씀드리겠습니다. 우리나라의 상속에 관한 법률에 의하
      면, 회장님의 첫 번째 상속자는 부인이신 호미리 여사님이
      시고, 두 번째는 장남이신 유일선 씨 그리고 세 번째는 장
      녀이신 유재라 씨, 그리고…….

유일한 변호사님, 저는 지금 유산 상속을 하려는 것이 아닙니다.

변호사 네? 그럼?

유일한 빚잔치를 하려는 것이지요.

변호사 네……? 빚잔치요?

유일한 내가 가졌던 모든 재화는 원래부터 내 것이 아니었으니
      이제는 그 것들을 원래의 주인에게 돌려 드릴 때가 된 것
      이지요.

변호사 무슨 말씀이신지…….

유일한 어디 보자…… 그러니까 내가 처음 미국에서 숙주나물
      로 처음 경제 활동을 시작한 해가 1921년쯤이었고 내년이

1971년이니 내가 사업을 한 햇수가 내년이면 딱 50년이 되는군요.

변호사　네. 그러시군요. 50년…….

유일한　50년이면, 성경에서 말하는 희년입니다.

변호사　아! 성경 레위기에 기록된 희년이요?

유일한　그렇습니다. 레위기를 보면, '토지는 모두 하나님의 것이요, 너희는 나그네로 나와 함께 우거하는 것이라…… 그러니 다른 사람의 토지를 취득했을 때에 그 토지를 이용하되, 만일 그 토지 판 자가 되찾으려 할 때에는 반드시 샀던 가격 그대로 돌려주며, 그 판 자가 되찾을 능력이 안 되면 친척이 대신 값을 지불하고 그 토지를 사서 돌려주어라. 만약 그런 친척도 없어서 토지를 다시 찾지 못하고 50년을 경과하면, 그 토지 산 자가 50년 되는 해에 희년을 선포하고 토지 가진 자가 판 자에게 값없이 거저 돌려주어라…….

변호사　네! 희년은 넉넉한 이들이 선포하고, 가난한 이들이 혜택을 누리는 은혜의 해이죠.

유일한　그렇습니다. 언뜻 보기에는 토지 가진 자가 값없이 원래 주인에게 토지를 돌려주는 것이 손해같이 느껴지겠지만 하나님은 공평하신 분입니다. 보통 사람이 20대쯤에 경제 활동을 시작한다면, 50년 후엔 70이란 나이가 되는데 그 나이면, 이젠 경제 활동에서 손을 떼고 인생의 마무리를 준비할 때가 되지 않겠습니까? 거의 평생을 그 땅의 이득을 누렸으니 이제 거저 돌려준다 해도 억울할 것 전혀 없지요. 죽을 때 가져갈 수 있는 것도 아닐 테니…….

변호사   가진 사람들이 그것을 깨달아야 할 텐데……. 못 가진 사람이 아무리 희년이라고 외치고 주장한들, 가진 사람들이 못 들은 척 외면하면 하나님의 경제 정의가 이 땅에 이루어지기는 요원한 빈 메아리가 되고 말겠지요.

유일한   시간을 투자해서 금을 살 수는 있지만 금을 팔아 시간을 살 수는 없어요.

변호사   그렇습니다. 그걸 알면서도…….

유일한   지난 50년간, 참 감사하게도 나도 내 것이 아닌 것으로 마치 내 것인 양 물질의 혜택을 풍부하게 잘 누려 왔다오.

변호사   …….

유일한   자, 그러니 이젠 유언장을 만들어 봅시다. *(메모지를 펼친다.)*

변호사   *(녹음기를 플레이하고 펜을 든다)*

유일한   음……. 제일 먼저 내 아들 일선의 딸, 내 귀여운 손녀 유일령에게 대학 졸업 시까지 필요한 학자금으로 1만 불을 줄 것. 둘째, 딸 재라에게 어머니 호미리를 성심성의껏 모실 것을 부탁한다. 셋째, 나는 내 아들 일선을 참으로 자랑스럽게 생각한다. 앞으로도 지금같이 성실히 살아가길 바란다. 넷째, 딸 재라에게 유한공고 내에 있는 묘소와 그 인근의 땅 5천 평을 준다. 단, 그 땅은 공원으로 조성하여 우리 학생들과 인근 모든 주민들의 쉼터로 제공할 것. 그리고…… 내 소유 주식의 전부인 14만 941주는…… 전

	액······ '한국 사회 및 교육 원조 신탁 기금'에 기부한다.
변호사	*(감동의 표정)* 영광입니다. 역사적인 진정한 노블레스 오블리주의 현장에 제가 있다니······.
유일한	*(메모지를 접으며)* 수고하셨소.
변호사	이것으로 마무리할까요? 혹시 더 남기실 말씀은······.
유일한	아! 그리고······.
변호사	네, 말씀하세요.
유일한	우리 회사 임원인 조순권에게 빌려준 4,010만 원 중 미수금 110만 원을 상환받아 역시 '한국 사회 및 신탁 기금'에 기부한다.
변호사	네? 그······. 죄송합니다. 이건 결코 제가 나설 일이 아니라는 건 잘 알지만······ 저······.
유일한	무슨 말씀이신지. 괜찮으니 말씀하세요.
변호사	네, 그럼······. 외람된 말씀입니다만 그 임원에게 빌려 주신 많지 않은 돈까지 회수하여 재단에 기부하라는 건 좀······. 나중에 이 유언장을 그분이 보게 되면 혹, 섭섭해 하실지도······.
유일한	하하하. 무슨 말씀이신지 알겠습니다. 하지만 그분은 그런 일에 섭섭해 하실 분이 아닙니다. 우린 오랜 세월 같이 일해 왔고 서로가 서로를 잘 알지요. 오히려 내가 채무 변제라도 하면 더 기분 상해할 겁니다.
변호사	그래도······.
유일한	액수의 문제가 아니랍니다. 하나님 것은 하나님께 반드시

돌려드려야 한다는 믿음 때문이라고 해둘까요?

변호사   네. 그럼, 기록에 남기겠습니다. 용서 하십시오. 원래 변호
                 사는 아무런 의지를 표현할 수 없는 건데…….

유일한   괜찮아요. 다 날 생각하셔서 하신 말씀인걸요.

변호사가 작성된 유언장을 유일한에게 건넨다.

변호사   여기 내용들을 잘 검토하시고 틀림이 없으면 이곳에 자필
                 서명을 해 주십시오.

유일한   *(돋보기를 쓰고 검토한 후, 사인을 한다.)*

변호사   이, 유언장…… 제 평생 잊지 못할 겁니다.

유일한   나도 우리 변호사님과의 유쾌한 만남을 기억하겠소.

변호사   어서 쾌차하시기를 기도하겠습니다.

유일한   *(악수하며)* 고맙소. 아마 그럴 거요. 나는 나이롱 환자라니까요.

변호사   *(웃으며 깊은 인사를 한다.)* 그럼……. *(병실을 나간다.)*

유일한이 변호사의 뒷모습을 웃음으로 배웅하고, 좀 지친 듯 침대에 눕는다. 잠시 후, 비서가 병실에 들어와서 병상 침대의 레버를 돌려 평평하게 해 주고 이불을 잘 덮어 주고 실내등도 꺼 주고 나간다.
침대 주위의 조명은 아웃되고, 침대 위를 향한 조명만 어슴푸레하게 남는다.

잠시 후, 그 조명도 '페이드아웃' 되고,
스크린에,

1971년 3월 11일 오전 11시 40분
향년 76세의 나이로 유일한 소천하다.

토지를 영영히 팔지 말 것은
토지는 다 내 것임이라.

너희는 나그네요
우거하는 자로서
나와 함께 있느니라.

(성경. 레위기 25장 23절.)

강지호 희곡집

05

BUS STOP

- 2012년 9월 -

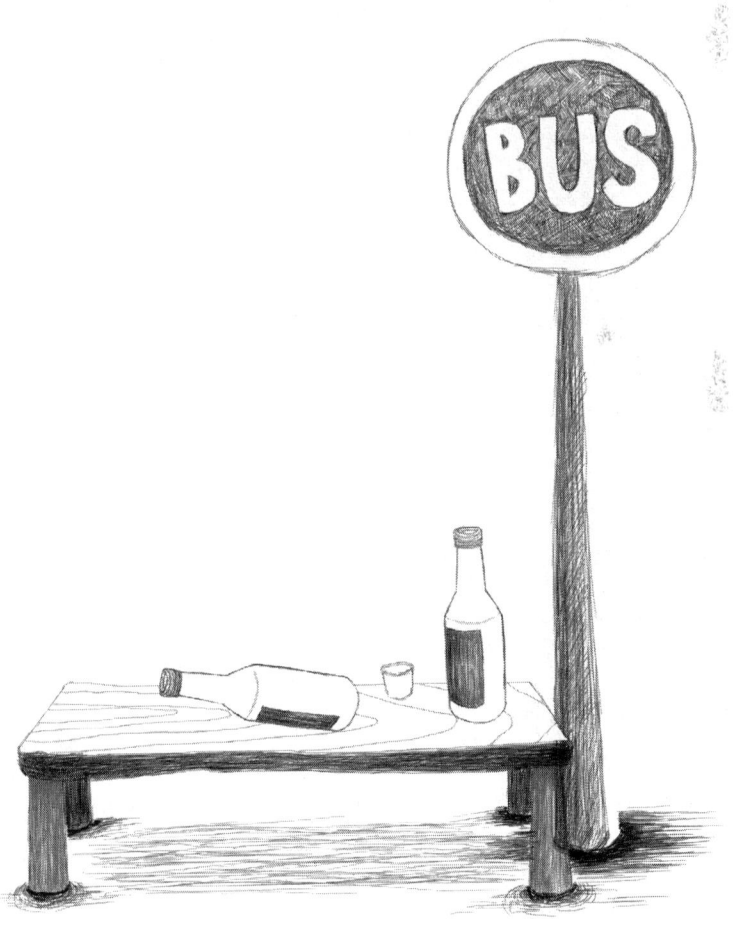

(장면1)

암전 속에, 스크린에 도시의 혼잡한 거리 풍경.

오가는 차와 사람들의 물결.

Out 되면서 (over lap)

(장면2)

이에 내가 보니

흰 말이 있는데

그 탄 자가 활을 가졌고

면류관을 받고 나아가서

이기고 또 이기려 하더라.

(성경, 요한계시록 6:2)

제 1 장

어느 버스정류장.

저녁 무렵.

자동차들의 소음이 들린다.

정류장의 벤치 위에 노숙인인 듯한 한 남자가 남루한 옷을 여러 벌 껴입은 채 멍하니 정면을 주시하며 앉아 있다.

몹시 지친 듯한 눈동자가 안경 뒤에서 흔들리고 있다.

남자의 옆에는 소주병과 때에 찌든 커다란 가방이 놓여 있다.

암전 속에 그의 얼굴과 스크린 위로 버스 정류장의 안내 전광판이 지나가고, 곧이어 안내 방송이 나온다.

"151번 버스가 도착합니다. 288번 버스가 잠시 후 도착합니다."

[F.I]

남자   *(멍한 눈으로 오가는 버스를 주시하다, 소주병을 들어 술을 들이켠 후 다시*
       길을 주시한다.)

여자   *(귀에 헤드셋을 끼고 음악에 맞춰 몸을 흔들며 버스 정류장으로 걸어와 잠시*
       전광판을 확인한 후, 정류장 벤치에 앉는다. 계속 몸을 흔들며 가끔 큰 소리
       로 노래를 따라 부르기도 한다.)

남자   *(여자의 큰 노랫소리에 흠칫하며 여자를 쳐다본다.)*

여자   *(더욱 큰 소리로 노래를 따라 부르며 큰 몸짓을 한다.)*

남자   저…… 아가씨!

여자   …….

남자   저…… 이봐요, 아가씨!

여자   오! 베이베!

남자   *(여자의 어깨를 툭툭 친다.)*

여자   *(화들짝 놀라며)* 어머! 어머! 이거 뭐야? 아! 깜짝이야!

남자   *(헤드셋을 벗는 시늉)*

여자   *(헤드셋을 약간 올리며)* 어머! 이 아저씨 뭐야? 언제 거기 있었어요?

남자   나요? 여기? 글쎄…… 언제부터였더라…… 한, 1년쯤?

여자   뭐라구요? 참나, 조금 전까지만 해도 아무도 없었는데?

남자   아가씨가 못 본 거지.

여자   내가 무슨 소경이에요? 바로 옆에 앉은 사람을 못 보게? 그런데…… 아휴! 술 냄새!

남자   *(술병을 반대쪽으로 치운다.)*

여자   *(어깨를 털며)* 아이! 더러워! 재수 없어! 아저씨 왜 여자 몸에 손을 대고 그래요?

남자   아가씨가 못 들으니까…….

여자   이 아저씨 치한 아니야? *(자리에서 벌떡 일어난다.)*

남자   아니, 아니요. 그런 뜻은 없고…… 다만…….

여자   다만, 뭐요?

남자   이야기 좀 나누고 싶어서…….

여자   기가 차서! 이야기요? 무슨 얘기? 아저씨, 나 알아요?

남자   아, 아니요.

여자   첨 보죠?

남자   그렇지요.

여자   그런데 무슨 할 얘기가 있다는 거예요? 매일 한집에 사는 우리 아버지하고도 나눌 얘기가 없는데……. 치한 맞네!

남자   …….

여자   내 몸에 다시 손대면 그땐 경찰 부를 거예요! 재수 없어! *(다시 헤드셋을 쓰고는 흔들거린다.)*

남자   *(씁쓸한 표정으로 술을 한 모금 마시고 다시 길을 바라본다.)*

여자   *(헤드셋을 반쯤 열고)* 그런데 아저씨가 하려던 얘기는 뭐예요?

남자 네? 아, 그건…… 그러니까…….

여자 그러니까 뭐냐구요?

남자 그러니까…… 저, 내 말은…….

여자 별로 할 말도 없군요. 내가 반반하니까 한번 찔러나 보자 이건가요?

남자 아니, 아니요! 그럴 리가…….

여자 하긴 모습을 보아하니 그럴 주제는 안 되는 것 같고……. *(벤치에 앉으며)* 뭐예요? 무슨 얘기예요?

남자 거대한 세력이 있어요!

여자 뭐요? 세력이요?

남자 네! 그래요. 세력! 우리가 상상도 못할 거대한 암흑의 세력! 그들은 붉은 말을 탄 자도 있고, 검은 말을 탄 자도 있고, 청황색 말을 탄 자도 있는데 그들은 이 땅의 화평을 제하여 버리고, 큰 재앙을 일으켜서 수많은 생명을 가져갈 것이고, 온갖 권모와 술수로 인간이 서로 싸우며 서로 죽이도록 할 것이오!

여자 *(한심하단 표정으로 바라본다.)*

남자 그러나…… 그중에서 가장 무서운 자는…… 바로 백마를 타고 오는 자라오!

여자 *(미쳤다는 제스처를 한다.)*

남자 정말이오! 원래 백마를 타신 이는 어린양이시고…… 그 입 속에 날 선 검을 가지고 계시는데…….

여자 쯧쯧! 완전 갔구만! *(정류장 안내 보드를 보고)* 아! 버스 왔다! *(뛰어간다.)*

남자   휴! *(자기 머리를 툭툭 치며)* 말주변하고는…….

남자, 다시 술을 한 모금 마시고 길을 응시하고 있다.
지나는 차들의 전조등이 남자의 얼굴을 스쳐 지나간다.

한 고등학생이 지친 듯한 모습으로 정류장 벤치에 앉는다.
스마트폰을 손에 쥔 채 계속 들여다보며 연신 조작하고 있다.

학생   …….

남자   뭘 그리 찾고 있나?

학생   *(스마트폰에서 눈을 떼지 않은 채)* 뭐, 그냥…… 이것저것이요.

남자   학생인 것 같은데…… 공부하기 힘들지?

학생   그냥…… 그럭저럭요.

남자   대학 갈 거지?

학생   아마도요.

남자   대학에서는 어떤 과목을 전공할 거야?

학생   그런 건 생각 안 하죠.

남자   그럼?

학생   성적 되는 대로…….

남자   부모님의 희망은?

학생   그냥…… 좋은 대학.

남자   전공은?

학생   취직 잘되는 전공.

남자	그렇군. 꽤 늦은 시간까지 공부하네? 부모님이 걱정하시겠다.
학생	아마 주무시고 계실걸요?
남자	그래? 그럼 아침이 되어야 부모님 뵙겠네?
학생	못 보죠.
남자	왜?
학생	서로 집 나서는 시간이 달라요.
남자	그럼…… 부모님은 언제 뵙지?
학생	*(스마트폰을 검색하다)* 와우! 이거 재미있겠는데? 얼른 다운받아야지!
남자	…….
학생	*(분주히 손가락을 놀리다가)* 뭐라고 하셨죠?
남자	부모님은 언제 뵙느냐구.
학생	글쎄요. 그게 언제였더라? 앗! 이게 왜 이래? 왜 다운 실패지? 에이…… 다시.
남자	…….
학생	아! 됐다! 됐어!
남자	대화하도록 하게!
학생	에이, 폰이 꼴아서 다운 한번 받으려면……. 에이! 뭐라고 하셨어요?
남자	부모님과 대화를 하도록 해 보라구.
학생	그래도 새 폰은 안 사주실걸요? 이 폰 할부금도 아직 끝나지 않으니…….
남자	그게 아니고…….

학생 그게 아니면…… 무슨 할 얘기가 있어요?

남자 그냥…… 얘기……. 일상적인…….

학생 그게 어떤 건데요?

남자 세상에서 가장 가까운 사이가 가족이니 늘 대화로 가까이 하는 것이 중요하지.

학생 그런데…… 아저씨는 누구세요?

남자 응? 나?

학생 에잇! 지하철 타는 게 낫겠다. 버스가 늦게 오네? *(일어나 간다.)*

남자 아! 잠깐! 잠깐! 학생, 잠깐만.

학생 ……?

남자 *(가방을 뒤져 만년필을 꺼내준다.)* 자! 이거…….

학생 이게 뭔데요?

남자 학생에게 필요할 것 같아서…….

학생 만년필이요? 에이, 필요 없어요. 볼펜이 더 편하지. *(돌려준다.)*

남자 그래도…… 나보다는 쓸 데 있겠지. 나는 필기할 노트도 없거든?

학생 저, 이거 필요 없어요. *(남자의 무릎에 놓는다.)*

남자 *(다시 집어주며)* 그냥 가지고 가서 쓰게. 부탁이야.

학생 ……?

남자 별 뜻은 없고…… 그냥 우리 아들 생각이 나서 그래.

학생 아들이요? 그럼 아들 주시지.

남자 불행히도 지금은 그럴 수 없다네.

학생 *(만년필을 받아들고 간다.)*

남자   학생!

학생   네?

남자   아버지와도 대화를 해 보게.

학생   네. 얼굴을 대할 수만 있다면요. *(나간다.)*

남자   *(멀어지는 학생의 뒷모습을 눈으로 배웅하며 상념에 잠긴다.)*

[F.O]

제 2 장

[F.I]

버스 정류장.

늦은 밤.

벤치 위에 누워 잠들었던 남자가 부스스 깨어난다.

몹시 추운 듯, 몸을 떨다가 가방 안에서 누더기를 꺼내 몸을 감싼다.

남자   *(떨며 하품을 한다.)* 아! 추워! *(가방을 뒤져 소주 한 병을 꺼내어 딴다.)* 이 게 마지막인가 봐? 아껴서 마셔야겠네. *(술을 마신다.)* 아직 겨 울도 아닌데 뭐 이렇게 춥담? 그나저나 올 겨울은 어떻게 나 나? 젠장!

이때, 남자2가 지친 듯 느린 걸음으로 걸어와 벤치에 앉는다.

남자는 길을 응시하며 소주를 마시고 있고, 남자2는 가끔씩 주머니에서 핸드폰을 꺼내 보다가 다시 주머니에 넣기를 반복한다.

(사이)

남자   *(길을 응시한 채)* 어디로 가시오?

남자 2 네? 나요?

남자   내 옆에 한 사람밖에 더 있소?

남자 2 아, 나요? 집에요.

남자   집이 어디요?

남자 2 네? 그건 왜 물으시죠?

남자   그냥…… 궁금해서요.

(사이)

남자   갈 곳이 없죠?

남자 2 네? 아니, 아니요! 갈 곳은 많죠.

남자   그런데 마땅히 갈 곳은 없군요.

남자 2 …….

(사이)

남자   한 잔 하시겠소?

남자 2 아니, 아니요……. 가야죠.

남자   어디로 가시오?

남자 2 집으로 간다니까요.

남자   그 집이 어디요?

남자 2 그건 왜 자꾸 물으시죠?

남자   당신이 기다리는 버스는 이곳에 서지 않으니 궁금해서 물어
      보는 거요.

남자 2 그, 그걸 어떻게 아세요?

남자   151번, 288번, 250번, 252번…… 이곳에 서는 모든 버스가 지
      나갔는데 당신은 미동도 하지 않았잖소?

남자 2 지하철 타고 갈 거예요.

남자   그건 이미 30분 전에 끊겼다오.

남자 2 …….

(사이)

남자   *(술을 한 잔 따라준다.)*

남자 2 *(술을 받아 단숨에 마신다.)* 크! 아이구, 써!

남자   안주를 찾으시오? *(손가락을 뺀다.)* 찝찔하니 소주 안주로는 최
      고지요. *(해 보라는 시늉)*

남자 2 *(잔을 돌려준다.)*

남자   한 잔 더 하시려오?

남자 2 아니, 아니…… 됐어요.

남자   *(병째로 술을 마신다.)*

남자 2 아니, 무슨 술을 그렇게 많이 드십니까?

남자   나요? 내가 술을 먹는다구요?

남자 2 그럼, 누가 술을 먹나요?

남자   댁의 눈에는 내가 술을 마시는 걸로 보입니까?

남자 2   내 옆에 아저씨밖에 더 있나요?

남자   천만에요! 지금은 내가 술을 먹는 게 아니라, 술이 나를 먹고 있지요.

남자 2   네? 술이 사람을 먹는다고요?

남자   그렇소. 지금은……. 하지만 한때는 내가 술을 먹은 적도 있었지요. 그러니까…… 그때가……. *(손가락을 빤다.)*

[F.O]

제 3 장

[F.I]

어느 사무실. 오후.

김 팀장이 책상 앞에 앉아 컴퓨터를 들여다보고 있다.

어두운 표정의 남자가 사무실로 들어선다.

김 팀장 *(곁눈질로 남자를 보고)* 아! 상무님 오셨습니까? 제가 상무님을 뵈러가야 하는데 이렇게 오시라고 해서 죄송합니다.

남자 …….

김 팀장 뭐, 언짢은 일이라도?

남자 아, 아닙니다. 김 팀장님.

김 팀장 제가 워낙 좀 바빠서요.

남자 알고 있어요.

김 팀장 그래도 아랫사람이 오라 가라 한다고 좀 언짢으신 거 아닙니까?

남자 아, 아니요. 그럴 리가요? 바쁘시면 그럴 수도 있지요.

김 팀장 내가 바쁘기도 하지만…… 상무님이 워낙 한가하시기도 하니까요.

남자   ······.

김 팀장   오늘 우리 팀에 신입, 두 사람 온 거 아시지요?

남자   네.

김 팀장   그 사람들······ 우리 회사에 아주 필요한 인재들입니다.
            내가 벌써 오래전부터 공들여 겨우 빼내온 경쟁사 개발팀
            사람들이라구요. 그 사람들이 장차 우리 회사 전체를 다
            먹여살릴 겁니다.

남자   네.

김 팀장   그러니······ 그 사람들을 상무님도 좀 각별히 대해 주세요.

남자   네. 그래야지요.

김 팀장   그래서 말씀인데······ 그 사람들 신제품 개발 이외에 잡무
            는 다 안 하게 해주세요.

남자   잡무라면······?

김 팀장   예를 들면 당직 같은 것도 그렇고······.

남자   네? 그럼 다른 직원들과 형평성이······.

김 팀장   에이! 형평성은 무슨? 그 신입들 대신 상무님이 당직을 서
            주시면 될 거 아니에요?

남자   네?

김 팀장   내가 그 사람들에게 미리 말해뒀어요. 우리 회사는 상사
            분들이 너무 부하 직원들을 아끼는 나머지, 회사의 잡일
            들은 다 그분들이 알아서 솔선수범하신다고.

남자   그런데······ 지금도 제가 격주로 당직을 서는데······ 그렇

게 되면 제가 매주 당직을 서게 되는데요?

김 팀장 왜, 싫으세요? 에이, 상무님 어차피 회사에서 할 일도 없으시잖아요? 그런 거라도 해서 월급 값은 하셔야죠. 안 그래요?

남자 …….

김 팀장 왜 대답을 안 하세요? 뭐, 억울하세요? 설마 우리는 뼈 빠지게 일하는데 혼자만 놀고먹으려는 속셈은 아니시겠죠?

남자 알겠습니다. 그렇게 하도록 하죠.

김 팀장 *(혼잣말로)* 사장님은 왜 저런 사람을 안 자르는지 몰라.

남자 네?

김 팀장 아, 아니에요, 상무님.

남자 아무리 그래도, 나는 사장님과 함께 이 회사를 설립한 초기 멤버입니다. 그리고…… .

김 팀장 그리고 한때는 잘나가던 세계 기능올림픽 트랜지스터 조립 부문 챔피언이셨다구요?

남자 트랜지스터가 이 회사를 있게 했습니다.

김 팀장 그리고 지금은 망하고 있구요? 지금은 스마트 시대이거든요? 됐어요! 왕년에…… 하는 이야기는 이젠 지겹구요. 내가 상무님께 부탁 하나 드릴게요.

남자 …….

김 팀장 오늘 일과 후에 신입 친구들 데리고 가서 환영 파티 좀 해 주세요.

남자 …….

김 팀장	나보다 높으신 분이 환영해주면 그 친구들도 일할 맛이 나지 않겠어요? 아시다시피 나는 간이 좋지 않아서 술을 못하잖아요. 알고 계시죠?
남자	어디로…… .
김 팀장	어딜 갈지는 저보다 상무님이 더 빠삭하실 거고…… . 어쨌든 그 친구들 기분 좀 잘 맞춰 주시라고요. 비싼 몸들이니까.
남자	네?
김 팀장	몸값으로 치자면, 상무님보다 좀 비싸죠.
남자	네?
김 팀장	아니, 많이 비싸죠. 그러니 극진히 대접해 주셔야 합니다.
남자	경비는……?
김 팀장	그것도 알아서 하시구요.
남자	네? 그건 좀…… .
김 팀장	공식적인 행사도 아닌데…… 영수 처리할 수도 없잖아요?
남자	아니, 그래도 그건…… .
김 팀장	그냥, 상무님이 윗분이시니까, 개인적으로 한잔 사는 거로 해서 그 친구들 사기 좀 올려 주라는 거예요. 장사 한두 번 하세요?
남자	알았어요.
김 팀장	이번에 저 친구들과 개발할 신제품이…… 혹시 알아요? 상무님께도 성과급으로 돌아갈지? 그 친구들 우리 업계에서는 알아주는 브레인들이라구요. 나 아니면 아마 저 친

구들에게 말조차 건네기도 어려웠을걸요?

남자　　그렇군요.

김 팀장　그러니 저 친구들이 회사에 정 붙일 수 있게 상무님이 애를 좀 써 주시라구요. 아셨죠? 명심하세요!

남자　　네, 그래야겠죠. 그럼…….

남자, 힘없이 사무실을 걸어 나가면서 바지 포켓에 손을 넣어보고 주머니를 뒤집어 턴다.

남자　　휴……!

[F.O]

제 4 장

선술집. 오후.
허름한 탁자와 간이 의자가 놓여 있다.
남자와 직원 1, 2가 들어선다.

남자　　자! 이쪽, 이쪽으로 앉으세요. *(의자를 빼준다.)*

직원 1　아! 이거 무슨 냄새야?

직원 2　아저씨! 여기 뭐예요? 지저분하게…….

직원 1　야! 아저씨 아니고 상무님이래. 상무님!

직원 2　아, 맞다! 상무 아저씨. 우리 여기 말고 딴 데 가면 안 돼
　　　　요? 이런 데서 어떻게 음식을 먹어요?

남자　　하하하, 그렇지요? 이런 대폿집이 젊은 분들에겐 조금 낯
　　　　설 수도 있겠지요? 이곳은 이래봬도 역사와 전통이 있는
　　　　명소랍니다! 기왕 온 거니, 일단 한번 앉아보세요. 그러면
　　　　제가 왜 두 분을 이곳에 모셨는지 금방 아시게 될 겁니다.
　　　　네, 자, 앉으세요. 하하하.

직원 1, 2 마지못해 앉는다.

남자	여기가 이렇게 남루해 보여도 곱창볶음 하나는 정말 끝내 준답니다. 둘이 먹다 하나 죽어도 모를 만큼 맛있죠. 거기에 쐬주 한잔 딱 걸치면 금상첨화지요. 하하하.
직원 2	여기 와인은 없어요?
남자	네?
직원 1	*(직원2를 툭 친다.)* 그냥 안 먹으면 되지.
남자	글쎄…… 아직 안 드셔보셔서 그렇지. 정말 끝내준다니까요?
직원 1	저, 죄송하지만, 말씀 좀 낮춰주시면 안 될까요? 아버지 같은 분이 그렇게 존대를 하시니 좀 불편한데요?
직원 2	그러게. 상무면 높은 직급 아니야? 그런데 상무가 뭐지?
직원 1	나도 모르지. 어쨌든 어른이시니까.
남자	아, 그랬어요? 그러시다면 지금부터 말을 낮출게…… *(작은 목소리로)* 요. 이모! 이모! 여기 주문 받아요!
주인	*(목소리만 퉁명하게)* 그냥 말해요!
남자	아…… 여기…… 그, 곱창볶음 특제! 특제하고 소주 한 병 줘요!
주인	알았어요!
남자	가만있자, 여기 수저가……. 이모! 여기 수저하고 물 좀 줘요!
주인	*(짜증스러운 목소리)* 아! 진짜! 그 옆에 있잖아요!
남자	*(옆에서 수저통을 가져온다.)* 하하하. 여기는 25년 단골이라 꼭 가족 같지요. 25년 전에는…… 그때는 우리 사장님과 이곳에 자주 왔었죠. 회사가 잘나가기 전까지는 말이에요. 그때가 좋았는데……. 이모! 물…… 물은?

주인	저 양반 오늘 왜 저래? 좀 갖다 먹어요!
남자	*(눈치 보며)* 하하하. 우리는 아주 가족 같다니까……
직원 1	*(일어나려 한다.)*
남자	아니, 아니요. 내가. 오늘은 손님 신분이니 그저 가만히 계십시…… 아니, 가만히 있어요. 하하하. *(주전자와 컵을 들고 온다.)*
주인	*(곱창볶음과 소주 등을 가져와 상에 거칠게 내려놓는다.)* 자! 오늘은 웬일로 특제를 다 시킨다냐? 혹시 오늘도 외상 하는 거 아니죠?
남자	쉿! 아, 그럼……. 하하하. 우리는 가족이라니까…… 별 농담을 다……. *(소주병을 따 잔에 따르며)* 자! 자! 두 분의 입사를 축하합니다.
직원들	*(받으며)* 감사합니다.
남자	자! 브라보! 자, 쭉…… 쭉…… 한잔씩 하세요. *(마신다.)*
직원들	*(마시는 척하고 그냥 내려놓는다.)*
남자	자…… 이젠 이 집의 명물인 특제 곱창볶음 맛을 보는 거예요. *(직원 1, 2의 앞 접시에 곱창을 덜어주고 곱창을 집어 먹는다.)* 햐! 좋다! 바로 이 맛이야! 알싸하면서 특이한 이 향! 역시 곱창하면 돼지 곱창이야! 소 곱창은 비싸고 질기기만 하지 이런 향은 안 나거든…… 요.
직원 2	*(곱창을 입에 가져가다가)* 욱! 똥 냄새!
직원 1	*(직원2를 툭 치며)* 야! 당연하지. 돼지 창잔데……. 그냥 먹지 마.
남자	아! 바로 그 향이에요! 그 좀 비릿한…….
직원 2	꼬린내인데요?
남자	하하하. 그게 그거지요! 자! 우리 한 잔 더!

직원 1	*(남자의 잔을 채우며)* 우린 천천히 먹을게요. 상무님 많이 드세요. *(술을 따라주고 폰을 꺼내든다.)*
직원 2	야! 너 이번에 LTE로 갈 거야?
직원 1	글쎄…… 아직은 좀 빠르다 싶기도 하고…….
직원 2	좀 그렇긴 하지? 너 그거 아니? 우리 국내 통신사들만 3G 유심 칩으로 4G 폰을 못 쓰게 막은 거?
직원 1	그러게 말이야. 이민을 가든가 해야지. 도대체 왜 그런대?
직원 2	그러게 말이야.
직원 1	아직 4G망이 완벽하게 준비도 안 되었다는데 혹, 혼용이 된다면 몰라도 바로 가긴 좀 그래.
남자	자, 자…… 한 잔씩들 하시면서…….
직원 1	*(기계적으로 남자의 잔을 채워준다.)* 그런데……우리 회사에 클라우딩 서버 체제가 구축되어 있나?
직원 2	아, 맞아! 나도 그게 궁금해.
직원 1	저, 상무님.
남자	*(혼자 소주잔을 기울이다)* 네…… 네!
직원 1	우리 회사에 혹시 클라우딩 서버 체제가 구축되어 있나요?
남자	네? 크…… 클라우딩?
직원 2	에이, 그거 구축 비용도 만만치 않게 들 텐데 작은 회사에 그게 되어 있겠어?
직원 1	상무님, 안 되어 있나요?
남자	네? 아, 그러니까…… 클라…… 그거…… 글쎄요…… 아마…… 없을걸요?

직원 2   그러니까 도태되는 거야. 클라우딩 시스템으로 가야 정
보 유출도 방지하고, 언제 어디서나 작업도 할 수 있을 텐
데……. 지금은 스마트 비즈니스 시대인데 말이야.

직원 1   당연하지. 업무 환경을 앱으로 연동시켜야 일이 간편해지
는데…….

남자   그, 그러니까…… 저…… 한 잔씩들 하면서…….

직원 1   *(술병을 받아 기계적으로 남자의 잔을 채워준다.)* 요새 마켓에 보면,
그런 식으로 각자 회사의 작업 환경을 위한 앱을 제작해
서 배포하는 곳도 많더라구.

직원 2   난 IOS의 방식이 좋은데……. 아직 회사에 클라우딩 환경
이 안 되어 있다면 이번에 나온 아이클라우드 같은 환경
을 구축하면 좋겠다.

직원 1   아서라! 그게 가능할 것 같아? 서버 트래픽은 어떻게 감당
하려고.

남자   *(직원에게 술을 권하려고 술병을 들었다가 포기하고, 자기 잔을 채운다.)*

직원 2   그렇다면 그냥 간단하게 자체 서버를 설치하든지…….

직원 1   구글에서 안드로이드의 C 언어를 새로 개발한다고 하더라
고. 지금은 OS를 무조건 무료 개방해야 하니까.

직원 2   진즉에 그렇게 했어야지. 그럼 지금 만든 아이스크림 샌드
위치는 어쩌려고?

남자   *(술을 잔에 따르려다 그냥 병째 마신다.)*

직원 1   그야 뭐, 서로 호환이 가능하게 만들겠지.

직원 2   응, 그래야지.

직원 1   (스마트폰을 살피며) 아! 이것 참!

직원 2   왜?

직원 1   다 모여 있다네.

직원 2   누가?

직원 1   오늘 인터넷 정모가 있거든.

직원 2   지금 몇 시지? 나도 약속 있는데……

직원 1   저, 상무님! 오늘 저희들에게 하실 말씀이 뭐예요?

남자   응? 무슨?

직원 2   상무님께서 오늘 신입들에게 꼭 하시고 싶은 말씀이 있으
         시다고 저희를 데리고 오셨잖아요?

남자   아, 그거? 그건, 그냥…… 꼭 할 말이 있다기보다…… 여러
         분을 환영해주려고…….

직원 1   그럼 하실 말씀은 없는 거예요?

남자   네…….

직원 2   그럼, 우리 가도 되는 거지요?

남자   그, 그럼요. 그런데 이거 음식에는 손도 안 대고…….

직원 1   먹은 걸로 칠게요.

직원 2   그럼요. 잘 먹었습니다. 안녕히 계세요! (나간다.)

직원 1   야! 야! 같이 가! 상무님 그럼 내일 뵙겠습니다!

두 사람 총총히 나간다.

남자   (사라지는 두 사람을 쓸쓸히 바라보다 술을 마시려는데 술이 없다.) 이모!

여기 소주 한 병 더 줘요!

주인   아! 갖다 먹어요!

남자   *(소주를 들고 와서 따면서 곱창을 본다.)* 아까워라. *(젓가락을 들다가 다시 내려놓고 소주를 마신다.)*

[F.O]

암전 속에서 주인의 고함소리가 난다.

주인   뭐라구? 또 외상이라고? 안 돼요! 안 돼! 누구는 땅 파서 장사하는 줄 알아? 야, 야! 경찰 불러라! 경찰!

제 5 장

남자의 집.

밤.

[F.I]

디아블로2의 게임 효과음이 요란하다.

집의 한쪽에서는 아들이 게임에 열중하고 있고 몹시 지친 모습의 남자가 집에 들어선다.

남자   *(저고리를 벗어, 의자 등받이에 걸쳐놓고 의자에 너부러진다.)* 휴!

아들   *(게임에 열중하며)* 에잇! 죽어라! 죽어!

남자   *(컵에 물을 따르며)* 도대체 하루가 몇 시간이지? 무의미한 시간들……. *(물을 마시고 부엌으로 가서 공깃밥을 들고 나온다.)* 그래도 배는 고프고…… 그런데…… 반찬은 없고……. 야! 형중아, 너는 밥 먹었냐?

아들   이 근처 어디 있을 텐데……. 이 몬스터들이 어디 숨은 거야? 이쯤인데…….

남자   형중아! 야!

아들	어? 아빠! 언제 오셨어요?
남자	너 저녁 먹었냐구?
아들	글쎄요. 모르겠네요. 앗! 여기!
남자	그럼 혹시 김치는 어디 있는지 아니?
아들	여기! 여기! 여기 있다!
남자	응? 여기 어디?
아들	야! 죽어라! 죽어!
남자	야! 형중아!
아들	아, 아빠 언제 오셨어요? 앗! 또 맞았다! 이런, 이런!
남자	야! 인마!
아들	(게임에 열중하며) 예? 뭐요?
남자	너는 저녁 먹었냐? 혹시 김치가 어디 있는지 아냐?
아들	예?
남자	김치 어디 있냐구? 김치!
아들	예?
남자	에휴! 관두자. (밥공기를 그냥 탁자 위에 두고 다시 의자에 길게 앉는다.) 그런데 지금 몇 시야? 어이구 이 여편네는 도대체 이 시간까지 어디서 뭘 하고 있는 거야?
아들	아이쿠! 이거 또 당했네! 에이 씨!
남자	형중아! 엄마 어디 갔냐?
아들	안 되겠다, 다른 맵으로…….
남자	뭐? 다른 맵이라구? 거기가 어딘데?
아들	아! 여기에도……. 이동! 이동!

남자   형중아! 엄마 어디 갔냐고?

아들   예? 아, 아빠 오셨어요?

남자   아서라! *(핸드폰을 꺼내 아내에게 전화를 건다.)* 응? *(아내 폰의 벨소리가 집 안쪽에서 난다.)* 이게 뭐야? *(벨소리가 나는 곳으로 들어가 아내의 폰을 들고 나온다.)* 아니, 어딜 그렇게 급하게 가느라고 핸드폰도 두고 나갔을까? 아휴, 지쳐! *(다시 의자에 길게 앉아 아내의 폰을 들여다본다.)*

아들   앗싸! 자! 내 화살을 받아랏! 얏! 얏!

남자   *(아내의 폰을 뒤지다 깜짝 놀란다.)* 아니? 이, 이게 뭐지? 달……링? 달링? *(의자에 곧추 앉아 문자를 검색해 본다.)* 음! 이, 이럴 수가? 이 여자가! *(핸드폰을 거칠게 내려놓는다.)* 음!

아들   아! 또 당했다! 씨, 아무래도 유니크 템이 필요해! 아! 그것만 있었으면……그냥! 할 수 없다. 조던링 앵벌이나 해야지. 조던링! 조던링!

남자   *(의자에서 일어나 아내의 폰을 있던 자리에 갖다 두고 나온다.)* 뭐? 달링? 음! *(술을 마신다.)*

아들   아! 이거 뭐야? 카우모드 들어오자마자 죽어버렸네! 아! 미치겠다. 아, 짱나!

남자   내가 어떤 수모를 당하며 지켜온 가정인데…… 이런 배신을?

아들   *(컴퓨터를 끄며)* 무기부터 사야 해! *(비로소 아빠를 발견하고)* 어? 아빠 언제 오셨어요?

남자   *(황당한 표정)*…….

아들   웬일로 오늘은 일찍 들어오셨네? 잘됐다! 무기 사달래야지. 아! 그거! (서랍을 열어 만년필을 꺼내들고 남자에게 간다.) 어휴! 아빠 또 술 드세요? 아빠, 이거……. (만년필을 내민다.)

남자   응?

아들   아빠, 이거 받으시고 나 돈 좀 줘요.

남자   그건 내가 준 거잖아?

아들   어쨌든요…… 나 한 번도 안 쓴 새 거라고요.

남자   야! 그건 지난번 네 생일 선물로 내가 사 준 거 아니냐구?

아들   그러니까요. 아빠가 이거 되게 비싼 거라고 하셨잖아요? 이거 돌려받으시고 나, 돈 좀 주세요.

남자   난, 그거 필요 없다.

아들   나두요.

남자   어허, 그놈 참! 아니, 돈은 어디에 쓰려고?

아들   무기 사려고요. 레벨이 오를수록 점점 어려워지고 있거든요? 이제 헬 모드도 가야 한다구요.

남자   헬? 헬이 뭐냐?

아들   헬이 지옥이지 뭐예요?

남자   뭐? 지옥이라고? 아니, 거긴 왜 가려고 하냐?

아들   다들 거기까지 못 가서 안달인데…….

남자   지옥을?

아들   헬 모드를요! 아무튼 지금 내 레벨에서는 고렙 유니크 무기가 필요하다구요. 아니, 그게 무진장 필요하거든요? 오죽하면 그거 살려고 내가 앵벌이까지 할까요?

남자   뭐, 뭐라고? 앵벌이? 너 설마 거리에서……

아들	거리가 아니고, 카우 모드에서요!
남자	거기는 어딘데?
아들	거기에서는 잘하면 조던링이라든가 레어나 유니크 템을 잔뜩 획득할 수도 있거든요?
남자	뭐? 조던링? 그건 또 뭐냐?
아들	조던링은 돈을 대신할 수 있는 아이템인데…… 그게…… 말하자면 일종의 수표 같은 거예요.
남자	무슨 말인지 도통…….
아들	그러니까 돈 좀 달라구요!
남자	야! 너!
아들	왜요?
남자	아니야, 관두자. *(지갑에서 천 원짜리 몇 장을 꺼내준다.)* 옛다!
아들	*(돈을 받아들며)* 이게 뭐예요?
남자	돈 달라며?
아들	아휴! 아빠! 이거 갖고는 택도 없구요.
남자	뭐? 택도 없다고? 그까짓 전자오락 하는데 얼마나 더 필요해?
아들	전자오락이요? 에휴! 어쨌든 그 무기 사려면요 아주 좋은 아이템은 몇 백씩 가는 것도 있구요…….
남자	그래. 그거 삼천 원이니까 열 개는 사겠네?
아들	몇백만 원이요!
남자	뭐, 뭐라고?
아들	그냥 쓸 만한 무기는 몇십만 원에 나온 것도 있긴 할 거예요. 검색해 봐야 알겠지만…….

남자	…….
아들	카드 결제도 될 거예요. 아빠, 카드 좀 줘 봐요.
남자	뭐라고?
아들	카드도 된다구요!
남자	교통카드도 되니?
아들	아, 아빠! 그러지 마시구요!
남자	몇십만 원이 아니라 돈 만 원도 없다.
아들	그런데 어떻게 그렇게 매일 술 드실 돈은 있어요?
남자	그러니까 매일 적자지.
아들	아! 그러지 마시구요. 아빠는 하나뿐인 아들이 미치는 꼴을 보셔야겠어요?
남자	걱정 마라. 그 전에 내가 먼저 미쳐 버릴 거니까…….
아들	아! 진짜! 짱나!
남자	엄마한테 얘기해 봐. 아빠 월급은 몽땅 엄마 계좌로 자동 이체 되는데, 내가 무슨 돈이 있겠냐? 내게 뭐가 있겠냐구? *(울컥한다.)* 내겐 아무것도 없어! 내게 남은 건…… 무의미…… 무가치…….
아들	*(돌아서며)* 괜히 말 꺼냈다. 젠장. 다시 카우모드나 들어가 보는 수밖에……. *(컴퓨터를 켠다.)*
남자	*(다시 술을 벌컥벌컥 마신다.)*

[F.O]

제 6 장

사무실. 오전.

남자가 책상 앞에 멍하니 앉아 있다.

김 팀장이 몹시 격양된 표정으로 사무실에 들어선다.

남자 　　*(깜짝 놀라며)* 아! 김 팀장님, 좋은 아침입니다.

김 팀장 　좋은 아침이요? 정말요?

남자 　　그, 그럼…….

김 팀장 　엊저녁에 우리 신입들 데리고 요 앞 곱창 집에 갔었어요?

남자 　　네? 네.

김 팀장 　아니! 상무님 미쳤어요?

남자 　　네?

김 팀장 　하구 많은 술집 중에 하필 그런 누추하고 냄새나는 곳에
　　　　그 친구들을 데리고 가다니요?

남자 　　그럼…… 어디를…….

김 팀장 　아니, 요즘 젊은 친구들이 그런 곳을 좋아할 거라고 생각했
　　　　나요?

남자 　　그…… 글쎄요. 하지만 거기는 나름 역사와 전통이 있는…….

김 팀장	왜 그렇게 생각이 없으세요? 어제 술자리는 왜 가지셨어요?
남자	그야…… 팀장님이 하라고…….
김 팀장	그거 말구요, 우리 신입 친구들을 환영하려고 만든 자리 아닙니까?
남자	그, 그건 그렇지요.
김 팀장	그렇다면 그 친구들 위주로 그 친구들이 좋아할 만한 장소로 가야 할 것 아닙니까?
남자	저, 저는 그 친구들도 좀 색다른 곳으로…….
김 팀장	좋아할 거라 생각했어요?
남자	그럴 수도 있을 거라…….
김 팀장	그런 곳은 우리 상무님같이 쓸데없는 옛 향수에 젖은 퇴물, 꼰대들이나 드나드는 곳이지요.
남자	네?
김 팀장	요즘 잘나가는 친구들에게 그런 대접을 하다니……. 안 하느니만 못하게 됐잖아요!
남자	그럼…… 어디를 갔어야 했나요?
김 팀장	어휴! 저러니 사오정이란 별명이 붙지.
남자	네?
김 팀장	그렇게 분위기 파악이 안 돼요? 적어도 와인바 정도는 갔어야죠.
남자	신입들이 뭐라고 하던가요?
김 팀장	솔직히 실망했답니다. 회사 분위기에…….
남자	…….

김 팀장	그리고 그 역겨운 곱창 냄새 때문에 입맛이 떨어져서 아침도 못 먹었다네요!
남자	…….
김 팀장	제가 상무님께 간곡히 부탁드리지 않았습니까? 그 친구들 대접을 잘해달라구요.
남자	네…….
김 팀장	아니, 그것도 못 해요?
남자	…….
김 팀장	회사에 남고 싶으세요?
남자	네…….
김 팀장	아이도 아직 어리다면서요?
남자	그렇습니다.
김 팀장	그럼…… 지금 명퇴하시면 안 되겠네요?
남자	그럼요. 그렇습니다.
김 팀장	혹시, 사장님께서도 상무님을 부담스러워하고 계신 거 알고 계세요?
남자	네? 사장님께서요? 그, 그럴 리가……. 그분과 저는…….
김 팀장	회사 창립 멤버였다구요?
남자	네! 그리고 우리는…….
김 팀장	돈독한 사이라고요?
남자	네, 네. 바로 그렇습니다만…….
김 팀장	사태를 좀 파악하세요. 세상은 다 변했고 발전을 거듭했는데 상무님만 그 자리에 그대로 계시는 겁니다.

남자	…….
김 팀장	똑바로 좀 하세요! 무슨 어려운 업무도 아니고, 상무님 능력을 봐서 그저 허드렛일이나 부탁드린 건데 그마저도 이렇게 난처하게 만드시면, 저도 이제 어쩔 수 없어요!
남자	네! 알겠습니다. 앞으로는 더 잘하도록 노력하지요.
김 팀장	대답은 꼬박꼬박 잘하시네요?
남자	네?
김 팀장	*(돌아서 나가며)* 그래도 그 주제에 자손은 보고 싶었나 보지? 책임도 못 질 아이는 왜 낳아서…….
남자	네? 방금 뭐라고 하셨습니까?
김 팀장	못 들으셨으면 됐어요! 그 꼴에 또 성깔은…….
남자	*(달려들어 김 팀장의 멱살을 잡는다. 주먹을 쥔 손이 부들부들 떤다.)*
김 팀장	어쭈! 치려고? 쳐 봐! 어디 쳐 보라고!
남자	*(김 팀장의 얼굴에 주먹을 날린다.)*
김 팀장	억! *(쓰러진다.)*

[F.O]

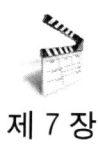

제 7 장

남자의 집. 늦은 밤.

남자가 식탁에서 소주를 마시고 있다.
식탁 위에는 빈 소주병이 널려 있다.

남자　　무의미해. 무의미……. *(환청이 들리는 듯)* 알았어! 알았다구! 네 맘대로 해! 이젠 네 맘대로 하라구! 지쳤어! 나도 이젠 많이 지쳤다구. 그래! 네가 이겼어! 내가 졌다구! 그러니 날 좀 내버려 둬! 내버려두란 말이야! *(헛손질을 하다 상 위를 엎는다.)* 저리가! 저리 가라고! *(술을 마신다.)*

이때, 아내가 집에 들어선다.

아내　　쯧쯧! 또 술타령이지?
남자　　도대체 지금이 몇 시인지 알아?
아내　　형중이는요?
남자　　자.

아내	쯧쯧. 또 상을 엎었군요. (상을 정리한다.)
남자	거기 좀 앉아 봐.
아내	왜요?
남자	내가 할 말이 있어.
아내	(치운 것을 가지고 부엌으로 가며) 내일 얘기해요.
남자	거기 좀 앉으라니까?
아내	내일, 맑은 정신에 얘기하시라구요.
남자	중요한 얘기야!
아내	하긴 당신에게 내일 아침은 없을 테니……. 알았어요. 이것 좀 갖다 놓고요. (부엌으로 갔다가 소주를 들고 나온다.) 자! 오늘은 이 지겨운 술도 실컷 드세요. 내일부터는 못 드실 테니.
남자	언제부터야?
아내	뭐가요?
남자	누구야?
아내	무슨 얘기예요?
남자	달링이라는 사람.
아내	(흠칫 놀라며) 달…… 링이요?
남자	그래, 달링. 당신 핸드폰에 있는 이름.
아내	언제…… 내 핸드폰은 살폈어요?
남자	누구냐고?
아내	아니…… 그런데, 왜 남의 핸드폰은 함부로 뒤져보고 그래요?
남자	(큰 소리로) 누구냐고?
아내	그, 그건…… 사람 이름 아니고, 식당 이름이에요.

남자	식당 이름이라고? 달링 식당?
아내	그, 그래요.
남자	아! 그렇군. 당신은 식당 주인의 뽈따구도 막 깨물고 그러나 보지? 당신이 개야?
아내	뭐, 뭐요?
남자	*(핸드폰을 꺼내)* 자! 이거 당신 핸드폰에 저장돼 있던 메시지 내용이야. 먼저 그 작자가 보낸 셀카 사진과 그 밑에 쓰인 글을 읽어줄까? "누님이 사주신 티셔츠 입었어요. 어때요?" 당신의 답장. "넘, 넘 예쁘다! 달링! 볼을 꽉 깨물어주고 싶어!"
아내	*(아들 방 쪽을 보며)* 형중이 깨요! 좀 조용, 조용히 얘기해요.
남자	조용히 하라구? 지금 이게 조용히 얘기할 내용이야?
아내	조용히 얘기해도 다 들린다구요.
남자	잘 들린다니 다행이군. 이놈은 누구고 어떤 관계야?
아내	그 사람은 내 친구 동생이고, 별 관계는 아니에요.
남자	별 관계가 아니라고?
아내	그저…… 식사나 같이 하고 차나 마시며 얘기나 나누는…….
남자	그러다가 깨물고?
아내	그만해요.
남자	누구는 뼈 빠지게 일만 하고, 호사는 엉뚱한 놈이 누리고…….
아내	무슨 호사?
남자	당신 생전 내 티셔츠 한 장 사줘 봤어? 그 티셔츠 보니까,

명품이데?

아내 　…….

남자 　내가 어떻게 해서 돈을 벌었는지 알기나 해?

아내 　어떻게 벌든, 쥐꼬리일 뿐이죠.

남자 　뭐라고?

아내 　그나마 절반은 술값이고.

남자 　이 사람이! 뭘 잘했다고?

아내 　외로웠어요!

남자 　뭐라구?

아내 　너무 외로웠다구요!

남자 　외롭긴 쥐뿔! 아니, 남편 있고 자식 있는 여자가!

아내 　그 자식은 게임에 빠져서, 남편은 술 먹느라 나는 내내 그
림자와 살았죠. 당신, 지난 몇 년 동안 내게 말 한마디라
도 걸어본 적 있어요? 새벽같이 나가 밤늦게 들어와서는
잠만 자고 나갔지요. 일요일도 예외 없이 항상! 하루 이틀
도 아니고 수년 동안이나요……! 나도 여자라구요!

남자 　누가 당신을 남자라고 했나? 그거야 나도 어쩔 수 없
이…… 직장에서…….

아내 　그만두세요! 당신 너무 많이 변했어요. 지난주에 당신이 새
벽에 자다 말고 벌떡 일어나 칼부림을 한 것 기억나세요?

남자 　뭐?

아내 　붉은 말을 탄 자와 검은 말을 탄자와 청황색 말을 탄 자
가 자기들이 삼킬 자를 두루 찾아다닌다고…… 부엌칼을

	들고 날뛴 거…… 기억이 안 나신단 말이에요?
남자	내가?
아내	나는 너무 무서워서 안방 문 잠가놓고 형중이 방으로 도망갔었다구요.
남자	정말? 내가?
아내	아침에 안방에 가보니 내 베개와 화장대 의자가 난도질되어 있더라구요. 아! 끔찍해!
남자	거짓말!
아내	정말 그 말 탄 자들을 모르세요?
남자	…….
아내	그, 붉은 말 탄자와 검은 말 탄 자 청황색…….
남자	그만해!
아내	기억나세요?
남자	그만하라구!
아내	기억나는군요?
남자	…….
아내	아니, 무슨 술을 그렇게나 마셔댔어요?
남자	(머리를 감싸 쥔다.) 음!
아내	사람들이 그러는데 당신은 이제 자력으로는 술을 끊을 수 없대요.
남자	(술을 마신다.) 음! 이놈들! 저리가! 음…….

이때, 초인종이 울린다.

남자　　응? 이 밤중에…… 아니 이 새벽녘에 누구야? 혹시? 이봐! 혹시 말 탄 자들이거든 나 없다고 해! 아니, 어디 있는지도 모른다고 하라고…….

아내가 문을 열자 건장한 장정들이 들어와 남자의 양쪽 팔을 제압하고 끌고 나간다.

남자　　*(버둥대며)* 이! 뭐, 뭐야? 누구야? 이거 왜 이래? 이거 안 놔? 놔! 이거 놓으라고! 여, 여보! 좀 말려! 아, 아니…… 경찰 불러! 빨리!

아내　　*(주저앉아 울고 있다.)*

[F.O]

제 8 장

[F.I]

다시 버스 정류장.

늦은 밤.

이따금 자동차의 불빛이 지나간다.

정류장의 벤치 위에 남자와 남자2가 말없이 길을 바라보며 앉아 있다.

남자　…….

남자 2　…….

남자　그날부터 나는 알코올 중독자 치료 시설에 입원하게 되었죠. 아니, 치료 시설이라기보다는 수용소라는 편이 더 맞을 거요. 그곳 생활은 정말 끔찍했소. 툭하면 때리고 반항하면 독방에 가두기도 하고……. 강하게 항의하면 수면제나 진정제를 투여했어요. 그것이 그 병원 치료의 전부였다오. 견디다 못한 나는 목숨을 걸고 그곳을 탈출했고……. 결국 나는 탈출에 성공했는데…… 탈출의 기쁨도 잠시 어디 갈 곳도 없더라구요.

남자 2   그놈의 술이 원수였군요.

남자   술은 잘못이 없소.

남자 2   네?

남자   술은 그냥 술일 뿐이죠.

남자 2   ……?

남자   어떤 사람이 잘 드는 칼로 다른 사람을 찔렀다고 합시다.
         칼이 잘 든다는 게 잘못입니까? 아니면 찌른 사람이 잘못
         한 겁니까?

남자 2   그야…….

남자   칼이 징역 사는 거 봤어요?

남자 2   그야…… 못 봤죠.

남자   그건 칼에게는 잘못이 없다는 증거요. 만약 그 잘 드는
         칼이 솜씨 좋은 요리사 손에 있었다면…… 맛있는 요리를
         만들었겠죠.

남자 2   글쎄요. 듣고 보니…….

남자   인류의 조상 아담 이후로 사람들은 핑계 대기를 본능적으
         로 하죠. 술이나 칼이나 스마트폰이나 PC나 그 어떤 물질
         에게도 죄를 물을 수는 없어요. 그것들에게는 의지가 없
         거든요.

남자 2   그렇다면……?

남자   사람의 의지가 문제이죠. 집착, 욕심 같은…….

남자 2   집착이요?

남자   집착이 욕심을 낳고, 욕심은 죄를 낳고, 그의 삯은 사망이죠.

남자 2   그거 성경에 있는 말씀 아니에요?

남자   혹시, 성경에 요한계시록을 읽어보신 적 있으세요?

남자 2   요한계시록이요? 읽어보진 못했지만 들어본 적은 있는 것
          같은데……. 그게 세상의 종말에 관한 책이지요?

남자   계시록 6장을 보면 어린양이 일곱 인 중 첫 번째 봉인을
          떼시는데 그때부터 세상을 멸망시키러 오는 여러 말을 탄
          자들이 나오거든요?

남자 2   아! 아까 아저씨의 환상에 나왔다던 그자들이요?

남자   나는 붉은색 말과, 검은 말, 청황색 말 탄 자들이 항상 무
          서웠거든요. 그런데…… 실은, 첫 번째 등장했던 백마를
          탄 자가 가장 강력한 자더라구요. 그는 활을 들고 면류관
          을 쓰고 이기고 또 이기려고 눈을 시퍼렇게 뜨고……. 형
          씨는 '백마' 하면 무엇이 연상됩니까?

남자 2   백마요? 글쎄요. 뭐, 왕자? 개선장군? 그 밖에…….

남자   선하고, 밝고, 힘찬 이미지죠?

남자 2   뭐, 그렇죠. 청황색, 검정…… 이런 것같이 칙칙하진 않지요.

남자   그것이 가장 강력한 무기였소.

남자 2   뭐가요?

남자   백마! 그 이미지 말이요. 그 이미지에 사람들이 경계심을
          풀면, 갑자기 뒤에서 활을 쏘아 넘어뜨리는 거지요.

남자 2   혹시…… 술을 드시더니 지금 또 환상이 보이시는 거 아니
          에요?

남자   (술을 마신다.) 지금은 아예 그들과 함께 살고 있는걸요? 술

이 없네?

남자 2   알코올 중독이라는 걸 아시면서도 술을 그렇게 드십니까?

남자   이거 마시고 싶어서 목숨 걸고 탈출까지 한걸요? 혹, 돈
       가진 거 있으면 술 좀 받아 오시오.

남자 2   그거 다 드시면 사드릴게요.

남자   고맙소, 친구!

남자 2   우리가 언제 친구가 됐지요?

남자   *(악수하며)* 노숙의 세계에 오신 걸 환영합니다!

남자 2   예? 그, 글쎄요…….

남자   어차피 갈 곳도 없지 않소?

남자 2   있다니까요.

남자   그럼, 왜 안 가시오?

남자 2   그, 그건…….

남자   결혼은 하셨소?

남자 2   네.

남자   자녀는?

남자 2   아직요.

남자   가정 문제요?

남자 2   뭐 그렇다고 할 수도 있고…….

남자   실직했소?

남자 2   파산했죠.

남자   사업을 했었나 보죠?

남자 2   네. 처음엔 직장 생활을 하다가 결혼하면서 바로 사업을

시작했지요.

남자   그런데 파산하셨구만?

남자 2   경기가 너무 없었어요. 운이 없었던 거죠.

남자   핑계같이 들리는구려. 사업은 어떻게 시작하게 됐소?

남자 2   장인어른의 도움을 받아서요. 사실은 장인께서 제가 다니던 회사의 하청 일을 하는 작은 회사의 사장님이셨고, 아내는 아버지를 도와 사무실에서 일하던 그분의 딸이었습니다.

남자   당신은 직장에서 벗어나 창업을 하고 싶었구요?

남자 2   남자들은 다 그런 꿈을 꾸지요.

남자   아내를 사랑했소?

남자 2   당연하죠. 그러니 결혼했죠.

남자   핑계같이 들리는구려.

남자 2   ······.

남자   창업하고 싶어서 결혼하신 건 아니구요?

남자 2   ······.

남자   집착과 욕심. 그들과 결혼했군요.

남자 2   사실은 그때 결혼을 약속한 다른 여자가 있었습니다.

남자   게다가 바람까지 피우고?

남자 2   혹시, 저를 아세요?

남자   가장 흔한 TV 드라마 내용이요.

남자 2   아, 난 또······.

(사이)

남자 2　*(핸드폰을 꺼내 만지작거린다.)*

남자　　아내로부터의 전화를 기다리고 있군요.

남자 2　*(핸드폰을 닫으며)* 아니…… 아니요. 그럴 리가…….

남자　　형씨가 여기 벤치에 처음 앉을 때부터 계속 핸드폰에 신
　　　　경을 쓰지 않았소?

남자 2　아니요, 그냥 배터리가 있나 보느라고…….

남자　　그게 그거지.

(사이)

남자　　내가 백마 탄 자 이야기를 했던가요?

남자 2　네.

남자　　술을 한두 잔 먹을 때만 해도…… 나는 전혀 몰랐어요.

남자 2　알코올 중독까지 될 줄을요?

남자　　항상 외로웠어요. 마치 지구에 던져진 외계인같이……. 그
　　　　때마다 나는 술을 마시게 되었지만 그때까지만 해도 나는
　　　　내가 술을 먹고 있다는 자체도 인식하지 못했지요. 그러
　　　　다 어느 날 술이 나를 먹고 있다는 것을 깨달았을 때, 나
　　　　는 벌써 알코올 요양소에 있었다오.

남자 2　의지가 약하셨군요.

남자　　글쎄요. 맞긴 한데…… 뭔가에 홀린 것 같다는 느낌도 드

는 거요.

남자 2   핑계같이 들리는군요. 술은 죄가 없다면서요? 의지가 없으니.

남자   술 얘기가 아니고, 바로 그 의지 말이오. 내가 백마 탄 자 얘기를 했던가요?

남자 2   취하셨군요.

남자   거기에는 음모가 있어요. 거대한 음모.

남자 2   그럼 아저씨의 의지가 아니라, 그 음모가 아저씨에게 술을 먹게 했다구요? 누가? 술의 신인 박카스가요?

남자   더 본질적인 문제지요.

남자 2   알코올 중독은 술을 절제하지 못하는 병일 뿐이죠.

남자   사람들은 본질에는 관심이 없어요.

남자 2   본질이요?

남자   원인과 본질을 찾으려는 노력보다는 문제의 표피적 해결을 종결로 보는 거지요.

남자 2   왜요?

남자   본질을 캐는 것은 무척 힘들고 성가신 일이니까요. 나를 알코올 중독 치료 시설에 가두고 술을 못 먹게 하면 그것으로 치료가 다 됐다고 보는 것이 바로 그것이죠.

남자 2   그런데 지금 또 그렇게 드시고 계시니…….

남자   그 본질은 외로움이었고…….

남자 2   사람은 누구나 외롭죠.

남자   그 외로움은 대화의 단절에서 왔고…….

남자 2	그리고요?
남자	대화의 단절은 상호간 무관심으로 이어졌고…….
남자 2	그래서요?
남자	그러다보니 서로의 사랑이 식었고…….
남자 2	사랑이요?
남자	가정의 존재 이유인 사랑이 식어버리니 우리 모두는 각자 모래알이 되었고…… 그러고는 무너져 버렸지요. 모래 위에 지은 집은 필연적으로 무너지게 되어 있잖소?
남자 2	음, 대화의 단절이라…….
남자	그때 그 외로움의 본질을 깨닫기만 했더라도…… 나는 대화의 회복에 온 힘을 쏟았어야 했었는데…….
남자 2	그런데요?
남자	그런데 나는 그럴 때마다 무의식적으로 술을 마시게 되었다오. 위로 받으려고. 그러니 문제의 해결은커녕 나도 모르게 문제는 눈덩이같이 커져 버려서……. 그런 나 때문에 또 다른 사람까지 외로워지고 그 사람도 결국은…….
남자 2	그렇기도 하네요.
남자	거대한 음모란 결국 그것이었소. 본질은 외면하게 하고, 비 본질에 집착하게 하는 것!
남자 2	……!
남자	하나님은 사랑이시고, 그분께서 창조하신 이 세상의 운영원리도 바로 사랑이라면 그 섭리에 반하는 것은?
남자 2	사랑의 반대라면 미움 아닌가요?

남자	사랑의 반대 개념은 미움이 아니라 무관심이라오.
남자 2	무관심이요? 그렇겠네요.
남자	미움은 사랑의 또 다른 단면이겠죠.
남자 2	그런데 우리는 지금 대화하고 있지 않나요?
남자	사실은 내가 오랫동안 여기 버스 정류장에 앉아 많은 사람들에게 이 음모 얘기를 해주려 노력했지만, 막상 이렇게 대화를 나누기는 처음이라오. 사실은…… 이제 포기할까도 생각했었거든요.
남자 2	그렇다면 아직 희망은 있는 거겠죠?
남자	…….
남자 2	*(일어선다.)*
남자	어디 가시오?
남자 2	술 사러요.
남자	고맙소.
남자 2	오히려 제가 더 감사해야 할 것 같은데요? 선생님의 말씀 속에 해답이 있는 듯도 하니 말입니다.
남자	언제부터 우리가 사제지간이 됐소?
남자 2	방금입니다. 제게 깨달음을 주셨으니.
남자	…….
남자 2	*(나간다.)*
남자	그것 참! 기적일세. *(길을 응시하며 생각에 잠긴다.)*
남자 2	*(소주와 안주를 들고 온다.)* 여기…….
남자	고맙소.

남자 2	그런데 한 가지 궁금한 게 있어요.
남자	……?
남자 2	문제가 무엇인지 그렇게 정확히 아시는 분이 왜 회복하려 하시진 않는 겁니까?
남자	않는 것이 아니요.
남자 2	그럼요?
남자	못하는 거지.
남자 2	결과는 동일하지 않습니까?
남자	사실, 그건 내게 딜레마라오. 아는 것과 실천하는 것.
남자 2	핑계같이 들리는데요?
남자	나는 너무 깊숙이 빠져 버렸어요. 아까 내가 그랬잖소? 지금은 그 말 탄 자들과 같이 살고 있다고. 길들여진다는 거…… 야생의 동물들도 인간에 길들여지면, 다시는 야생으로 돌아가지 못하지 않소?
남자 2	집으로 안 돌아가실 건가요?
남자	그러기엔 내가 너무 멀리 온 거 같소. 여기서 또 대화를 시도해볼까 하오. 다시 나 같은 사람이 나오지 않게 또 다른 기적을 바라며…….
남자 2	그 또한 핑계로 들리는군요. 좋아요! 어쨌든 나는 돌아갈 거예요. 생면부지의 사람과도 대화로 마음을 나누었는데, 내 아내와 대화를 못할 이유가 어디 있겠어요?
남자	…….
남자 2	아무튼 감사합니다. 제게는 은인이세요. 앞으로는 건강 생

각하셔서 술도 차차 줄이시고…… 술을 드실 때는 손가락
빨지 마시고 꼭 안주도 챙겨서 드시도록 하세요.

남자   정말 고맙소.

남자 2 그리고 이건 좀 외람된 말씀이긴 합니다만…….

남자   ……?

남자 2 그…… 선생님의 딜레마라는 거 말입니다

남자   아는 것과 행하는 거 말이오?

남자 2 네. 사실은 그게 딜레마가 아니라 위선이 아닐까요?

남자   무슨 말이오?

남자 2 방금 편의점에 다녀오면서 생각해 봤는데…… 믿음이 있
다면 당연히 행하게 되는 거 아닐까요? 그러니 행함이 없
다면 실상은 믿음도 없다는 거죠. 그 둘은 동전의 양면같
이 서로 떨어질 수 없는 관계이니까요.

남자   음! 그러면…….

남자 2 결국 선생님은 위선자라는 거죠

남자   ……!

남자 2 그럼……. *(걸어 나가다 돌아서서)* 다음에는 이 버스 정류장에
서 선생님을 뵙는 일은 없었으면 합니다.

남자   *(손을 흔들어 준다.)*

남자 2 *(퇴장.)*

남자   *(생각에 잠긴다.)* 내가…… 집에서 잘 수 있을까? 술을 안 먹고
도 살 수 있을까? *(머리를 도리질한다.)*

혼자 남은 남자의 얼굴과 스크린에 정류장의 안내 전광판이 뜬다.

"151번 종료. 288번 종료. 1123번 종료."

남자는 씁쓸하게 웃고 있다.

제 9 장

[F.I]

버스정류장.

새벽.

벤치는 비어 있고, 청소원이 정류장 인근을 비로 쓸고 있다.

청소원   *(벤치 위를 보고)* 아! 이런 거 좀 먹은 사람이 치우면 안 되나? 제길. 응? 이건 쓰레기가 아니네? 따지도 않은 소주잖아? 잘됐다. 이따 밥 먹을 때 반주 해야지. *(비닐에 넣어가지고 나간다.)* 허허허. 횡재했네.

[F.O]

스크린에

(장면1)

유월절에 예수께서 자기가 세상을 떠나 아버지께로 돌아가실 때가 이른 줄 아시고 세상에 있는 자기 사람들을 사랑하시되 끝까지 사랑하시니라.

마귀가 벌써 시몬의 아들 가룟 유다의 마음에 예수를 팔려는 생각을 넣었더라.

(성경, 요한복음 13장 1~3절)

(장면2)

도시의 혼잡한 거리 풍경.

오가는 차와 사람들의 물결.

그 사람들 틈에 바쁘게 출근하는 남자의 모습이 보인다.

강지호 희곡집

06

꿰맨 호주머니

- 2002년 10월 -

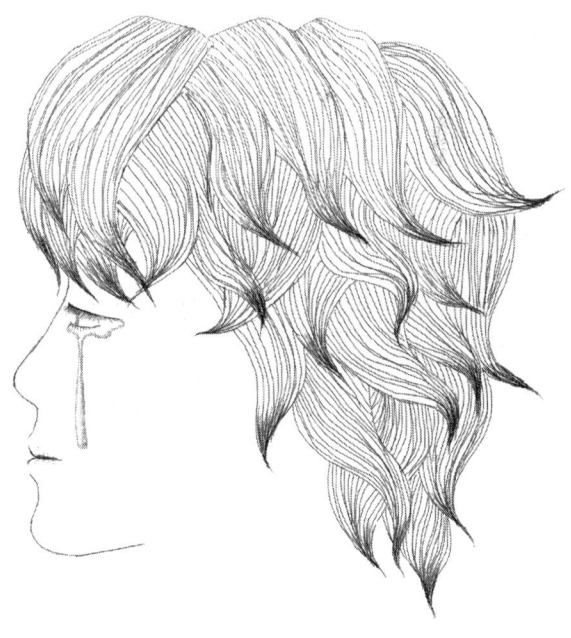

제 1 장

암전 속에서 music 1. '축제의 날' 의 intro 부분이 연주되는 가운데 중간 톤의 희미한 조명이 dim in 된다.

파티장.
정장 차림의 남녀들이 삼삼오오 모여 음료를 마시며 담소를 나누고 있다.
이때 피터가 무대 중앙의 낮은 단상에 오르면, 피터에게 spot in.

피터   여러분! 반갑습니다. 여러 바쁘신 일도 많으실 텐데 이렇게 부족한 초대에 왕림해 주시니 참으로 감사합니다. 오늘 저희 집에 초대를 받으신 분들은 사실 아주 특별한 분들이십니다. 여러분들은 모두 제 맘속에 VIP들이십니다. 미국 대통령이라도 제 맘속에 VIP의 자격을 얻긴 힘들 것입니다만, 그 자격은 오직 여러분에게만 허용되어 있답니다. (대중들 웃음소리) 다행히도 제가 여기 미국 땅에서 사는 동안 아직은 사회생활을 잘하고 있나 봅니다. 딱 한 분을 제외하곤 저의 초대를 받으신 모든 분들께서 계시니 말입니다. (대중들 웃음과 박수) 그런데 그 딱 한 분도 지금 우리와 함께하고자 열심히 달려오고 있답니다. 저 진짜 사회생활 잘한 거 맞죠? (웃음소리와 박수) 감사합니다. 오늘은 우리의 기억 속에서 가장 특별하고 즐거운 크리스마스이브가 되시길 바랍니다. 자, 모두들 잔을 채우시고 마음껏 이 밤을 즐겨주시기 바랍니다!

(music 1. 축제의 날)

solo(피터)

자! 즐기자 이 기쁜 날 축제의 날
사랑의 주님
그분께서
성령으로 잉태하사
우리 곁에 오신 날

자 즐기자 이 기쁜 날
축제의 날

소망의 주 그분께서
어둠 속에 강림하사
참 빛으로 오신 날

자 즐기자 이 기쁜 날
축제의 날

만왕의 왕 그분께서
겸손하게 몸 낮추사
내 죄 대속하시려고
사람 몸을 입으신 날

chorus(후렴)

만왕의 왕 그분께서
말구유에 오시고
새끼나귀 타시고
십자가를 지셨네

날 위해
우리 위해

날 위해
죄인 위해

박수 소리와 함께 피터가 단상을 내려온다.

현수   자! 자! 여러분. 그런 의미에서 우리 건배합시다. 행복하고
즐거운 이 밤을 위해……. 예수님의 생일을 기념하여…….

건배!

대중들   건배! *(여기저기 잔 부딪친다.)*

피터   *(현수에게 다가와)* 이봐, 현수. 그런데 이 친구 어떻게 된 거야? 아직 기진이에게서 연락 없지?

현수   음, 아직. 도로가 혼잡한가?

피터   그쪽에서 오신 분들에게 물어봤는데 그렇지 않다는데…….

현수   그럼 내가 기진이네 유아원에 전화 한번 해 볼까?

피터   글쎄. 아직 출발 안 했을 리는 없고…….

현수   그럼 혹시 교통사고라도?

피터   에이, 이 사람, 별소리를…….

현수   곧 오겠지 뭐.

피터   그럼 다행이고. 그 친구가 약속이라면 지나칠 정도로 잘 지키는 친구라…….

현수   하긴, 기진이는 항상 정각의 사나이지. 나와는 아주 정반대로.

피터   하하하, 알긴 아는군.

현수   이봐! 그러니 옛말이 틀린 게 없다구. 양지가 음지 되고 음지가 양지된다고 오늘은 내가 기진이보다 먼저 와서 그 친구를 기다리지 않나?

피터   음, 그렇군. 오래 살고 볼 일이야.

현수   원래 스타는 맨 마지막에 등장하는 법이라네.

피터   그런 법이 있다면 우리 현수야말로 스타 중에 스타겠네?

현수   *(어깨를 으쓱이며)* 말해 뭐 하겠나? 기진이도 한번쯤은 스타가 돼보고 싶은가 보지. 금방 올 거야. 난 음료를 날라야겠어.

피터   응, 그래. 고마워! *(시계를 들여다보며)* 이 친구 정말 이게 무슨
      일이야?

이때, 써니가 피터에게 다가온다.

써니   하이! 피터!
피터   응? 아니, 이게 누구야? 써니?
써니   그래, 피터. 나야, 써니.
피터   세상에······. 이게 얼마만이야?

두 사람 가볍게 포옹한다.

써니   아주 대단한 파티인데?
피터   고마워. 그래, 그동안 잘 지냈어?
써니   그럭저럭······. 피터는 어때?
피터   보다시피······. 아, 그런데 우리 써니 오늘 밤 정말 매력적
      인데? 아주 멋져!
써니   뭘 새삼스럽게······. 나야 늘 그랬지.
피터   오랜 시간 못 봤는데 그래도 여전하군. 변한 게 없어.
써니   하하, 잘난 척하는 거?
피터   아니, 미모가 말이야. 정말 눈부셔. 에이, 내가 아직 총각
      이라면······.
써니   상관없어.
피터   정말? 그럼, 나 이혼할까?

써니	이런, 이런. 네 와이프에게 지금 그 말 그대로 전할까?
피터	아, 안 돼, 안 돼. 내 목숨이 여러 개면 몰라도…….
써니	왜 이리 겁을 내시나? 늘 와이프에게 맞고 사나 보지?
피터	왜 아니겠어? 그거 알아? 금방 맞은 곳 또 맞으면 얼마나 아픈지?
써니	호호, 그거야 나는 모르지. 맞아본 적이 없어서……. 나도 항상 때리는 입장이었거든?
피터	하하, 그래. 매제가 살아있을 때 네 펀치가 엄청 맵다고 늘 얘기하더라. 자기는 권투 선수와 사는 것 같다고…….
써니	…….
피터	(써니의 안색을 살피며) 아! 미안! 미안! 농담하다가 나도 모르게 매제 이야기를…….
써니	아냐, 아냐. 상관없어. 그이의 명이 짧았던 것이 네 탓은 아니잖아.
피터	참, 좋은 사람이었는데…….
써니	누구에게든 그 하루는 있는 거지. 죽는 날.
피터	그 하루가 네게는 무척 충격이었겠지?
써니	그이가 교통사고로 죽었다는 소식을 딱 듣고는…… 그 이후로 어떻게 했는지 무슨 일이 있었는지…… 심지어 어떻게 장례를 치렀는지조차 전혀 기억이 나질 않았어.
피터	음, 그랬겠지.
써니	(억지웃음을 지으며) 그리곤 다시 정신을 차리고 보니 나는 돈 많은 과부의 신분이 되어 있더군.

피터	그러게……. 그래도 가난한 과부보다는 좀 희망적이군.
써니	그냥, 남편 잡아먹은 여자일 뿐이지.
피터	그건 무슨 소리야?
써니	내 주위 사람들의 객관적 평가.
피터	그리 객관적 판단 같진 않군.
써니	하긴 그 사람들은 내가 과부라는 것보다 부자라는 것에 더 주목하는 것같이 보이긴 하더군.
피터	그러게……. 조금 배가 아픈 것 같은 느낌이 있어. 그건 그렇고 요즘은 어때?
써니	어때 보여?
피터	아주 좋아 보이는데?
써니	그래? 글쎄……. 좋아 보이려고 늘 노력은 하고 있어.
피터	노력이 필요해?
써니	음, 많이……. 사실은 힘들어.
피터	왜? 무엇 때문에?
써니	글쎄. 늘 후회뿐이지 뭐.
피터	후회? 넌 부자잖아?
써니	부자도 후회는 하지.

이때 현수가 음료가 있는 쟁반을 들고 다가온다.

현수	아니, 두 사람. 오늘밤, 왜 이리 진지해?
써니	어머! 현수 씨, 서빙 하시느라 고생이 많으시네요.

현수	*(잔을 바꿔 주며)* 두 사람의 무거운 표정이 오늘 파티 콘셉트에 전혀 어울리지 않는다는 건 알고 있겠지? 혹시…… 두 사람, 연애하는 거 아닌가요?
써니	어머! 연애요? 내가 뭐가 아쉬워서 유부남과 연애를 하겠어요?
현수	하긴……. 혹시 나같이 치명적인 매력남이라면 또 몰라도……. 안 그래요? 나, 난 어때요?
써니	먼저, 현수 씨 와이프께 물어 보시지요?
현수	네? 그건 좀…….
써니	왜요? 현수 씨도 맞은데 또 맞을까 봐 염려되세요?
현수	안 당해 본 사람은 모르죠. 에휴! 난 바빠서 이만…….
써니	호호호. 하여튼 남자들이란…….
피터	써니…….
써니	응?
피터	아까 후회한다는 얘기 말이야…….
써니	응.
피터	그거 혹시…… 사실 이건 내가 전부터 좀 궁금하던 거였는데…….
써니	궁금한 게 뭔데 그리 뜸을 들이시나?
피터	혹시…… 기진이 때문이야?
써니	으, 응?
피터	사실 써니와 기진이는 한국에 있었을 때, 서로 사랑하는 사이였잖아. 그러다 갑자기 두 사람이 결별하더니, 너는 또

금방 미국으로 시집 가 버리고……. 우리는 좀 어안이 벙벙
했는데 기진이는 그저 침묵으로 일관하고, 너는 이미 미국
으로 시집을 간지라 물어볼 수도 없고. 참 궁금했거든.

써니   아, 그랬어? 그건…….

피터   그때 두 사람에게 무슨 일이 있었던 거야?

써니   무슨 일도 없었고, 아무런 사건도 없었어.

피터   그래? 그럼 왜 갑자기…….

써니   갑자기는 아니었고…….

피터   갑자기가 아니었어? 그럼……?

써니   사실은 아주 단순해.

피터   사랑이 식은 거야?

써니   아니, 그것도 아니고……. 기진 씨는 나를 만날 때마다 항
          상, 늘 미안하다고 했어.

피터   응? 설마…… 그래서 헤어졌단 거야? 미안하다고 해서?

써니   호호, 말하고 보니 그러네. 사실은 가난…… 가난이 싫었어.

피터   흠.

써니   아니, 싫다기보다 지긋지긋했어! 그때 우린 너무 가난했거
          든. 추운 겨울날에도 우린 버스비가 없어서 몇 정거장을
          떨며 걸었고 점심 먹을 돈도 없어서 길가 포장마차에서
          떡볶이 1인분을 시켜 놓고, 공짜로 주는 어묵 국물로 추위
          와 배고픔을 달래곤 했지. 처음엔 그것도 재미있다 생각
          했고…… 그 추위 속에서도 서로의 눈빛을 바라보며, 서로
          의 체온을 느끼며 행복을 느끼기도 했었는데…….

피터	음. 그래 조금은 알 것도 같아.
써니	그런데 그때 우리 엄마가 금방 수술을 해야만 하는 중병에 걸리신 거야. 그런데 아버지는 고통에 몸부림치는 엄마를 바라보시며 하염없이 한숨만 쉬고 계셨고……. 난 그런 아버지가 너무 밉고 싫더라고. 그날 오후에 기진 씨를 잠깐 보았는데…….
피터	또 밥 굶고 걷기만 했군.
써니	그날도 기진 씨는 내게 연신 미안하다고 했어. 미안하다고. 그때 내게 그 말이 얼마나 거슬렸는지…….
피터	진심으로 미안한 거였겠지.
써니	알지. 그런데, 그때 내 속이 확 뒤집어지더라고. 이 사람과 결혼하면 평생 내게 미안하다는 말만 거듭할 것 같은 거……. 병의 통증으로 가뜩이나 힘든데 거기에 남편의 속절없는 한숨 소리에 맘까지 불편해야 하는 우리 엄마의 모습이 오버랩 되면서…… 나는 그만 펑펑 울고 말았지.
피터	기진이 많이 당황했겠군.
써니	내가 왜 우는지도 모른 채 또 연신 미안하다고 하더군.
피터	그래서…… 매제와 결혼하기로 작정한 거였나?
써니	그는 부자였거든. 미국에서 성공한 CEO.
피터	그를 사랑했나?
써니	사랑했냐고? 글쎄……. 그건 그냥 일종의 비즈니스 같은 거였다고 할까? 그 덕분에 우리 엄마도 수술을 잘 받으셨고 우리 집은 외동딸 잘 됐다고 이웃의 부러움도 꽤 받았거든.

피터	좀 의외이긴 한데? 사실 두 사람이 참 잘 어울린다 생각했거든?
써니	그 사람은 참 멋진 사람이었어. 내가 마음을 못 열었을 때에도 그저 그는 바라만 봐 주었고, 늘 친절한 미소를 잃지 않았었지.
피터	어쨌든 두 사람, 행복했었지?
써니	그야 내가 택한 부자 남편은, 내게 미안하다는 말을 하지 않더군.
피터	그래? 그거 잘됐네.
써니	그 대신 내게 늘 감사하다는 말을 하길 주문하더라구.
피터	응? 하하하, 그래?
써니	하긴 그럴 만도 하지. 그는 나를 졸지에 신데렐라로 만들어 주었으니……. 그때야 나는 깨달았어. 세상의 모든 남녀 관계는 수평을 맞추는 작업이란 걸 말이야
피터	음, 그래! 그럴 듯한데?
써니	늘 가벼운 쪽이 부단히 노력해서 무거운 쪽과의 수평을 맞춰야 하지. 그러니 비중이 가벼운 쪽은 늘 힘에 부쳐 피곤하고 지칠 수밖에……. 세상에 공짜는 없더라구.
피터	오호! 그러고 보니, 써니는 비중이 무거운 자리에서 가벼운 자리로 수평 이동을 한 셈이네?
써니	공주에서 하인으로…….
피터	하하하. 글쎄……? 혹, 그래서 후회를?
써니	그이와 사는 동안에 나는 내 주머니가 새는 줄도 몰랐어.

하루하루가 너무 바빠서. 그런데 그이가 떠난 후⋯⋯.

피터　후회를?

써니　어느 날, 잠에서 깨어나 보니 나는 돈 많은 과부가 되어
　　　있더라고.

피터　거기다 미모까지 갖춘?

써니　호호호. 글쎄?

(music 2)

공허

어느 날 당신은 달리는 차 안에서
차창 밖을 내다 보다
갑자기 외로워진 적 없나요?

어느 날 당신은 친구와 수다 떨다
혼자 화장실을 갈 때
갑자기 외로워진 적 없나요?

어느 날 당신은 많은 사람 가운데서
그들과 함께 하다가도
갑자기 외로워진 적 없나요?

(후렴)

난

매력적이고

돈도 많고

게다가

과부랍니다.

내 곁엔 늘 많은 사람 있고

내 곁엔 늘 즐거운 파티 있고

내 곁엔 늘 남자들 있죠.

그런데 난 왜 외롭죠?

당신도 그러신가요?

우린 왜 외롭죠?

피터   음……. 그래.

써니   피터도?

피터   우리 모두가 그렇지.

써니   기진 씨도 외로울까?

피터   응? 글쎄? 그 말은……?

써니   아니. 그냥 궁금해서…….

피터   글쎄……. 그 친구 하도 속이 깊어서 그냥 겉으로 보기엔
         고아들 돌보는 일에 너무 바빠서 외로울 틈도 없는 것같

이 보여. 그 일이 그 친구에겐 천직이지 싶어.

써니   그럴 거야. 그는 그런 일이 잘 어울리지. 어쨌든 기진 씨
              도 많이 변해 있겠지?

피터   변한 건 우리고 그 친구는 여전해. 사실 내가 가장 부러
              운 게 그건데 때로는 열정이 사람을 늙지 않게 하는 어떤
              힘이 있는 거 같기도 하더라구.

써니   나는 어때 보여?

피터   글쎄…… 조금 긴장한 것 같은데?

써니   그거 말고…….

피터   응? 아! 물론 써니는 매력적이고, 부자이고, 게다가 싱글이
              잖아?

써니   호호호. 고마워!

피터   이 친구 아무리 자질구레한 약속도 꼭 지키는 친구이니
              곧 나타날 거야. 자! 우리 한잔하면서 조금만 더 기다려
              보자구! *(두 사람이 웃으며 건배하고 와인을 마신다.)*

[F.O]

제 2 장

기진의 고아원.

작은 강당의 무대 위. 저녁.

　'제1회 후원인의 밤' 이라는 플래카드가 무대 정면에 붙어 있다.

[F.I] 되면,

원아들이 무대 위에 합창 대열로 정렬해 있고, 안나 선생의 사인에 노래와 율동을

시작한다.

(music 3)

찰스	안녕하세요?
	저는 찰스이고요, 동양인이랍니다.
크리스	저는 크리스이고, 흑인이에요.
죠디	저는 죠디인데, 히스패닉이죠.
다함께	우린,
	피부색도 다르고
	생김새도 다르고

성격도 제각각이고

부모님도 다르죠.

찰스　　난 블록 쌓기를 좋아하고 크리스는 노래를 잘해요. 그리

고, 죠디는 …… 죠디는…….

죠디　　잘하는 게 없죠.

다함께　그래요, 맞아요. 다 다르죠

이때, 죠디가 노래와 율동을 엇박자로 계속 틀린다.

다함께　피부 색깔

부모님,

재능까지도…….

안나　　여러분, 잠깐, 잠깐만요.

크리스　(죠디를 쩨려보며) 아휴! 죠디! 또 죠디야! 진짜 미치겠네!

찰스　　어이구! 저런 멍청이! 야! 죠디! 도대체 이 부분을 몇 번이

나 되풀이 연습을 하는데, 또 틀린단 말이야?

죠디　　(시무룩해진다.)

크리스　야! 이 바보 멍청아! 너 하나 때문에 우리 모두가 이 무슨

생고생이냐? 어이구! 진짜 잘하는 게 하나도 없어!

찰스　　그러게. 먹는 거 하나 빼고는……. 그렇게 가르쳐줘도 그

간단한 걸 못해서 꼭 한 박자씩 늦게 들어 오냐?

안나　　자, 자. 여러분 잠깐 조용히 하고 모두 그 자리에 앉아 보

	세요. 여러분, 긴 시간 동안 연습하느라 힘들지요?
아이들	네!
죠디	아니요!
크리스	*(죠디를 흘겨보며)* 하여튼 못 말려! 대답도 한 박자 늦게 하네.
안나	우리 앉은 채로 잠시 쉬기로 합시다.
크리스	안나 선생님! 사실 우리도 이젠 지쳤어요. 벌써 한 달 넘게 이렇게 맹연습을 해도 죠디는 아직도 한 박자를 계속 놓치고 있으니……. 에휴!
찰스	선생님. 우리가 더 연습한다고 죠디가 과연 잘할 수 있을까요?
크리스	안나 선생님, 제 생각엔 이쯤에서 죠디를 포기하는 것이 우리나 죠디를 위해서 서로 좋은 일일 것 같은데요?
찰스	맞아요, 맞아! 선생님, 우리도 힘들지만 사실, 죠디도 얼마나 힘들겠어요? 아무리 해도 안 되니…….
안나	그래요. 여러분, 많이 힘들죠? 사실 뮤지컬은 원래 쉽지 않은 거예요. 그래도 여러분이 불과 한 달 만에 이만큼 하는 것을 보면 여러분은 참 소질이 많은 것 같아요.
찰스	선생님, 정말이에요? 정말 우리가 잘하는 건가요?
안나	그럼요. 저는 정말 여러분이 자랑스러워요. 저뿐 아니라 우리 원장님과 이 공연을 보실 우리 후원인 분들도 모두 감동받으실걸요?
크리스	정말요? 정말 그럴까요?
안나	그렇대두요. 걱정 말아요.

크리스   그런데…… 그게, 죠디 때문에…….

찰스   그러게. 죠디만 없으면…….

안나   우리 후원인 여러분들이 우리 공연을 보러 오실 때 무엇
          을 기대하고 오실 것 같아요? 크리스?

크리스   네? 그, 글쎄요.

안나   그분들이 우리 공연이 품격 높고 완벽할 것을 기대하고
          오실까요? 만일 그것을 기대하신다면 그분들은 이곳에 오
          시지 않으실 거예요. 큰 극장의 티켓을 끊으시겠죠. 그곳
          에는 완벽한 화음과 현란한 춤사위, 그리고 웅장한 오케
          스트라, 멋진 조명, 의상 등 뭐든지 다 즐길 수 있잖아요?

찰스   그러게요. 그런데 우리는 왜 이런 허접한 뮤지컬을 하려고
          하죠?

안나   바로 그거예요. 그분들은 바로 그 허접하고 보잘것없는
          것을 보시고자 이곳에 오시는 거예요.

크리스   예? 아니, 왜요? 취향도 참 독특하시네.

안나   보잘것없고, 초라하지만 그 안에 있는 우리의 진심과 정성
          을 보시고자 하는 거죠. 진심에는 힘이 있고, 큰 감동도
          있는 거랍니다.

크리스   네, 선생님, 무슨 말씀이신지는 잘 모르겠지만…… 어쨌
          든 우리가 실수하고 엇박자를 내는 건 결코 감동스러운
          일은 아니잖아요?

찰스   그래, 그래. 내 말이 그 말이야.

크리스   물론, 죠디도 한 달 내내 정말 열심히 노력했다는 건 우리

모두 알긴 하지만, 아무리 열심히 한들 재능이 없는 건 어쩔 수 없지 않나요? 우리가 아무리 진심을 다 했어도 그 결과는······.

찰스 말짱 꽝이라는 거지? 바로 내 말이 그 말이야.

죠디 저······ 선생님. 그럼, 제가 이 공연에서 빠질까요? 나만 없어지면······.

크리스 그래, 그래! 그거 정말 잘 생각했다. 슬프긴 하지만 대를 위해선 소가 희생해야 되는 거잖아?

죠디 소 말고 돼지를 희생하면 안 되나?

크리스 야! 분위기 파악도 못 하고······. 하나도 재미없거든?

죠디 그래! 내 말이 바로 그 말이야. 그럼 닭을 희생시키는 어때?

크리스 어휴!

안나 그래요. 여러분의 생각은 잘 알겠어요. 그런데 혹시 우리 고아원의 원훈이 뭔지 아는 사람 있어요?

크리스 아, 그거요? 저, 알아요. '한 사람은 여러 사람을 위해, 여러 사람은 한 사람을 위해' 아닌가요?

안나 바로 맞았어요. 훌륭해요, 아주 잘 알고 있네요. 그럼 그 뜻은 뭐라고 생각하세요?

크리스 그, 그 뜻이요? 그건 뭐······ 글쎄요······ 늘 함께하라는 뜻이 아닐까요?

찰스 내 말이 곧 그 말이야.

안나 제가 여러분을 노래 한 곡을 들려주고 싶은데 어때요?

크리스 네? 노래요? 아, 진짜요?

찰스 　　 야! 신난다. *(모두 박수로 청한다.)*

(music 4)

한 사람을 위해

어느 학교 한 학급에
암 병을 앓고 있는
한 친구가 있었답니다.

그 친구는 매일매일
힘겨운 치료를 받았고

어느 날, 그 어느 날부터
아름답던 그 친구의 갈색 머리칼이
하염없이 빠져갔죠.

매일매일 줄어가는
그 머리칼 때문에
그 친구는 깊은 슬픔에 빠졌답니다.

어느 날, 그 어느 날
교실에 들어선 그 친구는
그만 깜짝 놀라고 말았죠.

그 반의 모든 급우들이

슬퍼하는 그 한 친구를 위해

모두 머리를 밀어 버렸던 거였어요.

그 이후, 이 얘기를 전해 들은

그 학교의 전교생이

모두 머리를 밀어 버렸답니다.

그 친구는

더 이상

슬프지도, 외롭지도 않았어요.

그들은 모두 대머리가 되어

하나가 되었답니다.

찰스	*(박수 치며)* 야! 감동이다
크리스	정말! 그런데 선생님, 이 일이 실제 있었던 일인가요?
안나	그래요. 실제랍니다. 혹시, 여러분의 의견이 서로 맞지 않을 때, 여러분은 어떻게 그 의견을 조정하나요?
찰스	그럴 땐 가위바위보로 결정해요.
안나	그렇군요. 또 다른 방법은?
죠리스	다수결로 정하지요.
안나	다수결은 '한 사람은 여러 사람을 위해' 에 해당되겠죠?
죠디	나는 다수결이 싫어!

찰스	왜?
죠디	응? 그, 그냥.
크리스	쯧!
안나	다수결은 민주주의 기본 원칙이에요. 하지만, 더 성숙되고 원숙한 민주주의는 바로 우리 원훈의 뒷부분에 있지요. '여러 사람은 한 사람을 위해!' 저는 바로 이 글에 감동받아서 이렇게 우리 친구들과 함께 하게 되었답니다.
크리스	네. 근데 무슨 말씀인지…….
안나	(미소를 지으며) 자! 여러분. 지금부터 선생님의 노래와 율동을 한번 눈여겨보세요. 지금 계속 문제가 되고 있는 코러스 부분이에요. 그래요 맞아요. 다 틀려요. (노래와 율동을 죠디가 하듯 엇박자로 한다.) 피부 색깔, 생김새, 부모님과 재능까지도…….
크리스	응? 그건 죠디가 하는 거잖아요? 그렇게 하면 틀리는 건데?
안나	그래요. 그런데 이것도 괜찮지 않아요? 이렇게 코러스 부분을 엇박자로 하니까 색다른 것 같죠? 덜 지루하기도 하고, 리듬감도 더 살아나는 것 같기도 하구요. 어때요?
크리스	선생님 말씀을 듣고 보니 그런 것 같은데요?
찰스	아! 그러니까 그 코러스 부분을 우리 모두가 죠디에게 맞춰서 하자는 말씀이신가요?
안나	(어깨를 으쓱인다.)
아이들	아! 좋아요! 좋아요, 선생님.
찰스	그러면 죠디와 함께할 수도 있고…….

크리스	노래도 더 신나는 것 같아요!
죠디	그, 그러면…… 저도 친구들과 함께할 수 있는 거예요? 빠지지 않아도 되나요?
찰스	그래, 그래! 죠디, 너는 지금껏 하던 대로만 하면 되는 거야. 그러면 우리가 모두, 너를 쫓아갈게.
죠디	진짜? 진짜로? 우와! 신난다!
안나	모든 노래가 정박으로 가니까 약간 단조로운 면도 있었는데 우리 죠디 덕분에 더 좋은 공연을 할 수 있을 것 같아요.
찰스	그러고 보니 너 아주 천재다!
크리스	내 말이…….
찰스	바로 그 말이야, 라고 하려 했지?
크리스	응? 응.

이때, 기진이 들어온다.

기진	얘들아!
아이들	대디!
기진	연습은 잘 되어가니?
아이들	네!
기진	허허허. 녀석들. 안나 선생님, 수고가 많으십니다.
안나	수고는요……. 아이들이 생각보다 썩 잘하는걸요?
기진	아, 정말요? 허허허. 다 안나 선생님 덕분이죠.
안나	자! 그럼 우리 그간 연습한 것, 우리 원장님께 한 번 보여

	드릴까요?
아이들	네!
안나	잘할 수 있겠죠?
아이들	*(더 큰 소리로)* 네!
안나	좋아요! 이것이 최종 리허설이에요. 이제 더 이상 연습은 없으니 실제 공연이다 생각하고 실력 발휘해 보는 거예요. 알았죠?
아이들	네!
기진	*(잠시 시계를 보고는 난처한 표정이 된다.)* 저, 안나 선생님…….
크리스	그럼, 전부들 자기 자리로 이동할까요?
죠디	오케이! 이젠 나도 잘할 자신 있다구!
안나	그럼! 죠디 홧팅! 자! 그럼 시작해 볼까요?
기진	저, 안나 선생님…….
안나	자! 여러분 긴장을 풀고, 우리가 늘 하던 대로만 하면 되는 거예요! 다들 준비됐나요?
기진	*(다시 안나 선생을 부르려다가 만다.)*
안나	그럼…… 조명 들어오고……. 전주 시작!
기진	*(난처한 표정으로 시계를 바라 보다 그냥 자리에 앉는다.)*

(music 3)

찰스	안녕하세요? 제 이름은 찰스. 동양인이죠.
크리스	제 이름은 크리스. 흑인이랍니다.

죠디   제 이름은 죠디. 히스페닉이죠.

찰스   난 블록 쌓기를 좋아하구요.

          크리스는 노래를 잘해요.

          그리고 죠디는…… 죠디는…….

죠디   잘하는 게 없죠.

다같이   우리는

          피부색도,

          생김새도,

          성격도,

          부모님도 다 다르죠.

찰스   나는 동양의 어느 나라에서 입양되었대요.

          그런데 어느 날, 양부모님이 이사를 가 버리셨죠.

          나와 강아지 보보를 그냥 버려둔 채.

크리스   나는 아버지의 얼굴도 몰라요.

          난 어머니와 살았거든요.

          그런데 어머니 얼굴도 기억 못해요

          그녀는 늘 새벽에 직장에 나가 밤늦게야 돌아왔죠.

          그러던 어느 날,

          새벽에 집을 나간 어머니가 그만 돌아오지 않았답니다.

죠디   나? 나요?

          난 내가 누군지도 몰라요.

          부모님이 계셨으니, 내가 있겠지만…….

          얼굴을 모르는 부모님도 난, 몰라요.

다같이   우리는

피부색도,

생김새도,

성격도,

부모님도 다 다르죠.

찰스   그런데, 한 가지 같은 것 있죠.

크리스   그게 뭔데?

죠디   그게 무엇이든, 난 관심 없어!

찰스   우리는 모두 버림받았죠.

크리스   우린, 언제나 냉대받았죠.

찰스   채울 길 없는 큰 그리움!

우리 가슴은 늘 사랑에 주려 있었죠.

죠디   그래서 난 항상 배가 고프다구!

다같이   우리는

피부색도,

생김새도,

성격도,

부모님도 다 다르지만,

한 가지 같은 것 있죠.

우린 세상에서 버림받았어요.

찰스   그런데 우리를 끝까지 버리지 않으신 단 한 분! 바로 그분!

크리스   심지어 그분은 우리를 사랑하셔요.

죠디   그분이 누구신데?

찰스	그분은 바로 예수.
크리스	나의 주님이시죠.
다같이	그분은
	외로운 사람의 친구 되시고,
	애통하는 사람의 위로 되시고
	꺼져가는 등불도 끄지 않으시고,
	우리의 작은 신음에도 귀 기울이시는 분.
	오직 그 한 분!
찰스	그 주님을 내가 사랑합니다.
	진심으로, 진심으로.
크리스	사랑합니다. 우리 모두……
	사랑의 근원 되신 나의 주님을
	진심으로, 진심으로
다같이	우리 주님 계시므로 내가 살 이유 있네.
	우리 주님 계시므로 내 삶의 의미 있네, 내게 큰 희망 있네.
	길모퉁이 버려진 돌도 주춧돌 될 희망 있네.
	사랑합니다. 우리 모두
	사랑의 근원 되신 우리 주님을
	진심으로, 진심으로, 진심으로 사랑합니다.
기진	*(기립 박수)* 원더풀! 원더풀! 정말 대단해!
안나	공연이 마음에 드시는지요.
기진	그렇고 말구요! 정말 훌륭해요! 얘들아, 정말 멋지다!
아이들	대디! *(기진 주위로 몰려든다.)*

기진	그래, 그래. 내 새끼들! 어쩜 그리 잘하니? 감동이다!
안나	내일 우리 후원인 여러분께서도 좋게 생각해 주셔야 할 텐데…….
기진	그거야 당연하죠! 해마다 후원인의 밤 행사를 해 왔지만, 올해같이 이렇게 아이들이 특별 공연을 준비한 것도 처음이고, 더구나 이런 감동적인 무대를 보리라고는 저도 미처 생각을 못 해 봤는걸요?
안나	정말요? 그렇담 다행이구요.
기진	이렇게 훌륭한 달란트를 가지신 안나 선생님을 우리 시설에 보내주시다니 정말 감사합니다. 자! 자랑스러운 우리 친구들, 내일은 무슨 날인가요?
아이들	후원인의 밤 행사 날이요!
기진	맞아요. 그리고…… 또?
아이들	크리스마스요!
기진	그래요. 오늘은 이브이구요. 그래서 오늘 밤에는 특별히 아주 맛있는 음식을 준비했답니다.
죠디	네? 정말요? 우와!
크리스	크리스마스이브 파티예요?
기진	네, 맞아요! 지금 식당으로 내려가면…….
아이들	이얏호! 신난다! *(우르르 뛰어 내려간다.)* 우와!
기진	*(아이들 뒷모습을 바라보며)* 허허. 녀석들 먹을 거라면 뒤도 안 돌아보고 뛰네. 허허허.
안나	한참 먹을 나이죠.

기진　　　그러게요. 늘 잘 먹여야 하는데…….

안나　　　후원인들의 지원이 점점 줄고 있다고 들었어요.

기진　　　요즘 경제가 상당히 어려워져서요.

안나　　　어쩌죠?

기진　　　글쎄요, 다 길이 있겠지요 뭐. 어차피 제가 하는 일이 아닌
　　　　　걸요?

안나　　　네?

기진　　　*(하늘을 가리키며)* 저는 그분의 심부름만 할 뿐이죠.

안나　　　아…….

기진　　　자! 안나 선생님도 어서 식당으로 가시죠. 선생님이야말로
　　　　　오늘의 VIP신데 늦게 가시면 선생님 몫이 없을지도 모른
　　　　　답니다. 허허허.

안나　　　그럼 안 되죠. 사실 저도 지금 배가 많이 고프거든요? 호
　　　　　호호. 같이 내려가실 거죠?

기진　　　네? 아, 그게 좀……. 사실은 오늘 제게 선약이 있어서요.
　　　　　어렸을 때부터의 친구들 모임인데 해마다 크리스마스 시
　　　　　즌에 한 번씩 얼굴 보는 거죠.

안나　　　어머, 그러세요? 그래도 이 시간이면 시장하실 텐데…….

기진　　　일 년 전 약속할 때에는 오늘같이 멋진 뮤지컬 리허설을
　　　　　관람하게 될 줄은 꿈에도 몰랐거든요?

안나　　　어머! 그럼 저희 리허설 보시느라 약속 시간에 늦어지신 거
　　　　　예요?

기진　　　좀 늦긴 했지만 지금이라도 서두르면 뭐 괜찮겠죠.

안나	어머, 죄송해요. 그런 약속이 있으신 것도 모르고…… .
기진	아이고! 이거 무슨 말씀을…… . 그렇게 말씀하시니 제가 송구해서 몸 둘 곳을 모르겠습니다. 안나 선생님! 정말 감사합니다. 그리고 죄송합니다. 그럼 실례할게요.
안나	예, 예. 어서 다녀오세요. 밤길에 운전 조심하시구요.
기진	네, 감사합니다! 식사 맛있게 하세요. *(나가며)* 참! 제가 식당에다가 선생님 음식은 따로 챙겨 놓으라고 했답니다. 허허허.
안나	정말요? 감사해요. 호호호. *(기진의 뒷모습을 바라보며)* 공연이 잘되어서 후원인 여러분의 마음이 열렸으면 좋겠다. 그래야 이 시설이 유지될 텐데…… . 휴.

[F.O]

제 3 장

[F.I]

피터의 파티장. 늦은 밤.

사람들의 대화와 웃음소리가 한껏 높아져서 파티가 무르익었음을 나타낸다.

피터   *(시계를 보며)* 어허, 이 사람, 진짜 무슨 일이 있는 거 아냐?

써니   *(웃으며 다가온다.)* 피터!

피터   음, 써니!

써니   정말 대단한 파티인데?

피터   한번 다 둘러보았어?

써니   그럼. 피터는 나보다 늦게 이곳에 들어왔는데, 언제 이렇게
        좋은 사람들을 많이 사귀었지? 대단해!

피터   역시, 써니야. 파티를 즐길 줄 아는데? *(계속 입구 쪽을 바라본다.)*

써니   기진 씨를 기다리는구나.

피터   음.

써니   뭐, 바쁜 일이 있나 보지.

피터   그 친구, 워낙 정확한 친구라……. 이런 일은 처음이거든.

써니	(어깨를 으쓱인다.)
현수	(두 사람에게 다가오며) 샴페인?
써니	(잔을 받으며) 고마워!
현수	써니, 술 많이 늘었는데? 오늘 꽤 마셨지?
써니	호호호. 그랬나? 난 파티에 취한 줄 알았는데⋯⋯.
피터	좀 긴장돼?
써니	응? 아, 아니⋯⋯. 사실은⋯⋯ 조금.
현수	긴장? 아니, 왜?
피터	이 사람! 기진과 써니가 오늘 보게 되잖아. 처녀 총각 때 서울에서 본 이후 처음으로 말이야.
현수	아! 기진이와⋯⋯. 그렇구나. 참! 내가 좀 전에 기진이 고아원에 전화 해 봤거든?
피터	어, 진짜? 늦은 시각인데 전화를 받던가?
현수	글쎄, 나도 전화 안 받을 줄 알았는데, 거기 자원 봉사 선생님이 받더라고.
피터	아, 그래? 뭐라고 하시던가?
현수	내일 고아원에 후원인의 밤 행사가 있어서 기진이가 그 행사의 리허설을 보느라 좀 늦게 출발했다고 하던데?
피터	얼마나 늦게?
현수	글쎄⋯⋯ 그것까진 미처⋯⋯. 그런데 그 자원봉사 선생님 목소리가 그냥⋯⋯.
피터	예뻐?
현수	아주 죽여줘. 나긋나긋하고, 상냥하고⋯⋯. 여하튼 귀가

황홀하고 간질간질하고…….

피터   또, 또 딱 네 스타일이지?

현수   기진이에게 소개해 달래야지!

피터   쯧쯧. 저 사람, 언제나 철이 들까?

써니   참, 남자들이란……. 호호호.

이 때, 기진이 급한 걸음으로 파티장에 들어선다.

현수   어! 저기……. 기진이! 쯧쯧. 하여간 양반은 못 돼.

피터   이봐, 기진이!

기진   아, 미안, 미안해!

피터   아니, 왜 이렇게 많이 늦었나? 자네답지 않게.

현수   (기진과 악수하며) 드디어 오늘의 스타! 마지막 손님께서 납시었군.

기진   미안하네, 현수.

현수   뭐, 괜찮아. 나도 그리 큰소리칠 입장은 아니니…….

피터   무슨 문제라도 있었나?

기진   응? 아니 그런 건 아니구…….

현수   급히 오느라 목마를 텐데 음료 좀 갖다 줄까?

기진   고마워, 현수.

피터   써니도 자넬 많이 기다렸다네.

기진   응? 으음. 써, 써니…….

써니   하이!

기진   하, 하이…….

피터	하하하. 이 사람들, 무슨 처음 보는 사람들도 아니고, 하이가 뭔가? 두 사람, 뜨거운 포옹이라도 해야 하는 거 아니야?
써니	(손을 내밀며) 그동안 잘 지냈어?
기진	(손을 잡으며) 응? 으응…… 그, 그럼…….
피터	하하하. 분위기 참……. 이봐들! 내가 잠시 두 사람에게 시간을 줄 테니 좀 친해지게! 하하하. (사람들 쪽으로 간다.)
써니	…….
기진	…….
써니	너무…… 갑자기지?
기진	미국에서 결혼했다는 얘긴 들었어.
써니	…….
기진	그리고…….
써니	내가 남편을 잃었다는 소식도 들었겠지?
기진	음.
써니	그랬군.
기진	참, 많이 힘들었지?
써니	(어깨를 으쓱한다.)
기진	잘 살았어야 하는데…….
써니	우리 정말 오랜만에, 그것도 극적으로 만났는데 서로 좀 더 솔직하게 얘기 나누는 건 어떨까?
기진	무, 무슨…….
써니	내 남편의 사망 소식을 듣고, 기진 씨 마음속으로는 무슨 생각을 했을까?

기진	음?
써니	우리는 서로 사랑하는 사이였고 그 관계를 배신한 건 바로 나였잖아? 배신자의 말로는 저런 거구나, 하는…….
기진	아니! 아니야. 그건…….
써니	그랬었대도 괜찮아. 이해해. 아니, 어찌 보면 그건 당연한 거지. 나도 나 자신이 미웠는데 기진 씨는 오죽했겠어.
기진	물론 너와의 이별이 내게 큰 아픔이긴 했지만 결코 써니를 원망하거나 미워해본 적은 없어. 너와의 이별은 너의 문제라기보다 오히려 나의 문제라는 생각을 했어.
써니	정말? 왜?
기진	써니가 내 곁을 떠난 건 내가 싫어서라기보다 나의 가난이 싫었던 거 아니었어?
써니	이기적인 사랑이지.
기진	아니야! 그건 이기적이라기보다 적절한 판단이었지. 어쨌든 가난도 나의 일부이니까. 내게 돈 버는 능력은 없는 것 같아. 난 지금도 가난하거든. 다 나의 능력 부족이지.
써니	그래도…… 조금은…… 배신감이 들었지?
기진	아니. 그보다 너와 나는 많이 다르구나, 하는 생각은 해 봤지.
써니	그래서 화가 났어?
기진	글쎄……. 다른 사람이 나와 다르다는 사실이 화를 낼 일은 아니지 않나?
써니	…….
기진	사실 너와 헤어진 후 나도 반성을 많이 했어. 그렇게 사랑한

다면서 나는 내 사랑하는 이를 위해 정작 해 준 것이 무엇이 있나? 아니, 뭔가 해 주려고 노력조차 해본 적이 있었나? 이해심도, 배려도 없는 나야말로 이기적 사랑이었던 거지.

써니 ……

기진 ……

써니 한 가지 궁금한 거 있어.

기진 ……?

써니 기진 씨는 왜 아직 솔로지?

기진 응? 아! 말했잖아? 능력 부족이라고…….

써니 그거 혹시…… 나 때문이야?

기진 응?

써니 혹 나에 관한 마음의 상처 때문에?

기진 흠, 그래. 일부 영향이 없다고 할 순 없겠지. 그렇지만…….

써니 아직도 날 사랑해?

기진 너와 헤어진 후 나는 매일 널 위해 기도했어.

써니 피터의 말대로 당신은 정말 변함이 없어.

기진 여전히 고루하지?

써니 오늘은 그 점이 감동으로 다가오는데? 혹시 말이야…….

기진 응?

써니 혹시 지금 내가 기진 씨에게 청혼한다면 주제 넘는 일이겠지?

기진 아이구. 그럴 리가……. 하하하.

써니 농담 아니거든?

기진 그 청혼을 받아들인다면 오히려 내가 주제 넘는 인간이 되겠지. 난 여전히 가난한걸. 게다가 지금은 내게 딸린 식구들도 많이 있어서 예전보다 더 가난하지.

써니   그 대신 내가 부자가 되었거든?

기진   *(당황한 표정이 된다.)* ······.

써니   정말이야. 나, 진짜 부자가 됐어. 나의 갈망과 동경이 날 부자로 만들어 주었지. 부자가 된 그 순간부터 불행 끝! 행복 시작! 그럴 줄 알았어. 물론 부자로 사는 건 좋은 것이긴 했어. 그런데 그것이 곧 행복은 아니었지. 그것은 인간이 행복해지기 위한 천만 가지 조건 중에 딱 한 가지였을 뿐이더라고. 내가 그 단 한 가지 조건을 위해 내 인생을 너무 과소비했다는 것을 깨닫기까지 그리 오랜 시간이 걸리지 않았어. 금을 주고 동을 산거지.

(music 4)

써니   내 맘속에 한 얼굴 있었죠.
       그 얼굴은 세월이 흐를수록
       점점 더 또렷해졌어요.

기진   내 맘속에 한 여인 있었죠.
       밤낮이 바뀌고 계절이 바뀌어도
       그녀는 늘 거기 있었죠.

써니   우리는 서로 달랐지만 그때는 몰랐어요.

우리 같은 마음 됐을 때 우린 너무 멀리 있었죠.

듀엣 되돌릴 수 없을까요 우리의 지난날들

회복할 수 없을까요 우리의 모습들을

우리 간 길이 멀더라도 우리 간격 클지라도 우리 모습 변했어도

당신은 늘 그곳에 있었죠.

내 마음 가장 깊은 곳에.

돌이키고 싶어요 우리의 지난날을

회복하고 싶어요 우리의 모습들을

써니 (샴페인을 들이켠다.) 내 청혼에 관심 있어?

기진 응? 아, 그건…….

써니 왜? 내가 또 배신할까 봐?

기진 아니, 그런 건 아니고…….

써니 어쨌든 거절할 거지?

기진 그것도 아니고…….

써니 그럼?

기진 좀 신중히 생각해 볼 필요는 있겠지? 잘못하면 그 과소비
했다던 지난날처럼 써니의 남은 날까지 또 낭비할지도 모
르지 않겠어? 그러니 오늘 밤 지나 내일 아침에 다시…….

써니 내가 술김에 그런 줄 아는구나? 하기야, 신중하자는 것이
나쁜 건 아니지.

기진 우리 유아원에 한번 와 주겠어? 우리 아이들 너무 예뻐. 아
마 써니도 우리 아이들을 좋아하게 될 거야. (말 도중에 시계
를 흘끔거린다.)

써니	왜? 나와 있는 게 지루해?
기진	응? 아니, 그럴 리가 있나. 오늘 널 만난 것도, 같이 얘기를 나누는 것도 모두 꿈만 같은걸?
써니	그런데 왜 자꾸 시계를 보는 거야?
기진	아, 그게…….
피터	*(두 사람에게 다가온다.)* 묵은 얘기들 많이 나누었어? 이런, 내가 방해를 했군 그래.
기진	아니야. 그보다…….
써니	기진 씨가 유아원에 날 초대했어.
피터	정말? 그거 참 잘됐네. 하하하. 아무튼 두 사람 다 못 나눈 이야기는 잠시 후에 밤새워 나누도록 하고 나를 잠깐 따라오게나. 사람들에게 자랑스러운 내 친구를 좀 소개해야지.
기진	아니, 잠깐만…….
피터	왜? 자네 오늘 파티에 늦었다고 미안해하는 건가? 상관없어.
기진	그것도 미안하고 또…….
피터	또? 또 뭐? 아이, 이 사람 괜찮다니까…….
기진	그게 아니라…….
피터	왜? 무슨 일이야? *(써니를 본다.)*
써니	아냐, 아냐. 난 안 때렸어. 그런 눈으로 보지 마. 호호호. 기진 씨가 아까부터 자꾸 시계를 보던데 뭔가 다른 볼일이라도 있는 거 아냐?
기진	저…… 사실은…….
피터	왜, 무슨 문제라도 있나?

기진   내가 큰 결례인 줄은 아네만……

피터   왜?

기진   사실은 나 아무래도 지금 좀 되돌아가야 할 것 같아.

피터   뭐? 되돌아가?

기진   음. 사실은 이곳에 오는 도중에 차를 돌릴까도 했지만 그래도 친구들 얼굴이라도 잠깐 보고 가려고……

피터   왜? 자네 아이들에게 무슨 일이라도 있는 거야?

기진   아니, 그런 건 아니고……

피터   그럼, 왜? 오늘은 정말 평소 자네답지 못하네. 이 뜻 깊은 밤에 뒤늦게 와서는 곧 돌아가겠다니?

기진   바로 오늘이 그 뜻 깊은 밤이라서 말이야. 미안하네.

피터   뭐야? 좀 알아듣게 차분히 말해 보게.

기진   사실 오늘 파티에 늦은 건 바로 양복 때문이었어.

피터   양복?

기진   내일 우리 유아원에 후원인의 밤 행사가 있거든?

피터   응. 그래 그 얘긴 들었어.

기진   내가 그 행사 리허설을 보게 되어서 시간이 약간 오버되었거든? 그래도 얼른 서둘러 출발하면 되겠다 싶어서 부리나케 집에 가서 옷을 갈아입으려고 양복을 꺼냈는데…… 아, 글쎄, 내 한 벌뿐인 정장 슈트 곳곳에 좀이 슬어서 구멍이 숭숭 뚫려 있지 뭔가? 가뜩이나 시간도 늦었는데 양복까지 그 모양이니……

피터   허허허. 그랬어? 그, 참……

현수   *(일행에게 다가와)* 자네한테 음료수 갖다 주기로 하곤……. 미
        안! 손님이 워낙 많아서……. *(잔을 주며 기진의 차림새를 본다.)* 어
        우! 기진이 양복 진짜 멋진데?

피터   그러고 보니 진짜 멋진 양복인데? 그래서 새 양복 마련하
        느라 시간이 많이 지체된 것이로군.

현수   꽤 비싸 보이는데?

기진   하하. 이 사람들, 내가 어디 새 양복을 살 형편이 되나? 빌
        린 거지.

현수   빌린 거라구? 그런데 어떻게 이렇게 사이즈도 딱인가?

피터   그러게……. 어디 세탁소에서?

기진   세탁소도 가보고, 렌트점에도 가 보았는데 마땅한 게 없더
        라구. 시즌이 시즌인지라.

현수   그랬겠네. 그럼, 이 옷 어디서 빌린 거야? 색상이며, 패턴이
        며 딱 내 스타일인데?

써니   호호호. 현수 씨 그 양복이 정말 맘에 드시나 봐요?

현수   그럼요! 이 정도 퀄리티라면 뭐 하러 슈트를 사겠어요? 자
        주 입는 것도 아닌데……. 이봐, 그거 어디서 빌린 거야? 나
        도 소개 좀 해줘 봐.

기진   응. 이 옷? 장의사.

현수   뭐? 장, 장의사?

피터   장의사라면 설마…….

기진   그렇다네. 이 옷은 바로 시신에게 입히는 수의라네.

현수   뭐? 수, 수의라고? 에, 에구. *(손을 턴다.)*

피터   정말?

기진   양복을 찾아 동네를 뱅뱅 돌다가 보니, 시간은 자꾸 가고 그렇다고 작업복 차림으로 올 수도 없고……. 그때! 장의사에 걸린 이 슈트가 내 눈에 딱 들어온 거야.

현수   에이, 아무리 그래도 그렇지. 꺼림칙하지 않던가?

기진   그럴 여유도 없었어. 어서 이곳에 오려고…….

피터   그랬었군. 그런데 장의사에서 수의를 쉽게 빌려 주든가?

기진   마침 그 집 주인과 잘 아는 사이라 내 사정 얘기를 듣고는 고맙게도 꺼내 주더라고.

피터   얘기를 듣고 보니 오늘 이 사람 고생이 많았구만.

현수   에이, 아무리 그래도 나라면 그건 못 입겠다. *(군중들 안으로 간다.)* 에이!

피터   하하하. 저 사람! 그건 그렇고 그렇게 어렵사리 여기까지 왔는데 왜 금세 돌아가겠다는 건가?

기진   옷을 빌려서 급하게 집에 돌아와 옷을 갈아입고는, 내 소지품들을 주머니에 넣으려는데…….

피터   그런데?

기진   글쎄, 이 양복의 주머니가 죄 꿰매져 있는 거야.

피터   응?

기진   하는 수 없이 소지품들을 손에 든 채, 자동차에 오르는데 은근히 짜증이 나더라고……. 왜 주머니마다 죄 꿰매 놓았는지.

피터   그러게. 그 참, 황당했겠네?

기진   하지만 이곳에 운전하며 오는 도중에 차차 이해가 되더군.

피터	뭐가?
써니	그 꿰맨 호주머니 때문에 불편했다며?
기진	이 옷은 수의였어!
피터	그런데?
기진	죽은 자에겐 호주머니가 필요 없지.
써니	……!
피터	음, 그러네.
기진	이 꿰매진 호주머니 덕분에 운전하는 내내 많은 생각을 하게 되었어. 나는 그동안 얼마나 큰 호주머니를 갖고 살았는지…… 또 그것을 채우기 위해 나는 얼마나 애쓰고 노력하며 살았는지…… 어차피 가져갈 수도 없는 것들, 그 헛된 것들을 위해 나는 또 얼마나 소중한 것들을 팽개치며 살아왔는지…….
피터	……!
써니	……!
기진	거기까지 생각이 미치자, 나는 나 혼자 즐기자고 아이들을 버려둔 채, 파티장을 향해 허위허위 달려가는 내 모습이 참 부끄러워지더라고…….
피터	버려두다니? 자네는 일 년 내내 그 아이들과 함께하지 않는가? 그러니 일 년에 한 번쯤 친구들과 크리스마스 파티를 즐길 자격은 충분히 있다고 보네. 안 그래?
써니	그, 그럼!
기진	오늘 나는 비로소, 예수님은 세상에서 버림받고, 사랑에

주린 내 아이들의 젖은 눈망울 안에 계시다는 걸 알게 되었어. 그런데 하필 그분의 생일날…… 나는 오히려 그분을 버려 둔 셈이지 뭔가?

피터   ……!

기진   아! 이것 참! 어찌 얘기를 하다 보니……. 정말 미안하네. 자네들 맘을 무겁게 하려던 건 아니었는데……. 저, 그러니 내게 너무 마음 쓰지 말고 다들 평소같이 즐겁게 지냈으면 고맙겠네. 그래야 나도 좀 편하게 돌아갈 수 있지 않겠나? 아, 이거 아무래도 오늘 내가 큰 실수를 하는 것 같아 거듭 미안하네.

피터   아니네, 친구! 자네가 그리 큰 주머니를 가졌다면, 내 주머니는 또 얼마나 거대하겠나?

써니   그러네. 나는 그 거대한 주머니가 가득 차니까, 이젠 또 다른 채워야 할 커다란 주머니를 만들려고 하고 있으니……. 아! 이제야 그동안 내가 왜 그리도 외로웠는지 알 것 같군! 내 커다란 주머니를 채워 갈수록 내 가슴속은 비어가는 거였어.

기진   아, 이 사람들 너무 자책하지들 말게. 사실 살아 있는 우리에게는 주머니도 필요한 것 아니겠나?

피터   문제는 그 주머니가 필요 이상으로 크다는 거지.

써니   이젠 나도 꿰매 버리겠어! 내 주머니를. 그 수의를 생각하면서…….

기진   아무래도 내가 오늘 실수한 것 같네. 사실 물질은 하나님

의 축복이 아니겠나? 주신 분의 뜻대로 훌륭하게 쓰이기만
한다면 말일세.

피터   그래, 친구. 자네가 실수한 건 없네. 오히려 감사할 따름이
야. 우리는 우리 가장 가까이에 있던 허망한 집착과 욕심
을 전혀 보지 못했거든?

기진   제발 나 때문에 분위기를 망치지 않았길 바라네. 그럼 우
리 다른 날 한 번 꼭 보자구.

피터   음! 꼭 그래야지. 조심해서 가게나.

기진   써니도……

써니   음…….

기진   *(돌아선다.)*

써니   아, 잠깐!

기진   응?

써니   내일이 유아원 후원인들의 밤이라고 했지?

기진   응.

써니   그럼 나도 같이 가. 결혼 문제도 아닌데…… 내가 그 유아
원 후원인 명단에 내 이름을 올리는 것까지 그리 신중할
건 없지 않을까?

피터   써니가 후원인을? 오! 그러니까 방금 꿰맨다던 그 문제의
호주머니를 열겠다는 뜻인가?

써니   아니, 통째로 떼어 주겠어.

피터   오! 그래? 그거 아주 좋은 생각인 것 같은데? 하하하.

기진   고마워, 써니!

써니   천만에! 오히려 내가 가진 것이 올바르게 쓰이도록 깨우쳐
      준 기진 씨가 감사한걸.

기진과 써니가 두 손을 맞잡고 서로의 눈을 맞춘다.

피터   허허허. 정말 아름다운 밤이로군! 올해는 정말 뜻 깊은 크
      리스마스 파티를 하는 것 같아! 가만있자! 아! 그래! 이봐
      두 사람! 잠깐, 잠깐만 기다려줘!

피터가 서둘러 연단에 오른다.

피터   자! 자! 여러분! 여기 잠깐만 주목해 주시겠습니까? 네, 감
      사합니다. 저는 조금 전에 오늘 파티의 마지막 내방객인 제
      절친한 친구, 기진을 드디어 만나게 되었답니다. *(박수 소리)*
      하하하. 감사합니다. 이 친구는 시애틀 인근에서 오랫동안
      고아원을 운영하고 있는 친구인데 저는 그 친구로부터 따
      끈따끈한 소식 두 가지를 듣게 되었습니다. 저는 지금 그
      소식을 여러분과 함께 나누려고 하는데 한 가지는 좀 유
      감스러운 소식이고, 또 다른 한 가지는 매우 다행스러운
      소식이랍니다. 하하하. 궁금하시죠? 네, 그럼 첫 번째 소식
      부터 전할게요. 우리는 지금 뜻 깊은 크리스마스를 축하
      하고자 이 자리에 모여 있는데 정작 이 파티의 주인공이신
      우리 예수님은 유감스럽게도 이곳에 계시지 않다는군요.

그런데 다행히도 제 친구가 지금 그분이 계신 곳을 알고 있답니다. 제 친구는 방금 전까지 그분을 뵙고 왔다는데 그분은 우리 친구와 함께 사는 외로운 아이들의 촉촉한 눈망울 안에 계시다는 겁니다. *(사이, 일동이 숙연해진다.)* 어떻습니까? 혹시 여러분께서도 동의하신다면 오늘 밤 그 어린 예수님들과 함께 하심이……. *(일동을 둘러본 후)* 아, 물론 여러분께 강요하는 것은 아닙니다. 저는 그저 여러분의…….

남자 나는 가겠어요! 어쩌면 두고두고 기억될, 뜻 깊은 크리스마스이브가 될 것 같네요!

여자 저도 같은 생각이에요. 저도 함께하고 싶어요!

사람들 *(여기저기서)* 나두요! 동의합니다!

피터 그러실 줄 알았어요! 정말 멋진 분들이십니다. 하하하하. 자! 그럼 우리 아이들이 깊은 잠에 빠지기 전에, 서둘러 그분들을 뵈러 갈까요?

사람들 *(박수를 친다.)*

피터 자! 그럼 음료와 음식들을 어서 챙겨서 이제부터 본격적인 즐거운 잔치를 준비하는 겁니다!

사람들이 즐겁게 웃으며 이것저것을 분주히 포장하고 준비하는 가운데 MUSIC 1. '축제의 날' 이 연주된다.

[F. O]